空菊 著

作家和编辑实录

曾几何时，百思君还是个菜鸟编辑，完全招架不住大作家的刁难。但现在他已经可以自信地说出，他是一名优秀的责任编辑。

长江出版社
CHANGJIANGPRESS

图书在版编目（CIP）数据

作家观察记录 / 空菊著.—武汉：长江出版社，2023.3
ISBN 978-7-5492-8743-7

Ⅰ.①作… Ⅱ.①空… Ⅲ.①长篇小说－中国－当代Ⅳ.①I247.5

中国国家版本馆CIP数据核字(2023)第045326号

作家观察记录 / 空菊 著

出　　版	长江出版社	
	（武汉市解放大道1863号　邮政编码：430010）	
策　　划	力潮文创-虎芽少女工作室	
市 场 发 行	长江出版社发行部	
网　　址	http://www.cjpress.com.cn	
责 任 编 辑	钟一丹	
特 约 编 辑	夜斓 祁鑫 梨锦	
封 面 设 计	青空工作室	
封 面 绘 制	瓜田李下Design	
印　　刷	北京盛通印刷股份有限公司	
版　　次	2023年3月第1版	
印　　次	2023年5月第1次印刷	
开　　本	880mm×1230mm 1/32	
印　　张	9.5	
字　　数	240千字	
书　　号	ISBN 978-7-5492-8743-7	
定　　价	42.80元	

目录

白思君激动地握了握双拳，接着拿起手机，想要第一时间告诉女友小艾这个好消息。

打开微信，滑过十几个置顶的工作群，又滑过了几个相熟的编辑，等白思君翻出小艾的对话框时，他才发现他和小艾最后一次说话已经是上星期了。

喜悦和激动让白思君没有思考太多，他很快发了一条消息过去：我通过了出版专业中级考试。

小艾很快回复了消息：恭喜。

白思君的喜悦并没有停下，他还想和小艾多解释一下，通过这个考试，他就有资格当责任编辑了，然而他的话才编辑到一半，小艾的第二条消息就发了过来：我要结婚了。

编辑消息的手指立马停下，白思君有些恍惚，他不记得他给小艾承诺过通过这个考试就和她结婚，而且以他们现在的感情状态来看，也不像是可以结婚的样子。

疑惑最终化为一个问号发了过去，小艾也没有卖关子，直接回复：家里另外介绍了一个男朋友，认识两个月了，我们要结婚了。

从天堂跌回地狱大概就是这种感觉。

白思君调出通讯录，想打电话过去质问，但最终还是没能按下那个号码。他返回微信里问：为什么？

小艾：我们上一次约会是什么时候了？

白思君愣了一下，老实说，他不记得了。小艾是家里介绍的女孩儿，白思君不排斥，小艾也觉得他不错，所以两人就这么交往了。半年过去，两人的约会频率从最初的一周一次，到现在……似乎一个月也没有一次了。

小艾：你除了说工作的事以外，什么时候找过我？

小艾：我不是知心大姐姐，不是给你发泄压力用的。

小艾：我闺蜜说得对，脸好看不能当饭吃。

白思君怔怔地看着手机屏幕，半晌才打出了"对不起"三个字。然而当他按下"发送"时，对方已经把他拉黑了。

他把手机扔到桌上，浑身无力地倒回办公椅上。

与失恋的伤心相比，他更头痛的是过年回家时该怎么和家里交代。

白思君的家里人在一个小城市经营着粮油店。他不了解家里的生意，但从前年过年家里添置了一辆车，去年过年家里新购了一套房，并且姐姐和姐夫一家生活富裕来看，家里的条件大抵是不错的。

也正因为如此，目前家里最关心的一件大事就是白思君的个人问题。原本和家里约好今年过年把小艾带回家，然而现在看来，等待他的又将是一个折磨人的新年。

白思君的座位靠近过道，平时总有人来往。或许是他现在无精打采的状态和平时充满干劲的样子反差太大，路过的赵琳好奇地凑过来问道："怎么了，小白，考试没通过吗？"

赵琳是公司里的资深编辑，今年三十五岁，有个可爱的儿子。自从休完产假复工之后，她就一直在负责童书的项目，也带过白思君几回。

"没有赵姐，我过了。"白思君坐直身子回答。

"过了应该高兴啊。"赵琳轻拍了两下白思君的肩，"等过完年回来主编该给你升职了。"

那也得要他挨到过年才行吧，白思君在心里苦笑。

年前的日子过得飞快，每年的一月都存在感极低，等人们回过神来时，新的一年已经快要过去六分之一了。

家里女人们的反应如白思君所料，一日三餐必定提起对象的问题。姐夫觉得白思君太可怜，替他说过几次话，但最后还是在老婆和丈母娘的围攻下不敢再多言，只能对白思君投去同情的眼神。

白思君好不容易挨到大年初五，结果他的妈妈在朋友圈里看到小艾妈妈分享的婚礼照片，当下又揪着白思君狠狠数落了一顿。

老实说，白思君一点也不想结婚。他工作四年，身上的存款不过四万块，即使家里答应给他付新房的首付，他也不认为自己有能力偿还贷款。而且眼下工作上好不容易有了进展，正是他迈入新阶段的重要节点，他也不想被儿女情长的事情束缚。

但是这些话跟他的妈妈和姐姐解释不通，在他认识到自己是个平凡的人以后，他又充分认识到家中的话语权完全体现在经济能力上。

白思君无比期盼休假快些结束，冥冥之中，老天爷似乎听到了他的祈盼，在休假结束的前两天，白思君收到了主编发来的消息：回来之后有本书交给你负责，加油！

他当下从沙发上跳起来开始收拾行李，一刻也不想在家里多待。白思君在他妈妈的抱怨声中退掉火车票，另外订了最近的机票。

此时工作群里已经有了苗头，一个前辈被主编踢出了工作群。

在没有主编和副主编的小群里，那个前辈还没有退群，她解释了一下自己要备孕，所以辞职，然后还抱怨了一大堆工作上的事。

白思君工作的这四年也见了不少人辞职，抱怨的内容几乎大同小异，不过他在这位前辈的字里行间捕捉到了一个关键信息——梅雨琛是她负责的作家。

而且从小群里的氛围来看，大家手里都有很多工作，没有人愿意接手这位极其难伺候的作家。

白思君突然有了不好的预感。在他惶恐了一天一夜之后，年后工作的第一天，主编就把他叫到那间透明的办公室里，笑眯眯地对他说道："进公司的这四年，你的努力大家有目共睹，你拿到了中级职称，也是时候担任一些更重要的工作了。现在呢，有一位很重要的作家，他的下一本新书备受瞩目，你如果能把他的书做出来，对你的职业也很有帮助……"

白思君无力地回到座位上，原本满满的工作热情被那个名字消磨了一大半。

主编竟然把梅雨琛这个烫手山芋交给了他。

想想也是，其他老编辑自己手里的工作都忙不过来，而才升任正式编辑的白思君自然成了最好的人选。

如果是三年前，白思君相信任何一个编辑都会抢着做梅雨琛的责编。这位天才作家自十九岁出道以来就写出了无数精彩的长短篇悬疑类题材作品，在三年前更是以二十九岁的年纪获得了代表悬疑类别书籍最高成就的星木奖，成为史上第一位三十岁以下获得这个奖项的作家。

但是自那之后，梅雨琛就再没有新作品问世，外界都认为他在打磨一部更加优秀的作品，但只有签下他下一部作品的出版公司知道，他的下一部作品连影子都还没有。

这家出版公司就是宏图文化，也就是白思君的东家。

白思君叹了口气，在微信里找出离职的前辈，向她询问交接的事宜。

前辈：交接？什么交接？

白思君：梅雨琛的书到什么进度了，可以告诉我一下吗？

前辈：他什么都没写，哪来的进度。

白思君微微皱眉，他心想三年时间了，不至于一个字也没有写吧。

只见前辈继续回道：他的回复不是出去旅游，就是断手断脚，要么就是电脑被水淹，房子垮了之类的。给他发消息一概不回，打电话十次有九次关机，唯一打通的那一次就编出各种骗智障的理由来糊弄你，你还指望他写什么？

白思君：可是我们不是有签合同吗？

前辈：你可以拿合同去找他谈谈。

……好吧。

前辈：谈不动你就拖着，别皇帝不急太监急。

白思君：谢谢前辈。

白思君不想就这么拖着，至少他还没有付出过努力，不想这么早就放弃。

他看过梅雨琛的所有作品，知道他是一位有才华的作家。无论是作为一个书迷也好，还是作为一个编辑也好，他都希望梅雨琛的下一部作品尽快面世。

除此以外，还有最重要的一点。

梅雨琛是他升任文字编辑之后接手的第一个作家，如果连第一位都做不好，他还怎么去面对下一位？

二 我是你的粉丝

白思君从主编那里要来了梅雨琛的联系方式和住宅地址，既然梅雨琛的手机只是个摆设，那最好的办法就是直接找上门。

在出发之前，白思君在公司楼下那家网红糕点店买了一盒点心。他不知道梅雨琛的口味，但总不能空手上门，即使梅雨琛不喜欢吃点心，至少也不会觉得他不懂礼数。

梅雨琛的别墅位于郊区，从市里坐地铁过去需要两个小时。

白思君在地铁上重温了一遍梅雨琛获得星木奖的那部作品，由于看得太过投入，差点坐过站。

梅雨琛确实是有才华的，他的文字似乎有蛊惑人心的力量，不看到书的最后，你永远不知道他到底想表达什么。等看过结尾之后，你又会立马想重新看看开头，然后再被那股恍然大悟之感震慑到心底发麻。

如果让白思君来总结的话，他认为梅雨琛是一个通过文字来表达人性的大师。他的作品总是离不开这个不变的主题，却总能写出新意。他出道的那部作品就是讲大学生的迷茫，把复杂的友情、亲情刻画得淋漓尽致。

白思君在广阔的别墅区里寻找着门牌号时，脑子里又浮现出了主编对他的交代。

作家不是靠名号吃饭，而是靠作品吃饭。三年已经是最后期限，如果梅雨琛再拿不出作品，那宏图文化只能放弃他。白思君知道公司提前支付了一半稿酬给梅雨琛，到时候如果真的闹到了打官司的地步，对梅雨琛肯定也会产生不小的负面影响。

不知不觉中，A-111号别墅到了，白思君看着眼前铜制的字母和数字的组合，总觉得这门牌号似乎都带着些天才的不羁。

白思君按下门铃，然后下意识地抬起头来张望了一下。就在那一瞬间，他看到二楼的白色窗帘动了，一个模糊的身影出现在玻璃窗后。身影很快消失，白思君没有看得太清楚，不过好在这让他知道别墅里是有人的。

白思君站在门口等候了十分钟，这十分钟里他又把自我介绍过了无数遍，但大门丝毫没有要开启的迹象。他犹豫着又按了一下门铃，这次二楼的窗帘没有再动了。

初春的风还带着冬日的寒冷，白思君把围巾拉高了一些，然后又耐心等候了十分钟。

这时候他基本确定了，房间里的人根本就没有要给他开门的意思。

白思君自嘲地想，或许这就是出师未捷身先死。不过他既然坐了两个小时的地铁来到这里，自然不会这么轻易回去。他又按了一下门铃，然后继续等候了一阵。

耳朵几乎快要被风吹得没有知觉，双腿也站得有些发麻。但这次没过多久便听门铃里传来了一道漫不经心的声音："哪位？"

白思君拉下围巾，凑到可视门铃前道："你好，我是梅雨琛的新任责编，我叫白思君，请问梅雨琛在家吗？"

"不在。"

通话断掉了。

白思君愣了一下，赶紧又按了一下门铃，他知道对方还没有走远，现在是按门铃的最佳时机。果然，这次通话很快接通，白思君连忙说道："我给他带了点心，可以麻烦你交给他吗？"

说完，白思君后退一步把粉红色的包装纸袋拎了起来。

他从可视电话的屏幕上看到了自己的样子，脸颊被冻得通红，嘴唇也有些发抖。

"咔嗒"，大门开了。

白思君来不及放松，生怕大门被风吹关上似的，迅速钻进了院子内。

别墅的院子里种着一些观赏性草木，不知是寒冬刚过还是主人疏于打理的缘故，看起来有些萧条。白思君只大概扫了一眼，便匆匆拉开了虚掩着的房门。

进入房门之后是玄关，右手边是一个宽阔的客厅，客厅的另一侧是一面硕大的落地窗，窗外光线充足，因此背对着落地窗的男人反而让人看不清楚。

那人说道："东西放在玄关就好。"说完便转身迈上了右侧的楼道。

白思君连忙脱掉鞋，把点心放在鞋柜上，甚至来不及穿上拖鞋，就赶紧跟上前，拉住了正在上楼的男人的手腕。

窗外的光线无法进入楼道，木板形成的昏暗空间包裹着瘦高的背影，白思君有一瞬间胆怯，但还是加重了手上的力道。他知道这样做很失礼，也知道自己现在心跳很快，但他不想就这样无功而返。

"你就是梅雨琛吧。"白思君说。

他其实不敢确定，但他希望如此。

男人微微动了一下被握住的手腕，白思君连忙收回手。

"是又如何？"梅雨琛转过身来，双手环抱在胸前，身子斜靠在楼道的墙上，居高临下地看着白思君。

白思君咽了一下口水，他后知后觉地发现屋子里的暖气开得很足，厚重的羽绒服闷得他有些头晕。他舔了一下干燥的嘴唇，说道："我想和你认识一下。"

白思君的语气就像幼儿园小朋友之间的试探，他觉得他应该说得更强势一些，毕竟梅雨琛刚刚还厚着脸皮说自己不在家，再怎么也应该是睁眼说瞎话的人心虚才对。

梅雨琛发出了细微的呼气声，白思君知道他轻笑了一下。

"白思君是吗？你刚才已经做过自我介绍了。"

"那不算，"白思君无论如何也不想话题就此结束，"我们需要深入交流。"

梅雨琛沉默了一秒，再开口时语气里多了一丝玩味："你刚刚说你是责编？"

白思君点了点头道："是的。"

在昏暗的楼道中，白思君看不清梅雨琛的表情，半晌之后，他听到梅雨琛轻飘飘地回道："行啊，那上来吧。"

终于争取到了交流的机会，白思君松了一口气，他往上迈了两个台阶，突然意识到身上有些笨重，便道："我去脱一下衣服。"

"不用。"在白思君回到玄关挂衣架旁时，他听到逐渐往上的脚步声中夹杂着轻蔑的话语，"反着你也待不了多久。"

白思君突然有一种窘迫感。照理来说，像梅雨琛这样的人气作家是轮不到他来负责的，他不想被梅雨琛看出自己是个新手，无论是为了维护梅雨琛这种级别的作家的骄傲，还是自己有自尊，他都不希望暴露这一点。然而从梅雨琛的笑声和语气里来看，他似乎已经把自己暴露得非常彻底了。

白思君在衣架上挂好外套，又把围巾叠好放在鞋柜上的点心盒旁，接着忐忑地走向了二楼。

楼梯结束的地方是一个榻榻米式的茶室，茶室一侧是玻璃推拉门，外面是可以俯瞰庭院的露台。

梅雨琛慵懒地斜倚在一个南瓜形的抱枕上，毫不掩饰地从上到下打量着白思君。尽管白思君对自己的外形还算自信，此刻也禁不住有些心虚。

光线没了遮挡，白思君也看清了梅雨琛。梅雨琛身着白色的丝质长袖，下身是同款面料的黑色长裤，散乱的发丝随意地搭在肩上，皮肤有些苍白，脸上没什么表情，看不出在想什么。

白思君在看清梅雨琛后的第一个想法便是，他瘦了。

三年前，宏图文化刚好在年末签下了梅雨琛的下一本书，因此在那一年的年会上，公司也邀请了梅雨琛出席。那时白思君才刚进入公司一年多，年会时被安排在了非常偏僻的角落，即使想看演出，舞台也被一个硕大的黑色音响挡住了大半。

梅雨琛自然是和公司领导坐在一起，看不见演出的白思君自然而然地把视线移向了那一桌。他最初是在思考自己什么时候才能离那里近一些，但在领导介绍完梅雨琛之后，他便移不开眼了。他从来都不知道，一个内涵丰富的人，外表竟然也可以如此耀眼。

梅雨琛就不像是个作家，他举手投足间都散发着强烈的自我意识，脸上是一股不在乎任何人的桀骜与不羁。白思君知道梅雨琛大三便从一流大学辍学专心写作，回想起来这确实也像是任性之人做出来的事。

或许是有作品光环的加成，白思君总觉得如果所有人都是沙海中的一粒沙，那梅雨琛至少是位于最顶层的，可以在阳光的照耀下闪闪发光的那种白沙。

现在再看梅雨琛，倒多了几分作家的气息。门牌号上的那三个数字"1"似乎不再那么不羁，而变得有些孤寂。

白思君在矮矮的茶几后盘腿坐下，在他还在思考该如何打开话题时，对面的梅雨琛先开口了："要交流什么？"

白思君在牛仔裤上搓掉手心的汗，深吸了一口气道："我是你的粉丝……"

"读过我所有的作品？"梅雨琛戏谑地打断白思君，"这句话我听过无数遍了。"

白思君准备了大半天的"彩虹屁"还没憋出来就直接放飞了。

他有些尴尬地看着矮茶几上的茶杯，没底气地说道："我就是想问问你下一部作品的想法……"

如果赵琳看到了他现在的样子，一定会说他很逊。赵琳一直强调编辑应该是作家强有力的伙伴，在面对作家时，最忌讳的就是抱有卑微的心态，但白思君总觉得只有像赵琳那样工作阅历积攒到了一定程度的人，才有底气说这种话。

梅雨琛的表情仍旧没什么变化，他慢悠悠地问道："你有什么想法？"

"我？"白思君一下被问住了。他知道编辑会和作家交流想法，但还从没有哪个编辑会直接告诉作家该写怎样的题材。

他稳了稳神，心想现在还不是退缩的时候。他思索了一番回道："你的作品总是围绕着人性展开，下一部作品应该也是写这个主题吧？这样读者一看，就可以感受到强烈的个人风格。"

梅雨琛歪起脑袋，漫不经心道："你对'性恶论'有什么看法？"

这题超纲了，白思君的脑子里一下就冒出了这个想法。他对人性的认知仅限于自私与无私两者之间，根本没有达到深刻剖析人性本善还是人性本恶的程度。

白思君感觉他似乎回到了面试的时候，无法揣测面试官的意图让他感到压抑又不安。

"我知道'性恶论'是指人性本恶，但是孔子说过……"

说到这里，白思君卡壳了。

"孔子说过什么？"梅雨琛懒洋洋地接话道。

白思君硬着头皮继续："人之初，性本善……"

"呵。"梅雨琛笑着打断白思君。

见白思君不吭声，梅雨琛笑了笑，又道："原来谁都能当编辑。"

他就差没说"阿猫阿狗"四个字了。

三 理论与实践的区别

白思君最后灰溜溜地离开了梅雨琛的别墅。

寒冷的风夹杂着冬末的气息刮过，白思君冷得缩了一下脖子，这才意识到自己把围巾落在了梅雨琛家。他踌躇了一阵，最终还是没敢倒回去取。

在来之前，白思君做了无数种假设，他想过梅雨琛可能会找不靠谱的理由来搪塞他，又或者会直接回避和他的交流，但是他没想到这次拜访竟然会在他无法招架梅雨琛的问题中结束。

有人说过，你所担心的事大概率不会发生。

这话不假，因为发生的事通常都是无法预料的，而且往往比提前预料到的更要糟糕。

所以人性到底是什么？白思君几乎花了一整天来思考这个问题。

他不该脑子一热扯什么孔子，或许这样也不至于这么狼狈。但这个问题还是太宽泛了，不是几句《三字经》中的话就能扯清楚的，他甚至不知道该找怎样的书来恶补。

白思君居住的地方是四室一厅，他租下了一间次卧，主卧住了一个男生，有单独的卫生间，他和另外两个女生共用一个卫生间。

莲蓬头里洒下的温度适中的热水舒缓了紧绷一天的大脑，白思君暂时将大脑放空，然后不自觉地看了看自己的身体。整体偏瘦，但该有肌肉的地方还是有。

洗澡的时候最适合思考问题，白思君给身体抹上沐浴露，思绪又飘回了梅雨琛的问题上。

人性本恶吗？他自己也不确定，因为他似乎并没有遇到过真正意义上的"恶人"。

非要说的话，梅雨琛绝对是他认识的人里最像大魔头的那个。

关上淋浴之后，白思君一边擦干身上的水珠，一边继续思考刚才的问题，这时他的眼神无意识地落在了卫生间里的垃圾桶上。这是合租的女生放的，他从来没有用过。

白思君承认男生比女生邋遢得多，但是自从和女生合住以后，他才发现原来不是谁都像表面上那样光鲜亮丽。

白思君的审美要求是相对宽容的，只要女生没有长得太奇怪，他都能由衷地说上一句可爱。

隔壁的两个女生无疑也是可爱的，而且白思君早已发现，两个女生在他面前会非常注意形象，然而当他看到屋子里的某些脏乱的细节时，他面对她们的心情也变得复杂起来。

关掉灯躺上床，白思君继续思考梅雨琛布置的"家庭作业"。

他心里很清楚，梅雨琛的问题就好比一个门槛，如果他无法说出自己的见解，那梅雨琛永远也不可能和他交流关于作品的想法，就像某些有高级趣味的人永远也不屑于与圈外人分享他们的喜好一样。

最后白思君还是打算从书里寻找答案。

他逛了逛豆瓣，找了几本日本作家的书，然后列了一个阅读清单。他之所以选择日本作家，无非也是因为日本文学善于刻画人性。

在办公室里打开书籍第一章时，白思君并没有立马就被吸引。他怕有同事路过看到他在看"闲书"，所以时刻注意着周围的动静。但是看着看着，他就沉浸在书里的世界里了。

这本书把阴暗的人性刻画得淋漓尽致，本以为只是一场始于情仇的谋杀，没想到阅读到后面，隐藏在深处的恶意令人不寒而栗。

肩膀突然被人拍了一下，白思君被迫从书的世界中抽离，他看得太过入神，以至于现实世界在他眼里竟有些不真实。

"小白现在不忙吧？"编辑李风微微弯下腰来问道。

看小说当然算不上在忙，李风提问的方式也不像是在询问，更像是在确认。

"不忙，"白思君锁上屏幕，习惯性地问，"有什么事需要帮忙吗？"

"饮水机早上就没水了。"李风说完似乎意识到这听起来像是怪罪，连忙又补充道，"我手上有事，麻烦你了。"

公司里的饮水机是过滤式的，水接完之后需要有人添加。加水并不需要耗费多少时间，也就一两分钟而已，但好像所有人都觉得这不应该是自己来做。

白思君对李风礼貌地微笑了一下，接着起身走向茶水间。

虽然已经升任了正式编辑，但他仍旧没有撕掉"打杂"的标签。

他一定要把梅雨琛的书做出来。

白思君一边向饮水机中添加水，一边对自己说。

白思君花了整个周末的时间来消灭阅读清单，当他再次站到 A-111号门牌号前时，他的心里多少有了些把握。

作家可以通过人性的主题来加深故事的深度，这算是一条"捷径"。

踏入这条捷径的作家不在少数，但要写得自然又不刻意，还是需要很深厚的写作功底。

这次梅雨琛没有装作不在家，白思君走进玄关后，发现他上次带来的点心不见了，而被他遗落的围巾正挂在一旁的挂衣架上。

"这次又要交流什么？"梅雨琛在客厅的单人沙发上坐下，抬起一条腿随意地踩在沙发上。

白思君把新买的点心放到茶几上，一边坐下一边说道："我回去思考了一下你上次问我的问题。"

"然后呢？"梅雨琛懒洋洋地勾了下嘴角。

白思君：“然后……”

如果现在面前有条地缝，白思君想立刻钻进去。

梅雨琛把手肘杵在沙发扶手上，撑着下巴打量着白思君的反应。

“咳。”白思君清了清嗓子，“我回去读了一些作品……”

“临时抱佛脚吗？”

“不是……”

不能退缩，管他梅雨琛是什么妖魔鬼怪，再厉害也不过是一个“码字精”罢了。

白思君深吸了一口气，继续说道：“我觉得读一些犯罪主题的小说，可以加深对人性的思考。”

“是吗？”梅雨琛轻笑了一声，“那去实践犯罪不是更能体会？”

白思君抿紧了嘴唇，他突然发现梅雨琛根本就没有把和他的交流当回事，甚至还在故意为难他。他就像触底反弹一般，言辞犀利地回道：“我觉得既然我们是在讨论文字的问题，就不要扯上实践。”

梅雨琛哑着嗓子笑了起来，最后像是忍不住一般直接笑出了声。

半晌，他停了下来，应道：“好。”

白思君总算舒心了些，却听梅雨琛突然问他：“你说为什么有那么多作家自杀？”

白思君这下明白了，什么超纲，梅雨琛的问题根本就没有纲。

他好不容易才对人性有了一些见解，还没来得及发表，梅雨琛就又开始说生死的问题了。

“你为什么做这份工作？”

“你觉得有意思吗？”

梅雨琛接二连三的问题像一座座大山一样压在白思君的肩上，让他喘不过气来。

他咽了一下口水，艰难地开口道：“我还是下次再来好了……”

梅雨琛毫不掩饰地笑了，戏谑地道：“你来我这儿是来领任务的？”

不是，我是来打 BOSS（首领）的。白思君没敢说出心里的想法，他起身道："打扰了。"

梅雨琛没再多言，眼神飘到了茶几上的点心盒上。

白思君走到玄关时，下意识地把手伸向挂衣架。

他的围巾已经在这里待了将近一周了，在这一周里，他走在路上都只能缩着脖子。

然而就在他即将拿到围巾时，身后响起了梅雨琛的声音："围巾留下，我去便利店要用。"

四 暴露的弱点

白思君的围巾是黑白条纹的毛线围巾，在脖子上绕两圈就能挡住大半张脸，很是暖和，然而现在这比秋裤还重要的续命宝贝被梅雨琛强占了去。

白思君不太能接受新的事物，虽然说不上守旧，但确实有些固执。

比如他发现公司楼下的奶茶店有种奶茶很好喝，之后点奶茶时就只会点这个。有同事给他推荐其他的口味，他答应试试，但下次点单时，还是会点同样的奶茶。

同事笑着说他从一而终，但实际上是，如果他已经有了合适的，就不想再花时间去挑选最佳的。

买东西也是一样，他买到了舒适的鞋，穿坏之后就会再买一双，因此他现在穿的鞋和大学时期基本上没什么区别。

没几天后，同款黑白围巾到了，白思君围上之后才敢大摇大摆地走向室外。

接下来的几天，白思君帮赵琳校对了一本书稿，又帮李风筹备了一个图书签售会，基本上没什么时间来做自己的事。

偏偏这时候主编还找上他，询问他梅雨琛新书的进度。

"你去找了两次梅雨琛，谈得怎么样了？"主编问。

"暂时还没什么进展……"

"你是怎么和他说的？"

"就询问了一下他新书的想法。"

"然后呢?"

然后他和我扯人性和生死。

白思君突然感觉有点挫败,他好像全程都被梅雨琛牵着鼻子走了。

白思君支支吾吾的,半天没组织出一句完整的话来。

主编用食指敲了敲办公桌,问:"你对他说他已经逾期的事了吗?"

"还没……"

"为什么不说?"主编的语气突然变得严厉起来,"这是最重要的,你不能什么事都依着他。"

"但是,他不配合我,我也没办法……"

"你还想不想当责任编辑?"主编拿起一沓文件摔回桌子上,发出"啪"的响声,"你以为这份工作很轻松是吗?随随便便收个稿,校对下就完事了是吗?你到底有没有点上进心!"

白思君在主编的怒吼中回想起了辞职前辈的抱怨。这个中年秃顶的男人平时总是一副笑容满面的样子,但实际上比谁都要尖酸刻薄。

走神中只听主编又道:"我给你三个月的时间,如果拿不到梅雨琛的书稿,你就给我卷铺盖走人。"

白思君怀疑自己听错了,他怔怔地问:"什么?"

主编发泄一通之后似乎是心里舒坦了,又恢复了老神在在的模样,他一边喝茶一边道:"三个月是最后期限,我相信你一定能办到。"

白思君六神无主地走出办公室,心想他是不是什么时候得罪了主编。

比他有经验的前辈花了几年都没有做到的事,他怎么可能三个月就办到?主编说是相信他,但完全是一副不怎么看好他的模样。

这时正巧李风路过白思君身边,他手里拿着复印的材料,对白思君道:"对了小白,我有个快递马上要到了,我现在走不开,待会儿你能不能去帮我拿一下?"

白思君的心里骤然生出一股厌恶感，他笑了笑道："不好意思啊李哥，我有事要出去一趟。"

李风撇了撇嘴，明显有些不高兴："好吧。"

白思君在办公桌上拿起只看了一半的书，然后再次来到了公司楼下的网红糕点店。

这家店的点心很贵，白思君自己都舍不得买来吃。在付钱的时候，他不禁有些心疼，也不知道自己这钱花得到底值不值。

特别是一想到自己有可能会被梅雨琛害得失业，但现在自己还给他买这么贵的点心，就觉得心里不平衡。

坐了两个小时的地铁，第三次来到梅雨琛的别墅，这次比前两次多了一丝焦虑。

白思君磕磕绊绊地把合同的事告诉了梅雨琛，说现在早已逾期，但梅雨琛听完后却没什么反应，问他："要喝咖啡吗？"

白思君愣了一下，心想自己都坐了快半个小时了，梅雨琛现在才想起来问自己要喝什么，看来社会人就得靠社会人的方式解决问题，主编说先提逾期的事果然是正确的。

他点了点头道："谢谢。"

然而梅雨琛仍旧慵懒地倚在沙发上没动："我也想喝，在厨房。"

白思君听到这话默默吐槽，果然还是太小看梅雨琛厚脸皮的程度了。

当白思君端着两杯速溶咖啡走回客厅时，梅雨琛正好在翻他带来的那本书。

"那是送给你的。"白思君把梅雨琛的那杯放到他面前，说道。

"送我的？"梅雨琛前后看了看，书缝中的压痕很明显，他笑了一声道，"第一次有人拿旧书送我。"

"咳。"白思君有些尴尬，解释道，"送你之前我想确认下内容合不合适，所以就拆了。"

"是吗。"梅雨琛的脸上看不出喜怒，"你觉得合适吗？"

"我觉得还行。"白思君道，"这书的内容挺豁达的。"

梅雨琛兴味盎然地翻了一页，问："你怎么就知道我没有看过？"

毕竟给作家送书还是需要很大的勇气的。

"你肯定没看过。"白思君笃定地说。

"为什么？"

"你的心态不像。"

梅雨琛挑了下眉："我什么心态？"

白思君："就……"

梅雨琛喝了一口咖啡，直勾勾地看着白思君。

白思君被看得心里发麻，不敢再继续说下去。

梅雨琛催促道："就什么？"

白思君深吸了一口气，鼓起勇气道："这本书是作者九十多岁时写的人生感悟，但是你……你离人生感悟差远了，你就像回到了十八岁，不知道自己该干什么。"

其实白思君还想说梅雨琛无病呻吟，但最终还是把嘴巴管住了。

梅雨琛没有再接话，这还是白思君第一次见到他完全面无表情的样子。

客厅陷入了尴尬的寂静之中，白思君甚至能听到屋外汽车路过的声音。他极不自然地转移话题："那个，你吃午饭了吗？"

梅雨琛没有回答，而是问道："你刚才说，如果我三个月不交稿会怎样？"

"公司可能会放弃你的书……"

"我是问你。"梅雨琛打断白思君。

"我会被辞退。"白思君小声说道。

在刚才说最后期限时，他把这件事也跟着说了。他想作家应该是通情达理的，如果梅雨琛知道了这一点，或许会感到有愧，然后开始写作。

然而，他的想法完全错了。

只听梅雨琛事不关己地说："放弃我也无所谓。倒是你，你有没有想过，如果我讨厌你，然后故意拖过这三个月的时间，那你岂不是只能等着被辞退？"

白思君抿紧了嘴唇，不知道梅雨琛是什么意思。

他突然想到了梅雨琛书里内心阴暗的人物，他现在发现梅雨琛或许并不是刻画了这样的人物，而是这些人物本来就来源于他的内心。

梅雨琛从容地勾了一下嘴角，问："所以你是现在主动辞职还是被我折磨三个月再辞职？"

白思君没有回答，但是额头上冒出的冷汗暴露了他内心的紧张。

梅雨琛换了一个更加舒服的坐姿，喝着咖啡道："给你一句忠告，以后不要那么轻易地暴露自己的弱点。"

搭在膝盖上的手握成了拳头，白思君低着头道："知道了，谢谢。"

在回程的地铁上，白思君双眼无神地坐在空荡荡的车厢里，身子随着前进的车厢有节奏地晃动。他很早就知道编辑需要具备良好的沟通能力，但他发现自己还差得很远。

如果一开始的前提就是对方拒绝沟通，那无论费多少口舌，都是做无用功。

白思君第一次自我怀疑，他是不是根本就不适合做编辑？或许现在考公务员还来得及。但白思君又总觉得那是一种逃避，努力的目标不是为了实现自我，而是为了舒适安逸。

暂且不提能不能考上，如果真的考上了，或许他的人生也就结束了。

因为在那之后，等待他的将是结婚、生子、育儿，属于自己的时间将被家庭责任所占据，他将不再是为了自己而活，而是为了别人而活。

犹豫了半天，白思君最终还是拿出手机，给梅雨琛发了一条短信。

他没有道歉或是求情，只是发了简短的一句话：我真的很想把你的书做出来。

直到晚上，梅雨琛都没有回复。

白思君安慰自己，或许梅雨琛手机关机，还没有看到消息，但是他又自嘲地想，就算梅雨琛看到了，也很有可能会无视自己。

不知不觉中，窗外下起了大暴雨，硕大的雨滴不断敲打着玻璃窗，发出令人烦闷的声音。

白思君知道这场大雨之后，春天就会真正到来，但是他感觉自己还处于寒冬之中，看不到一丝希望。

睡得迷迷糊糊时，枕头边的手机振动了起来。

白思君皱着眉看了眼屏幕，接着便被屏幕上的那个名字给惊醒了。

他猛地坐起身，颤抖地点下接听键，手机里很快传来梅雨琛的声音："我饿了，给我带盒点心过来。"

那个作家·顽劣

第二章

他的思想带着浪漫主义色彩，不像是个会被世俗所束缚的人。

一　口不对心

白思君还没来得及说话，通话就被挂断了。他看了眼时间，现在是晚上十一点半，这个时间地铁都停了，他去哪里给梅雨琛买点心？

顾不上太多，白思君赶紧爬起来换衣服。这是梅雨琛第一次主动联系他，无论如何他都要抓住这个机会。

匆匆忙忙地走出公寓楼大门，绵密的雨点笼罩住视线，白思君才反应过来他忘了带伞。他返回电梯前，但不凑巧的是，两台电梯都正在往上。他焦躁地等候了一会儿，不知为何今天电梯格外的慢。

外面的雨相比之前已经小了很多。一想到梅雨琛那人捉摸不定，随时有可能改变主意，白思君还是咬了咬牙，调转脚步，冒着雨跑到了小区外面。

白思君居住的小区位于闹市区，出门不久便是一个大型商圈，他很快招呼到了一辆出租车。

喝着枸杞水的司机一听要去那么远的地方，有些不乐意，白思君答应给返程费，他这才充满干劲地踩下油门。

夜晚的道路不像白天那么拥堵，出租车在通畅的道路上飞驰，白思君看着一根根倒退的路灯，后知后觉地想到了点心的问题。

正常人都知道大半夜不可能买到点心，所以点心很可能只是个幌子，梅雨琛的真实目的是叫他过去。但是话说回来，梅雨琛也有可能是真的饿了，而饥饿感恰好成为一种契机，让梅雨琛想到了他。

各种猜测在脑子里交织，白思君胡乱地揉了揉额前的头发，这种捉摸不透的感觉让他感到抓狂。

　　想了想，他还是打开外卖软件，给梅雨琛点了一份炒饭。

　　这样梅雨琛总不至于怪罪他空手上门。

　　手机上收到外卖已送达的提示时，地图显示离目的地还有六公里。

　　司机见白思君一直不停地看手机，问道："都这么晚了还赶时间？"

　　白思君扯了扯嘴角，无力地回道："没办法啊，工作上的事情。"

　　司机摇了摇头，感叹道："现在的年轻人可真不容易。"

　　到了郊区，雨势反而大了起来，白思君下车后没一会儿便被淋成了落汤鸡。

　　好在梅雨琛的别墅大门就在眼前，他按了一下门铃，但大门并没有像上两次那样直接打开，而是像第一次他刚来时那样紧闭着，里面传来了一道清冷的声音："哪位？"

　　白思君觉得奇怪，照理来说梅雨琛应该能够从可视屏幕上看到他才对，而且这个时间除了他还会有谁来？

　　他没有想太多，把遮挡着雨滴的双手从额头上拿开，回答道："是我，白思君。"

　　视线瞬间被大雨模糊，然而大门还是没有打开。

　　"你来做什么？"梅雨琛问。

　　"……不是你让我来的吗？"白思君有些发愣。

　　"外卖已经收到，你可以回去了。"

　　"等等。"白思君压抑着心里冒起的无名大火，好声好气地说道，"你看看时间，现在这附近已经没车了。"

　　里面的人没有再接话，雨点打在羽绒服上的声音听起来像是行走的秒针，计算着时间的流逝。

　　没几秒后，大门打开了。白思君小跑着来到玄关，脱掉了身上湿漉漉的外衣和围巾，而梅雨琛就这么靠在墙上看着他。

"你有两条一样的围巾？"梅雨琛问。

"我新买的。"白思君心想也不知这是拜谁所赐。

"先去洗个澡。"梅雨琛说完往楼上走去，"一楼有卫生间，我去给你拿衣服。"

白思君本来没想弄这么麻烦，但袖口已经湿透，裤子也湿答答地贴在腿上，实在是不好受。

他往卫生间的方向走去，在路过客厅时，他偶然瞥见垃圾桶里有一个还未拆封的外卖购物袋。如果他没记错的话，购物袋上的店名正是他刚才点炒饭的那家。

……看来他最初的猜测没错，梅雨琛的真实目的是叫他过来，而饿只是借口罢了。

再看那个垃圾桶，套在桶上的垃圾袋被那盒外卖压得下滑了一些，露出了垃圾桶的边缘，可见梅雨琛在扔这盒外卖的时候有多用力。

白思君突然明白为什么梅雨琛刚才故意不给他开门了。

梅雨琛在生气。

因为外卖比白思君先到，拿到外卖的梅雨琛以为白思君没打算过来，只是点了个外卖来敷衍他，即使后面发现这只是个误会，他也非要为难白思君一下心里才舒服。

还真是难伺候。

白思君无奈地叹了口气。

不过转念一想，梅雨琛叫他过来肯定是说新书的事，虽然过程崎岖了些，但总比压根儿不找他强。

白思君进入卫生间后，很快脱掉了身上所有的衣物。被雨淋之后，最惬意的事莫过于洗个热水澡。

当四周被朦胧的水汽环绕时，白思君听到了敲门的声音。他知道是梅雨琛给他拿来了干净的衣物和毛巾，便道："你直接放进来吧。"

白思君大学的寝室没有单独的卫生间，在那四年里他都是和其他男生一起在公共浴室里洗澡的。他从来不觉得男生之间互看身体有什么不妥，所以也没有刻意等到梅雨琛给他拿了东西之后才开始洗澡。

简单冲过澡后，白思君穿上了梅雨琛拿来的短袖和长裤。衣裤应该都是新的，折痕都还非常清晰。他比梅雨琛稍微矮一些，但两人身形相仿，他穿上梅雨琛的衣服也没觉得不合适。

白思君擦着头发走回客厅时，梅雨琛正懒洋洋地斜靠着沙发扶手，两条大长腿蜷起来放在沙发上，一条立着，一条平放着。

茶几上是白思君带来的《走到人生边上》，他在梅雨琛身旁坐下，问：“那本书你看了吗？”

“看了几页，”梅雨琛道，“不好看。”

白思君抿了抿唇，不知该怎么接话，只好继续擦头发。

客厅里安静了下来，只有毛巾和头发摩擦的声音。

不知何时手中的毛巾湿了，白思君放下毛巾，看了眼旁边的梅雨琛，这时他才发现梅雨琛一直在看他，也不知在想些什么。

“怎么了吗？”白思君不明所以地问。

“没什么。”梅雨琛说完站起了身，向楼道的方向走去，“你睡一楼的客卧吧。”

“你就要睡了？”白思君怔怔地问，“我们不聊聊吗？”

梅雨琛继续往前走：“不聊，困了。”

白思君已经被折腾得没脾气了，他很想说任性也该有个度，大晚上又大老远地把他叫过来，结果就这么晾着他，但是最后从他嘴里说出来的却是：“好吧，晚安。”

然而这时，右脚已经踏上台阶的梅雨琛突然停了下来，没头没尾地说了一句：“他骗你的。”

白思君下意识地问：“什么？”

“你们主编，”梅雨琛顿了顿，“我知道他，他喜欢虚张声势。”

白思君愣了好几秒，才反应过来梅雨琛是在宽慰他。

这个人明明白天还逮着这一点讽刺他，结果现在却反过来告诉他不用在意。

白思君实在搞不懂梅雨琛怎么想的，但一想到外卖的事，又觉得梅雨琛似乎并不像表面上那么复杂。他白天讽刺自己，也可能是自己说的话先刺到了他。

心底莫名涌起了一股劲，白思君大跨步上前抓住梅雨琛的手腕，语气里带着一丝急切："那你会写吗？"

梅雨琛没有回头，更没有回答。

"跟我的工作无关，"白思君的喉结滑动了一下，小心翼翼地说，"我个人也希望你继续写下去……"

梅雨琛从白思君的手里抽回手，淡淡地说了一句："知道了。"

白思君看着梅雨琛离开的背影，不知道这句"知道了"代表着什么。

不过无论如何，这也算得上不小的进展。毕竟一开始梅雨琛根本不把他当回事，现在至少有听他说话了。

走去客厅角落关灯时，白思君的眼神扫过了静静躺在茶几上的那本书。那书他只看了一半，带过来时，书的中间还有清晰的压痕，但是现在代表着分界线的压痕消失了，书本最后的那几页也微微上翘——书被人从头到尾阅读过了。

梅雨琛不是个复杂的人，他只是口不对心。

白思君无声地扬起了嘴角，关上了客厅的灯。

上班时间是早上九点，白思君设了一个六点半的闹钟。

翌日早晨，当闹钟催命似的响起时，白思君忍不住在心里抱怨了梅雨琛一阵。

如果不是这人莫名其妙地把他叫到这么远的地方来，那他至少可以再睡一个半小时。

不过在睡意完全消散之后，他又认命了，谁让他摊上了这么个任性至极的作家。

羽绒服和围巾都还是湿的，根本没法穿戴。挂衣架上挂着梅雨琛的外套，白思君觉得直接穿走不太好，便来到二楼，想看看梅雨琛有没有醒来。

二楼除了茶室之外还有两间房间，两扇门长得一模一样，也不知梅雨琛睡在哪个房间。

白思君把耳朵贴到一扇门上听了听，没有听到任何动静。不过在他靠近第二扇门时，他听到房里有着清脆的"咔嚓咔嚓"声。

无论怎么听，这都不像是睡觉的人发出来的声音。

半晌之后，白思君的脑袋里闪过了一道白光，他猛然意识到那是敲键盘的声音。

梅雨琛竟然在码字？！

二 你还要做我的责编吗

就像在沙漠里迷失了方向的人突然看到绿洲一样，白思君甚至觉得梅雨琛开始码字比他自己通过中级考试还要让他感到高兴。

他下意识地想要敲门，但是在抬起手的那一刹那，他停住了。

作家写作的时候最忌讳别人打扰，现在梅雨琛好不容易才开始码字，他不能打断梅雨琛的灵感。

梅雨琛会写什么？是下一本新书的大纲？还是一些碎片式的灵感？

"咔嚓"的声音几乎没有断过，梅雨琛现在应该是文思泉涌。

白思君竭力忍住想要询问的心情，回到一楼客厅，在来回踱了几个回合之后，他还是掏出手机向主编请了半天的假。

他不知道梅雨琛会写到什么时候，但总不可能会一直坐到下午。他迫不及待地想要知道梅雨琛在写什么，为了第一时间知晓答案，他宁愿损失这半天的工资。

不用赶着去上班之后，困意就像收不住似的排山倒海般地袭来。白思君的大脑命令他回去睡个回笼觉，但他害怕错过梅雨琛从房间里出来的时机，便强行打消了回去睡觉的念头。

看了看时间，还不到七点，按照梅雨琛码字的劲头，应该不会这么快出来。白思君知道，如果自己就这么在客厅里干坐着，可能没过一会儿就会睡着，所以他还是决定出去醒醒脑子。

既然不是把梅雨琛的衣服穿走，自然就不用再顾虑那么多。

白思君穿上挂衣架上的黑色羊绒大衣，围上那条被抢走的围巾，接着拿上鞋柜上的钥匙，来到了别墅外。

大雨洗刷过的景色格外清新，春日的阳光洒在身上，终于有了一丝温暖的感觉。

白思君难得闲下心来享受清晨的舒适和惬意，他想，或许在工作之余，自己也应该多关注下生活。

深吸了一口气，淡淡的薰衣草香味涌入鼻尖，是陌生但好闻的洗衣液味道。

白思君愣了下，很快意识到这股味道来自围巾。他把围巾拉到鼻子下轻轻嗅了嗅，梅雨琛身上也有这股味道，干净、清香。

白思君整个冬天都围着这条围巾，那上面本该是他熟悉的气味，但是现在却染上了别人的味道。

梅雨琛说他去便利店要用，应该是某次出门时顺手围上了这条围巾，之后觉得暖和，便不想还了吧。

也不知道梅雨琛第一次围上时，有没有闻到他的洗衣液的味道。

他的洗衣液是葡萄柚味的，梅雨琛会不会觉得好闻？

意识到自己在想些奇怪的问题，白思君连忙收回了思绪。

他来到小区外的便利店买了两人份的早餐，然后慢悠悠地散步回了别墅。当他打开别墅大门时，他瞥见二楼的窗帘动了一下。

那个位置应该是梅雨琛码字的房间，白思君有些恍惚，他记得他第一次来时，梅雨琛也是在这个房间，所以说，那个时候梅雨琛也是在码字？

白思君的心里生出了一个不太确定的想法，或许梅雨琛并不像前辈说的那样一个字没写，他可能一直在尝试，只是一直没有写出自己满意的内容罢了。

白思君脱下外套时，梅雨琛正好从二楼下来。他去厨房倒了两杯牛奶，问白思君："你要加热吗？"

"不用了，谢谢。"白思君很有自知之明，即使他说"要"，梅雨琛也会让他自己去，他不想在别人家里搞得这么麻烦。

"买了什么？"梅雨琛喝着牛奶问。

"早餐。"白思君从购物袋里拿出一个三明治递给了梅雨琛。

梅雨琛接过三明治看了看，接着不客气地靠着餐桌吃了起来。

白思君拿起杯子喝了一口牛奶，立马被冰得牙疼。

在这种气温下喝冰牛奶确实有些勉强，但梅雨琛却跟没事人似的。

白思君有些狼狈地啃了口三明治，问道："你写完了吗？"

梅雨琛没什么表情地抬了下眼，白思君心下觉得他应该是不会回答了，却听梅雨琛道："写完了。"

意外的答案让白思君卡住了，他不得不又喝了一口冰牙的牛奶把三明治咽下去。

"你不去上班？"梅雨琛问。

"请了半天假。"白思君道。

"这样。"梅雨琛笑了笑，"所以你还要在我这儿赖到中午？"

白思君不太确定这是不是在赶他，如果是的话，那么这个人大晚上的把他叫过来，让他干站在门口淋雨，吃着他买的早餐，一句谢谢不说就算了，现在还要赶人。

他深吸了一口气，告诉自己，人不要脸天下无敌，自己应该多向梅雨琛学习这一优良品德。因此他决定，就算梅雨琛是在赶人，他也要假装没听出来。

"你什么时候起来的？"白思君转移话题道。

"没睡。"梅雨琛言简意赅地回答。

"你一整晚都在码字？"白思君有些诧异。

"嗯。"梅雨琛应了一声，接着好似想到了什么，突然轻笑了一下。

白思君从梅雨琛的脸上看不出一点熬夜的疲惫，反而看出了隐约的兴奋，他犹豫着问："你写的……是什么题材？"

这个问题他同样也没指望梅雨琛回答，他原本打算花一上午的时间去打探这个答案，但出乎意料的是，梅雨琛竟然直接回道："悬疑。"

白思君瞪大了双眼，满脸都写着不敢相信。

梅雨琛这是终于要和他说新书的事了？

他好像终于把这个 BOSS 的护盾打掉了！

白思君咽了一下口水，强迫自己收回视线，问道："具体是什么内容呢？"

梅雨琛问："你要看吗？"

白思君再次震惊了，梅雨琛竟然把未完成的作品拿给他看？

这个 BOSS 的护盾破掉之后，掉血是不是太快了些？他在餐桌下掐了一把自己的大腿，确认这不是在做梦。

他怕梅雨琛是在逗他，小心翼翼地问："我可以看吗？"

梅雨琛勾了下嘴角："在这儿等着。"

说完之后，梅雨琛就回到了二楼，没多久后又抱着笔记本电脑下来了。当他重新回到餐厅时，白思君已经收拾好了餐桌上的包装纸和牛奶，正坐在餐桌旁等待着。

"自己看。"梅雨琛把电脑放到了白思君面前。

"好，谢谢。"白思君深吸了一口气，接着屏息凝神地看向电脑屏幕。直到这时，他都还不敢相信事情会进展得这么顺利。

屏幕是亮着的状态，页面停留在 Word（电子文档的一种格式）文档上。白思君扫了一下左下方，将近一万字，他问道："这是你一晚上写的吗？"

"嗯。"梅雨琛应了一声，接着懒洋洋地拉开白思君身旁的椅子坐下，用手撑着下巴，催促他道，"快看看。"

不知为何，白思君突然觉得面前的东西好像是梅雨琛专门写给他看的。

一定是错觉。

来不及多想，白思君开始看内容。

文章一开头是写大雨滂沱，有人在出租车上和司机聊天，聊天内容无非是抱怨工作压力大，大半夜还要给客户送文件之类的。

白思君看得聚精会神，就怕错过什么伏笔，但等看到快结尾时，他觉得不对劲了。

他偷偷扫了眼一旁的梅雨琛，而梅雨琛正好在观察他的反应，两人的视线就这么撞上了。

白思君觉得有些尴尬，他轻咳了一声，微微皱眉问："这个人……被客户杀害了吗？"

"嗯哼。"梅雨琛勾起了嘴角。

"这……就没有反转吗？"

"没有。"梅雨琛道，"想到哪里写到哪里。"

"可是这样会不够精彩吧？"

"为什么要精彩？"梅雨琛懒洋洋地道，"我又不是写给别人看。"

"这不是新书吗？"白思君愣了下，"那这个是……"

"有感而发罢了。"梅雨琛双唇轻启，云淡风轻地说道。

白思君突然想到了什么，他连忙回到文章开头，发现主角去的客户家里，和梅雨琛家的结构一模一样……

他的脸色立马变得青一阵红一阵，而旁边的梅雨琛看到他的反应，直接笑出了声，就好像恶作剧得逞了一般。

所以说这根本不是什么新书，只是梅雨琛为了捉弄他，把他写成了被杀害的"社畜"而已。

白思君第一个想到的是，梅雨琛不愧是得过奖的悬疑作家，能够得心应手地运用现实生活中的素材。

白思君又看了眼那残忍的描写，艰难地开口道："你……不会真有这种想法吧？"

梅雨琛没有否定，只是淡淡地反问："你害怕了吗？"

他那丹凤眼仍旧没精打采地半睁着，也听不出他的话里到底有几分真假。

白思君缓了好一阵，艰难地开口道："没有……"

梅雨琛轻笑了一声，接着问："你还要做我的责编吗？"

三 你得负责到底

他刚才怎么回答的来着？

他说"我回去问一下主编"。

那感觉就好像有同学邀请他去玩，他说"我回去问一下妈妈"，一听就很逊。

白思君一手撑在别墅外面的围墙上，简直想找个洞把自己埋起来。

他见梅雨琛微眯起双眼，嘴唇紧闭成一条直线，又结结巴巴地补充了一句："当然，不是因为害怕你，我就是，我……"

最后他还是什么都没说出来，就说了一声"我去上班了"，然后就逃似的从别墅里跑了出来。

而且由于太过慌乱，他还穿走了梅雨琛的大衣，戴走了刚围过的那条围巾。

白思君胡乱地揉了一下前额的头发，刚才那一幕绝对是他人生中最傻的时刻，没有之一。

他一脸挫败地往小区大门走去，如果这时他回一下头的话，就会看到梅雨琛正站在二楼的露台看着他。

直到上了地铁之后，白思君的脑子都还是乱的。被人写成小说中的受害者，这怎么想都令人毛骨悚然。

或许梅雨琛只是在故意吓他，但梅雨琛的文字实在太过有感染力，他总有种或许梅雨琛真有这种想法的感觉。

他知道不能再想了，但偏偏围巾和大衣都散发着梅雨琛的气味，让他感觉快要窒息。他把围巾松开了一些，这才勉强喘上气来。

所以梅雨琛到底还是没有写新作的打算，熬夜写出来的东西只是为了让他知难而退。那梅雨琛昨晚说什么"知道了"，是什么意思？让人白期待半天。

白思君一脸头痛地叹了口气，看来这个 BOSS 的护盾压根就没有被他打掉。问主编自然是不可能问的，他现在手上就只有这一项工作，他几乎可以想象到，主编会说他就这么一件事都做不好，直接辞职算了。

虽然梅雨琛说他们主编是虚张声势，但即使是虚张声势，也足以让他害怕。

如果让他在主编和梅雨琛之间选一个去面对，他宁愿选择梅雨琛，所以这个 BOSS 还是得继续打。

地铁驶入市区之后，人逐渐多了起来，时值上班高峰期，车厢里很快就像沙丁鱼罐头一样拥挤。

白思君把座位让给了一个孕妇，从孕妇和她老公的对话中听出，两人像是要去做产检，她老公一直牢牢地护着她的肚子。

这对夫妻的样子很恩爱，白思君不由得发呆，如果有一天他能找到一个不错的女人，说不定他也很向往这样的生活。

当然，前提是他得找到一个恩爱的人，否则他还是更愿意把时间投入到工作当中。

上下班高峰时期总让人忘了先下后上的礼仪，白思君穿过疯狂往车厢里挤的人来到站台上，后悔之前没有在梅雨琛的屋子里补个觉，至少能错过这段时间。

看看手机，才九点多，去公司打个卡应该能保住这半天的工资，只算个迟到。

就在这时，手机突然振动起来，白思君看到屏幕上显示的"主编"两个字，突然有了不好的预感。

正常来说，他请了假，有事应该不会找他才对，除非就是这件事只有他能完成。

白思君接起电话，只听主编语气严肃地说道："马上给我回公司。"

"出什么事了吗？"白思君下意识地问。

"你过来再说。"

公司写字楼就在地铁站旁边，白思君心烦意乱地回到公司，主编见他这么快就出现，还小小地吃了一惊。

办公室里的气氛很压抑，主编和副主编的脸色都不太好，白思君大气也不敢出一口，只听主编问道："你和李风准备的那个读者见面会，新书是谁搬到库房去的？"

白思君愣了愣，答道："是我。"

他清楚地记得李风说自己有腰肌劳损，所以拜托他把拆封的五百册新书搬到库房放起来。

主编阴着脸道："昨天晚上的那场暴雨把明天要签售的新书都淋坏了，你自己说该怎么办？"

"淋坏了？"白思君不敢相信地瞪大双眼，"书不是放在书店库房里的吗？"

"那个库房有个角落是漏水的，那边一直都不放东西。"副主编解释道，"书店的工作人员说告诉过你们了。"

"我没有听说过这件事。"白思君皱起眉头，"李哥呢？"

明天签售会的主角是近几年大热的悬疑作家齐筠，而齐筠的责编是李风。

白思君虽然在工作上属于不太会拒绝的类型，但这不代表他就是个忍气吞声的人。这件事的责任显然不在他身上，他不相信主编会把错归结到他身上。

主编满脸戾气地说道："他辞职了。"

"什么？！"

040

"书店员工一大早就联系了李风，他知道这事比较严重，所以就直接不来公司了。"副主编道。

白思君倒抽了一口凉气，他一直都不太喜欢李风，这个职场老油条总是喜欢把自己的工作推给后辈来做，而现在李风捅了娄子不说，还把他拉下了水。

主编又说："签售会的情况只有你是最清楚的，这个事你得负责到底。"

白思君心里的火噌噌地往上蹿，他只是去帮忙搬了一下书，什么叫他是最清楚的？他连话都没有跟齐筠说过，怎么去办这个读者见面会？而且还是在这种情况下！

白思君反驳的话已经到了嘴边，但最后还是压抑住怒火，问道："签售的数量可以减少一些吗？"

主编回道："现在能卖的书就只有几十册，这点数量还怎么举办签售会？"

白思君深吸了一口气，用商量的口吻说："那签售会可以改期吗？就算现在联系印刷厂加印，可能也来不及了。"

"不行。"主编斩钉截铁地说，"签售会前一天，怎么可能突然改时间？"

这也不行，那也不行，白思君抿紧了嘴唇，心想要不他也辞职算了，反正梅雨琛的书稿他也拿不到，到头来还是只能受气。

不过这时站在一旁的副主编拍了拍白思君的肩道："小白你就克服一下吧，新书可以去其他书店抽调，就是要麻烦你多跑几趟了。"

白思君没有吭声，副主编说的不失为一个办法，但是去其他书店调，人家也不一定会乐意。

副主编似乎看出了他的犹豫，又道："这件事其实很锻炼人，你要是办妥了，说明你确实是有能力的，以后齐筠的新书我们也可以交给你负责，你说是吧，老何？"

副主编说着看向主编，主编点了点头道："没错，这事你解决了，以后齐筠的书就交给你来做。"

辞职的念头好歹是打住了，白思君安慰自己，都说危机代表着机遇，暂且就相信这个说法吧。

从主编办公室出来后，白思君走到窗边给李风打了个电话，毫不意外，没有人接。

赵琳端着水杯走到他身边，问道："怎么样，还好处理吗？"

白思君摇了摇头道："只能尽力了。"

"加油。"赵琳拍了拍他的肩，"做书是很辛苦，不过当你看到读者的肯定时，还是会觉得都是值得的。"

"嗯。"白思君应了一声，"可是我现在都还没有自己做过一本书。"

赵琳安慰道："别着急，我也是这么过来的。"

举办签售会的那个书店本来有着最大库存量，结果一场暴雨下来直接让市里的总库存少了一半。

白思君给各书店挨个打电话，说了不少好话，才勉强凑齐了三百册。最后还是主编联系了一个网络书商，好说歹说又凑了两百册。

午休的时候，白思君给李风发微信讨要签售会的开场词，毕竟除了齐筠本人以外，最了解这本书的人就是李风了。然而他的消息没有发送出去，因为李风竟然把他拉黑了。

四 作家与作家的区别

搬了大半天的书，白思君晚上回家打开密码门锁时，手指都是抖的。

隔壁的一个女生正在公共阳台上晾衣服，白思君一进门，她便从阳台上探出头来打招呼道："今天忙这么晚？"

白思君回道："临时有点工作。"

"我们约好十点斗地主，你要来吗？"

合租的四人偶尔会一起聚个餐，或玩点游戏。

"不了。"白思君扯出一个礼貌的笑容，"还没忙完呢。"

"编辑的工作这么辛苦啊？"女生有些诧异地说。

"跟搬砖没两样。"白思君半开玩笑道。

"那你加油！"

签售的新书解决了，白思君还得考虑签售会开场词的问题。之前他跟着其他编辑去过几次签售会，大概知道该怎么热场，但真要他自己上，难免感到心虚，况且还是在他完全不了解这本书的情况下。

齐筠的新书叫作《垃圾桶的秘密》，书里的垃圾桶很神奇，东西放进去会自动消失。整本书由三个小故事构成，分别是失踪的孩童、丢失的赎金，以及消失的尸体。读到最后，读者会发现原来三个故事都互相有联系，而这就是垃圾桶的秘密。

齐筠不愧是这几年大热的悬疑作家，故事情节描写有张力，白思君原本打算粗略看看，大概知道讲什么就好，但他不知不觉就沉浸在紧凑的情节中，等他翻到书本最后一页时，已经快到凌晨一点了。

或许是周六的缘故，客厅里的三人还在嘻嘻哈哈地吵闹。白思君从房间里出来，去卫生间洗漱，那三人还想拉着他玩个通宵。

后来还是楼下的住户上来提意见，那三人才未尽兴地各自回了自己的房间。

白思君借鉴了一下宣传部门发在公众号和微博上的宣传文案，又加了一些自己的见解，最后差不多快到凌晨三点时，他才勉强拿了份自己满意的介绍出来。

签售会在早晨九点半举行，白思君还得赶在八点半去接作家齐筠。

齐筠是本市一所重点大学的老师，今年三十八岁，离过一次婚，现在住在大学的教职工宿舍里。白思君去接他的时候，重新踏入了阔别四年的大学校园里。

看着那些青春洋溢的大学生，白思君一边感到羡慕，一边又不禁心怀恶意地揣测，当他们踏入社会的时候，不知道会不会像他一样感到挫败？

这些重点大学的学生，人生的巅峰时刻很可能就是高考成绩出来的那一刻。他们考上心仪的大学，进入梦想的平台，然后碌碌无为地过完大学四年，之后和其他人一样逐渐沦为一个平凡的人。

不过想到这里，白思君立马惊醒，他为什么会无缘无故对别人心怀恶意？脑海中闪过一张漫不经心的脸，眼神好似已经洞察了一切。

白思君甩了甩脑袋，他意识到自己这是"柠檬"心理，赶紧停止了这恶意的揣测。

等白思君赶到教职工宿舍时，齐筠已经在楼下等着他了。

互相打过招呼后，齐筠笑着问道："李风真的是身体不舒服？不会是辞职了吧。"

白思君有些心虚，没敢把谎话说死，只是含糊不清地回道："我也不太清楚……"

齐筠又道："他刚才发了朋友圈，看样子要去泰国旅游。"

这下好了，谎话被拆穿，白思君脸颊发热，干巴巴地说道："李哥确实辞职了……"

齐筠试探地问："我见他也没给我打招呼，怎么会突然辞职？"

"这个……"白思君不知该怎么回答，李风自己不负责任，但他好歹是公司前员工，又不可能直接这么说，便道，"这个还是直接问主编吧。"

齐筠笑了笑，道："不用拿我当外人，我从第一本书开始就跟着宏图混，早就拿自己当半个宏图员工了。"

齐筠最初是在网上连载小说，后来被宏图的主编无意中看到，这才把他签过来大力培养。

想了想，白思君老实交代道："李哥是昨天辞职的，我被临时拉来负责。"

"原来是这样。"齐筠点了下头，"那我以后的责编就是你了？"

"这个还说不好。"白思君连忙摆了摆手。不过齐筠就像没听见一般，对白思君伸出了右手："那以后就请多指教了。"

白思君一怔，和齐筠握了握手道："应该是请齐老师多指教。"

齐筠笑着收回手，问："你是打车来的，还是开车来的？"

白思君道："打车。"

"那还是开我的车去吧。"

白思君坐上副驾驶位，他发现自己来接人的意义仅在于提前做个自我介绍。不过好在齐筠很好相处，并没有对临时更换签售会负责人的事情感到不满。

如果梅雨琛有这么好说话……怎么可能。

白思君几乎立马否定了心里这不切实际的幻想。

齐筠是大学老师，本身待人接物就很温和，而且他是一步一步获得今天的成就的，所以为人也谦逊得多。

但梅雨琛就不一样了，他的第一部作品就一鸣惊人，之后一直受读者追捧，完全不知道谦虚为何物。而且他大学还没毕业，说起来还没白思君学历高，又没踏入过社会，根本不懂什么是人情世故。

想着想着，白思君又想起了梅雨琛留给他的最后一道问题：你还要做我的责编吗？

白思君觉得头痛，不是他不想，明明是梅雨琛故意刁难。为了赶走他，梅雨琛甚至把他写成被谋杀的人，顶着这种心理压力，他还怎么工作？

想到这儿，白思君止住了思绪，还是眼下的工作要紧。

签售会预期的销售目标并不高，结果没想到场面异常火爆，新书全部售完，后来书店不得不提供精美的书签，供齐筠给没有买到书的读者签名。

这场签售会原本预计十一点半结束，结果硬是拖到了下午一点。

收尾之后，白思君和齐筠以及宣传部门的同事去附近聚餐。席间，一个同事同白思君搭话："白编辑，你开头的那段介绍真的讲得太精彩了，要不是我已经看过，我都想去排队了。"

另一个同事道："是啊，我也有同感，比我们公众号的文案都吸引人呢。"

"对了，我们在下面做调查问卷，问读者是通过什么渠道知道这本书的，有十几个读者都是来逛书店，偶然听到你的介绍，就去排队购买了。"

白思君不好意思地笑了笑："我也是昨天半夜赶出来的。"

齐筠适时举起酒杯，起哄道："来来，我们敬白编辑一杯。"

"不敢不敢。"白思君连忙跟着拿起酒杯，"是齐老师的书本身就精彩，应该是我敬您一杯。"

大家热热闹闹地把酒杯碰到一起，白思君又道："还有宣传部的同事，刚才一直在网上直播签售会的情况，也辛苦了。"

宣传部的同事道："白编辑长得又帅又会说话，不知道名草有主了没啊？"

几个女同事立马笑作一团，白思君不想多生事端，微笑道："有了。"

一顿慰劳餐结束，大家吃饱喝足分头离开，齐筠叫了代驾，说顺便把白思君送回家，白思君也不好太客气，便应了下来。

两人上车加了微信，聊着聊着，齐筠直接说起了对新书的想法，末了还问白思君道："你觉得如何？"

白思君受宠若惊，他不禁再次想到作家与作家的区别真的是巨大的，有的人非常愿意和编辑交流，有的人却是大半个月了什么都不告诉你。

白思君下车时，齐筠对他说道："很期待与你合作。"

白思君回道："我也一样。"

但实际上他心里也没底，毕竟这事还是得主编说了算。

昨晚只睡了三四个小时，上午又忙活了大半天，白思君回到家后倒头就睡，等他醒来时，窗外已被夜色笼罩。

中午吃的烤肉似乎已经消化一空，白思君摸着咕咕叫的肚子，打算点个外卖，然而这时他发现他的微信有几十条未读消息。

打开微信一看，全是工作群发来的，其中还有主编的。

主编把齐筠正式交给他负责了。

由于新书反响非常好，好几家网络商城的书籍都被抢购一空，主编当下决定让白思君后续跟进。虽然《垃圾桶的秘密》并不是白思君做的，但他也由衷地替齐筠感到高兴。

他给齐筠发了条微信，告诉他加印的消息，而齐筠回复已经知道了，还感谢了白思君一番。

看样子危机确实转化为了机遇，白思君的工作保住了，而且还有了不小的进展—— 他终于像个正式的编辑了。

但是梅雨琛该怎么办？

像前辈说的那样拖着也不是不行，毕竟现在他手里有了新的作家，也不用在一棵树上吊死了。

但白思君总觉得这不是个办法。

吃串串的人里，有的人喜欢一抓一大把，把食物全都扒拉进自己碗里之后再吃，然而白思君习惯吃完一根之后再拿下一根，他觉得这样才有条理。

梅雨琛是他接手的第一个作家，如果就这么放任不管，就好像刚出发的第一步就没有走好一样，让人心里不舒服。

想了半天也想不出个结果，白思君没主意地刷着微信对话框的界面，这时他突然反应过来他还没有加梅雨琛的微信。

也不知道那个人有没有用微信。

白思君打开搜索框输入了梅雨琛的手机号码，一个微信头像很快弹了出来。他看着那粉红色的草莓甜筒，第一个反应就是自己找错了人，但是仔细一看微信号"myc1111"，确实是梅雨琛没错。

犹豫了一下，白思君还是按下了添加好友键，在输入验证消息时，他写道：我是白思君。

半晌后，他把最后的句号删除，换成逗号，又添加了一句：你的责编。

那个作家·挑剔

· 第三章 ·

或许梅雨琛并不是为了吓跑他，而只是在提醒他：
我是个难搞的人，你最好做好准备。

一 给我讲故事吧

白思君点了附近的一家黄焖鸡外卖，之后开始刷豆瓣。齐筠新书的评价普遍不错，虽然等看的人多了，后面口碑也有可能会降，但总的来说开了一个好头。

这时，屏幕上方突然弹出一条微信消息。

五月雨：过来。

白思君下意识地看了眼时间，离他发送好友申请不过半个小时，他再次怀疑自己加错了人。

他上次给梅雨琛发短信，那人过了十多个小时才回复他，而现在梅雨琛不仅半个小时之内就通过了他的好友申请，还在通过之后的一分钟内给他发了条消息。

梅雨琛的手机不是个摆设吗？

点开微信，白思君琢磨了一下这条简短的消息传达的含义。除了非常正式的内容以外，白思君给人发微信是很少打句号的，因为他总觉得句号透露着一种"话题到此结束"的冷漠感，他认识的人里也几乎没有人喜欢打句号。

再看这条消息，过来，句号。不容反驳，不容商量，就像命令一样，也确实挺符合梅雨琛那不把任何人放在眼里的性子的。

不过在确认这就是梅雨琛后，白思君反倒舒了口气。

他以责编的身份添加梅雨琛的好友，而梅雨琛通过了，这代表着什么已经不再需要他去揣测。看样子他的小强精神最终还是打败了梅大魔王。

白：什么时候？

五月雨：现在。

现在是晚上八点多，地铁还在运行，但是只要过去，今晚就别想再回来了。

白思君不禁想到了上一次在梅雨琛家过夜的"惨状"，犹豫着回复道：我想先明确一下，我不想做悬疑小说里的被害人。

五月雨：谁说我还要写你？

外卖配送员的电话突然打进来，白思君差点没拿稳手里的手机。他清了清嗓子接起电话，黄焖鸡外卖已经送到了出租屋门口。

拿到外卖后，白思君继续回复：我坐地铁过去，十一点之前到。

梅雨琛没再回复，白思君松了口气，安心吃起外卖来。

天气已经回暖，梅雨琛家的暖气还是开得很足。算算日子，市里再过几天也该停止供暖了。

白思君脱下外套，把装着羊绒大衣的袋子递给梅雨琛道："不好意思，这两天一直在忙，没来得及干洗。"

梅雨琛扫了一眼，问："围巾呢？"

白思君微微一怔："我上次不是留了一条在这里吗？"

梅雨琛道："我要我戴过的那条。"

好吧，白思君在心里又给梅雨琛贴上了一个"挑剔"的标签。

梅雨琛身上穿着一件没有图案的纯白短袖，而白思君脱下外套之后，里面是打底的白色衬衣和偏厚的灰色毛衣。

在客厅刚坐下没两分钟，白思君就有些热得受不了。他偷偷看了眼梅雨琛，正好梅雨琛没有在看他，视线飘向落地窗外，不知在想什么，他便缩到沙发角落，把身上的灰色毛衣脱了下来。

毛衣带起的静电发出噼里啪啦的响声，白思君能感到发丝飞了起来，于是用手胡乱揉了揉脑袋，而这时一道视线突然射了过来，他连忙收回手，恢复了严阵以待的坐姿。

"你在忙什么？"梅雨琛问。

"齐筠的新书今天上市，办了个签售会。"

齐筠同样是悬疑作家，白思君知道梅雨琛肯定认识。

"怎么样？"梅雨琛随意地问，"他的新书。"

"特别精彩。"白思君把书的内容大概讲了讲，然后又把网络上的评价也跟着说了。

梅雨琛没再接话，脸上仍旧没什么表情。

白思君犹豫着问："你的新书有打算了吗？"

梅雨琛继续沉默着。

白思君微不可察地叹了口气，正想动之以情，晓之以理，好好劝说他一下，却听梅雨琛突然开口道："暂时还没有想法。"

梅雨琛的语气很平静，就像朋友间的聊天一样，白思君愣了好几秒，才意识到梅雨琛这是对他卸下了防备，愿意跟他分享写书的进度了。

白思君的喉结滑动了一下，问了一个废话般的问题："这次还是写悬疑题材吧？"

白思君之所以这么问，其实是在试探梅雨琛有没有意愿继续和他聊下去。他怕梅雨琛只是心血来潮回答了一句，接下去就不愿意说了，所以才问得这么小心翼翼，生怕僭越。

梅雨琛轻轻应了一声："嗯。"

白思君抿紧了嘴唇，他现在的感觉就像埋进土里的种子终于发芽了一样，梅雨琛的这一声"嗯"，似乎是对他这大半个月努力的肯定。

他继续问道："有什么我可以帮忙的吗？"

梅雨琛沉默了一阵，道："给我讲故事吧。"

"讲故事？"

"或许可以给我灵感。"梅雨琛笑了笑，一双丹凤眼好看地弯着。

"我……不太会讲故事。"白思君窘迫地抓紧了膝盖，他生平第一次后悔为什么不多看点悬疑段子，哪怕是鬼故事也好，这样也好把话题继续下去。

"你自己的故事呢？"梅雨琛问。

"我的故事？"白思君有些发怔，他下意识觉得自己的事好像跟悬疑题材完全不沾边。

"你为什么叫'思君'？"梅雨琛手肘杵在扶手上撑起下巴，歪着脑袋看着白思君，"是在思念谁？"

"这……"

这其实跟他的父亲有关，他原本是不想对外人说这些隐私的，但是一想到梅雨琛说他的故事可能会给其带来灵感，他便有了一股想要倾诉的冲动，这股冲动让他自己也感到吃惊。

"这是我妈给我取的名字，她在思念我爸。"白思君缓缓说道，"在我妈怀上我的时候，我爸去了俄罗斯打工，之后就再也没有回来过。"

"为什么不回来？"梅雨琛直白地问。

"我姐说他在那边有了新的家庭。"白思君勉强扯出一个笑容，"可能是因为俄罗斯的女人比我妈漂亮吧。"

梅雨琛安静了一会儿，问："你见过他吗？"

白思君摇了摇头，道："他的照片都被我妈撕掉了，家里也不准提跟他有关的话题。不过我姐跟我大概我描述过，说是瘦高瘦高的，梳着三七分，我其实……还挺好奇的。"

"你不恨他？"

"说不上来，对他没什么感觉。"白思君道，"因为我妈很厉害，把我和我姐都照顾得很好，所以也谈不上对我有什么影响。不过我妈应该挺恨他的。"

"是吗？"梅雨琛微蹙了一下眉心，"我怎么觉得应该还是挺想他的。"

"什么？"

"不然怎么不给你改名呢。"

白思君怔住了，这个问题他倒从没想过。被梅雨琛这么一提，他才反应过来，如果他妈妈真的恨透了那个男人，为什么会容忍"思君"两个字出现在她的生活里？改名也不过是很简单的一件事，按照他妈妈说一不二的性格，应该早就带他去改名了才是。

"或许吧……"白思君突然有点心疼，他第一次意识到他妈妈可能并没有表面上那么坚强。

"你今年多大了？"梅雨琛突然问道。

"二十六。"

"她没有催你结婚？"

"天天催。"白思君苦笑了一下，"不过我暂时没有这个打算。"

"为什么？"

"就……还年轻……"白思君说出了他每次搪塞他妈妈和他姐的理由，但不知为何，他突然深吸了一口气，改口道，"其实我有点害怕，我觉得家庭的责任太沉重了。"

这是白思君的真实想法，他从来没有对别人说过。因为害怕责任而逃避婚姻也是一种懦弱的表现，他不想把这样的自己展现给别人。不过他总觉得梅雨琛不会这样想他，因为梅雨琛是个作家，他的思想带着浪漫主义色彩，不像是个会被世俗所束缚的人。

梅雨琛笑了笑，问："就算遇上喜欢的人也害怕？"

"以前读书的时候不怕，现在自力更生之后就觉得生活不容易。"白思君就像打开了话匣子一般，慢慢讲述道，"我之前交往了一个女朋友，交往了半年，因为工作太忙，就没有下文了……"

白思君自顾自地说到这儿，突然发现一边的梅雨琛闭着双眼，脑袋一上一下地晃着，他连忙打住，问道："抱歉，我的故事是不是很没劲？"

梅雨琛微睁开双眼，满脸倦意地说道："没事，你继续。"

白思君正打算换个话题，沙发另一边的梅雨琛突然一头栽到沙发扶手上不动了。

白思君吓了一大跳，还以为梅雨琛突发了什么疾病，赶紧上前查看，晃动他的肩膀道："梅雨琛？"

梅雨琛没有回答，肩膀有节奏地起伏着，任谁都看得出睡得正香。

白思君简直没脾气了，他掏心掏肺地讲自己的故事，想要给这位大作家灵感，结果到头来人家只是把他的话当睡前的故事罢了。

他摇了摇梅雨琛的肩膀，说道："去床上睡。"

梅雨琛仍旧闭着双眼，小声嘀咕道："你讲啊，我听着呢。"

梅雨琛说着蜷起了双腿，摆明了一副要在这里生根发芽的架势。白思君看着这个一米八几的大男人窝在沙发里耍赖，脑子里突然闪过了一个奇怪的想法。

或许梅雨琛叫自己过来，是因为不想一个人待着，想要有人陪在他身边，否则白思君完全想象不出自己出现在这里的意义是什么。

如果真是这样的话，那之前把他写进小说中，或许梅雨琛并不是为了吓跑他，只是在提醒他：我是个难搞的人，你最好做好准备。

他不确定地摇了摇梅雨琛的肩，轻声问道："你和我聊人性、生死什么的……是不是因为希望我更了解你？"

二 所以这是你给我的奖励

梅雨琛没有回答，取而代之的是平稳的呼吸声。

回想到梅雨琛之前的那句"知道了"，以及今天关于写作上的坦率，白思君心里基本已经确定，梅雨琛故意把他写进小说中，不是为了让他知难而退，而是在问他：我还有这样顽劣的一面，你还愿意做我的责编吗？

那感觉就好像一个爪子锋利的野猫终于愿意跟你回家，但是它害怕你突然抛弃它，所以事先告诉你：我毛病很多的，你最好有所觉悟。

那不是威吓，反而像是在撒娇。

结果他落荒而逃了，怪不得当时梅雨琛的脸色那么难看。

白思君无声地勾了下嘴角，他拿过一旁的抱枕垫在梅雨琛脑袋下面。

看着老实睡在沙发上的梅大猫，白思君想把他抱到一楼的客卧去，但想了想还是放弃了。首先他不确定自己能否抱得动，其次是对一个男人用公主抱也太奇怪了。

他去客卧抱了床被子过来盖在梅雨琛身上，而梅雨琛立马换了个舒服的姿势，睡得更香了。

白思君蹲在梅雨琛身旁看了看，梅雨琛的睫毛很长，也很浓密，他鬼使神差地看了一阵，突然反应过来自己这样像个变态，连忙回到了客卧之中。

客卧里没有多的被子，白思君盖着外套将就了一夜。等他醒来时，身上的外套不知何时已经变成了昨晚他拿出去的那床被子。

他走出客卧，一楼没有人。

心里突然冒出一个念头，白思君轻手轻脚地来到二楼，耳朵贴在书房门上听了听，梅雨琛果然在码字。

他稍感欣慰，但转念一想，万一梅雨琛又在拿他写悬疑文怎么办？

这次他抬手敲了敲门。

门里很快传来梅雨琛的声音："进来。"

白思君打开门，探了一个脑袋进去："我去买早饭，你要吃什么？"

梅雨琛抬眼扫了他一眼道："三明治。"

"好。"白思君说完就要带上门，但一想到疑问还没解决，他便又把门推开一些，硬着头皮问道，"你在写什么？"

白思君的疑虑显而易见，梅雨琛停下打字的手，轻飘飘地说道："嗯——写到你被杀人魔绑起来了。"

白思君的脸立马黑了，而梅雨琛轻笑了一声，道："在写大纲，没写你。"

"大纲？"白思君愣了愣，"这次是新书的吗？"

敲键盘的声音继续响起，伴随着梅雨琛的一声"嗯"。

白思君抿了抿嘴唇，道："那不打扰你了。"

他轻车熟路地拿上钥匙，来到小区外的便利店，在买三明治的时候，他顺手买了一个草莓冰激凌。

梅雨琛的微信头像是草莓甜筒，而且上次他找借口要白思君过来时，也是说想吃点心，白思君下意识觉得，这个难伺候的作家应该是喜欢吃甜食的。

不过白思君忽略了他买这个草莓冰激凌的动机，于是当梅雨琛举着冰激凌前后打量，问他这是什么时，他都还没反应过来梅雨琛是在问他为什么买。

白思君道："草莓冰激凌，给你买的。"

梅雨琛勾着嘴角问："我是问为什么给我买？"

对啊，为什么……

白思君突然卡住了，他反问道："你不喜欢吗？"

"喜欢。"梅雨琛道，"所以这是你给我的奖励？"

白思君买的时候什么也没想，他只是觉得梅雨琛可能会喜欢，所以他就买了，现在被梅雨琛追着问，他顿时有些尴尬，因为他好像真的有那么点奖励的意思。

"就是……觉得你辛苦了。"白思君支支吾吾地说。

"谢谢。"梅雨琛眼含深意地笑道。

这还是白思君第一次听到梅雨琛对他说"谢谢"，他不禁想到原来这人也是懂礼仪的。

他咬了一口三明治，问道："你的大纲写好了吗？"

"结尾还没想好。"梅雨琛道，"这次的故事带点软科幻，有点难写。"

白思君咽下三明治，脸上又露出了不敢相信的表情，他犹豫地问："真的？"

"什么真的？"

"我就是……"有心理阴影了，怕你又写些乱七八糟的东西来糊弄我。

白思君没敢说出心里的想法，不过梅雨琛就像看透了一般，笑道："怎么，怕我又拿你编故事？"

白思君小声嘟囔道："你最好不要这样。"

他本来只是顺口一说，没想到梅雨琛一下来了劲儿，问："为什么不要？"

这还为什么？

"谁愿意当被害人啊。"白思君又想起了那些描写，"也太可怕了吧。"

"小说而已。"

白思君撇了撇嘴："那也不愿意。"

梅雨琛"扑哧"一下笑出声，道："你是责任编辑，还怕小说变成现实？"

白思君道："我也只是新人而已。"

虽然之前他很不想承认这点，但在梅雨琛面前，很多事情他藏也藏不住。

梅雨琛轻声笑了笑，不再多说什么。

简单用过早餐之后，白思君把餐桌收拾干净，准备离开。他还记得上次梅雨琛说他是赖在这里，他可不想被赶出去。

然而事实证明，他再次猜错了梅雨琛的想法。

准备离开时，白思君站在玄关边，一边穿外套一边问："对了，我的羽绒服在哪儿？"

"送去干洗了。"梅雨琛说完，突然歪着脑袋问，"你去哪儿？"

"回家啊。"白思君理所当然地说。

"有事要忙？"梅雨琛继续问。

"没。"白思君下意识地回答。

"那回去做什么？"

白思君一下被问住了，今天是周日，他回去多半也是打打游戏、看看书，但是反过来想，他留在梅雨琛这儿又是做什么？

不过这个想法他没有问出口，因为他脑子里又想起了昨晚蜷在沙发上的那只大猫。

和梅雨琛短暂相处的这些日子，白思君看出梅雨琛是个不会轻易表达内心想法的人，所以他擅自揣测梅雨琛是不想让他走。

不管梅雨琛是闲得无聊也好，还是真想让他陪着也好，反正他本来也没事，待在这里也无妨。他又重新脱掉外套和毛衣，问："我在这儿不会打扰到你？"

梅雨琛没有回答，只是静静地看着他脱衣服，等他整理好头发之后，梅雨琛才道："不会。"

说完之后，梅雨琛就上二楼了，白思君突然觉得他刚才的问题应该是：我在这儿不会无聊？

然而看样子梅大作家根本不关心这个问题。

白思君认命地走到客厅沙发坐下，不过没一会儿，梅雨琛竟然抱着笔记本电脑下来了，并且手上还拿着一个 Kindle（电子阅读器）。他把 Kindle 递给正在刷微博的白思君，道："你要想上网的话，我上面还有一台电脑。"

白思君有些受宠若惊："你在这里码字？"

"不可以？"

这是你家，当然可以。

白思君没有接话，打开 Kindle 挑起书来。梅雨琛的口味有些刁钻，好多书白思君连听都没听过。他翻了一会儿，梅雨琛突然道："我把那篇短文发到你微信了。"

白思君问："哪篇？"

梅雨琛的唇角勾起一个笑容："专门为你写的那篇。"

白思君立马反应过来，额头冒起三根黑线："发给我做什么？"

"收藏纪念。"梅雨琛的眼神重新落回屏幕上，"我可不轻易给人写东西。"

那意思，你该感到荣幸。

白思君深吸了一口气，告诉自己不要生气，好人做到底，送佛送到西。

由于梅雨琛说新书和科幻有关，白思君便挑了一本看起来还不错的科幻小说。小说的文字有些晦涩难懂，身为编辑的白思君下意识地觉得或许是译本水平的问题，所以他又挑了另外一个译者的版本，但发现还是有些难懂。

这样的小说需要绝对沉下心去细读，然而耳边"咔嚓咔嚓"的键盘声总是扰乱他的注意力。

他不由自主地看向斜对面缩在单人位沙发上专心码字的梅雨琛，突然有些羡慕像这样工作起来得心应手的人。

梅雨琛码字时是完全面无表情的，就像一个没有感情的机器一般。

都说认真工作的男人很有魅力，白思君也不得不承认，梅雨琛工作的样子确实让人有些移不开眼。

不知不觉中，他的目光开始涣散，脑子放空，整个世界只剩下那连续不断的键盘声。

突然，键盘声停下了，白思君的视线跟着聚焦，接着便对上了梅雨琛那双深沉的丹凤眼。

他猛地收回视线，假装什么都没发生过，但显然梅雨琛并没有放过他的打算，直勾勾地看着他问道："在看什么？"

白思君违心地回道："有点好奇你在写什么。"

"别急。"梅雨琛笑了笑，"写完就给你看。"

梅雨琛的语气很轻快，似乎心情很好，不知为何，白思君竟然听出了一丝宠溺，就好像梅雨琛专门给了他一项特权，不仅可以参与其创作的过程，还可以第一时间看到作品。

白思君不由得更加好奇，他强迫自己把注意力放回到小说中。

三 有人做饭还这么挑剔

心不在焉地看到中午，白思君只看了不到十页。另一边梅雨琛码字的速度慢了下来，看样子一直在反复删改。

白思君看了下时间，问道："中午点外卖吗？"

梅雨琛抬起头来看他："你会做饭吗？"

很平常的一句话，但白思君总是摸不透梅雨琛在想什么，所以又忍不住揣测梅雨琛的意思。

他是在单纯地问自己会不会做饭，还是在针对是否点外卖的问题，讽刺自己问了一句废话？

白思君觉得自己有点魔怔了，总是想太多。不过归根结底，还是因为他不够了解梅雨琛的缘故。

抛开脑子里杂七杂八的想法，白思君老实道："会炒鸡蛋。"

梅雨琛轻笑了一声，好似在说就不该期待太多。他道："那还是点外卖吧。"

白思君顺手点开外卖软件，问："这附近有什么好吃的吗？"

"都差不多。"梅雨琛顿了顿，"反正都吃腻了。"

白思君划拉屏幕的手停住了，他收起手机，说道："要不我给你做蛋炒饭吧。"

其实白思君几乎没下过厨房，他拿锅铲的姿势就跟拿笔一样，他妈看得绝望，说他没有做饭的天赋，以后还是得找个会做饭的媳妇儿。

当时白思君想的是他还可以吃外卖，反正又饿不死，但是现在听到梅雨琛说吃腻了外卖，他突然有点同感，也不怎么想吃外卖了。

梅雨琛微微弯起眼角，道："好啊。"

白思君十指交叉活动了一下手腕，问："家里有米吗？"

"没有。"梅雨琛一副事不关己的样子，"鸡蛋也没有。"

"……我去买。"

出发之前，白思君确认了一下厨房里的东西，锅碗瓢盆一应俱全，但就是没有柴米油盐。他去便民超市买了一打鸡蛋，一小袋泰国香米和两根火腿肠，然后又买了一小瓶油和一袋盐。当他来到厨房撸起袖子准备大干一场时，梅雨琛竟然也来到厨房，一副要旁观的样子。

如果白思君是个大厨，他倒不介意有人在旁边欣赏，但关键是他的目标是把所有食材都弄熟，至少吃了不会拉肚子，他不想暴露这一点，所以心虚地对梅雨琛说："你去客厅等着吧。"

梅雨琛撇了撇嘴，一脸无聊地离开厨房，白思君这才敢放开手脚折腾。

他先淘好米煮上饭，接着打鸡蛋，把火腿肠切成丁。不知不觉中，电饭煲里飘出了悠悠的米饭香气，空荡荡的屋里顿时多了一丝生活的气息。

"白。"客厅的方向传来梅雨琛的声音，白思君应声看去，只见背对着他的那个单人位沙发上，梅雨琛正探了一个脑袋出来，下巴搭在沙发靠背上，一脸期待地看着他道，"我饿了。"

白思君扫了眼电饭煲，数字面板显示还有五分钟，他回道："马上就好。"

这五分钟里，白思君把崭新的炒锅和锅铲拿出来准备好，突然想到了什么，问道："你家有围裙吗？"

沙发后的半个脑袋立马转过来，梅雨琛回道："没有。"

白思君微叹了一口气："那算了。"

梅雨琛盯着他看了一阵，突然说道："我去买。"

白思君觉得自己又搞不懂梅雨琛了，这个连泡咖啡都嫌麻烦的人，竟然愿意为了一个不重要的道具亲自跑一趟？

他说道："其实不用也可以。"

"不行。"梅雨琛斩钉截铁地否定，他一边走向玄关，一边说道，"我要看你穿围裙的样子。"

白思君不确定梅雨琛这是想嘲笑他还是想怎样，他突然发现，难不成作家和编辑的脑回路是不一样的？不然为什么他总是跟不上梅雨琛的思路？

小区的便民超市离他家不远，梅雨琛很快回来了。在他离开的这十几分钟里，白思君在网上找出菜谱看了看，心里基本上已经有了八九成把握，甚至有些跃跃欲试。

不过当他看到梅雨琛手里那花花绿绿的东西时，他做饭的心思瞬间减少了大半。

"就没有素一点的吗？"白思君头痛地问。

"我专门为你挑的。"梅雨琛一脸无辜。

白思君认命地叹了口气，他实在是拿梅雨琛没办法。他抬手想要接过围裙，没想到梅雨琛躲开了他的手，道："我帮你。"

白思君没想太多，他收回手，梅雨琛把围裙套上他的脑袋，接着双手抓住了围裙两边的绳子。

围裙的结是打在腰后的，白思君下意识地想要转身，但这时梅雨琛突然按住他的腰，让他定在原地，然后双手穿过他的肋下，就这样在他身后打了一个结。

梅雨琛打结的时候，两人离得很近，白思君几乎能听到耳旁那轻缓的呼吸声。他愣愣地等梅雨琛给他系好围裙。在梅雨琛退开时，他听到梅雨琛在他耳边小声说了一句："我挑的围裙你穿着真好看。"

白思君难免有些无语，这位大作家对自己的审美难道没点数吗？

他无奈地转身面向灶台，用半命令式的语气说道："你去客厅等着。"

梅雨琛笑了笑，转身离开了厨房。

油锅逐渐热了起来，白思君把蛋液倒进油锅，接着迅速挥动锅铲翻炒。

鸡蛋炒至金黄，白思君放入切好的火腿肠丁，当所有火腿肠都均匀地接触到热油之后，他倒入事先煮好的白饭。

放盐、关火，一锅香喷喷的炒饭完成。白思君松了口气，做饭这项艰巨的任务算是完成了。

他拿起小勺尝了一口，咸淡适中，但不知梅雨琛的口味如何。他转头道："你来试试盐味合不合适。"

梅雨琛再次回到厨房，他想要找个干净的勺子给梅雨琛，然而这时梅雨琛突然握住他拿勺子的右手，就着他用过的勺子舀了一勺炒饭，然后微微低头，把勺子含进了嘴里。

这人怎么这么不讲卫生？白思君简直没脾气了。

梅雨琛直起身，弯着眼角笑道："挺好，就是，是不是忘了放葱？"

有人做饭还这么挑剔。

白思君抄起盘子开始盛饭，皱着眉说："嫌弃就别吃。"

梅雨琛在一旁压着嗓子直笑，边笑边道："不嫌弃。"

四 单纯就是不擅长

午后的太阳从云层后露出脸来，照得客厅的地板闪闪发光。梅雨琛抱着电脑懒洋洋地窝进沙发里，原本已经慢下来的码字速度又恢复到了早晨的水平。

白思君看了看微信，没什么重要的事，他重新拿起 Kindle，但注意力还是和之前一样无法集中，或者应该说更加无法集中。

他实在太好奇梅雨琛正在写的内容了。

实在看不进书，白思君索性放下 Kindle，对梅雨琛道："我去打扫院子。"

梅雨琛抬起眼来，明显有些不解："我可以找人打扫。"

白思君摇了摇头，道："没事，中午吃得太饱，正好运动一下。"

其实白思君一点也不想打扫，他又煮饭又洗碗，忙活了大半天，现在好不容易才闲下来。但是客厅里梅雨琛的存在感太强，总让他分心，而庭院是唯一一个不需要离开就可以远离梅雨琛的地方。

梅雨琛沉默地垂着眼，在白思君即将离开客厅时，他突然开口道："你是不是无聊了？"

还未等白思君回答，梅雨琛又道："我写了个开头，你要看吗？"

白思君的脚步立马顿住，他差点以为太阳打西边出来了。如果他没记错的话，梅雨琛说的是写完再给他看。

他不确定地问道："我现在就可以看吗？"

梅雨琛的左手在键盘上按了两下，看样子是在手动保存。他抬起眼来问："不想看吗？"

当然想，他等这一天已经等了大半个月了。

不过说来也奇怪，折腾太久反而没了之前的那种激动，白思君重新在沙发上坐下："我会好好看的。"

故事的开头是一个男人收到了一个快递，快递包裹里有个 U 盘。男人把 U 盘插上电脑后，发现是个恋爱养成游戏，然后……

然后就没了。

白思君扫了眼左下角的字数，不到两千字。他意犹未尽地抬起头来问："这就没了？"

梅雨琛一手撑着下巴，嘴角的线条随之歪向一边。他没有回答，只是静静地看着白思君。

白思君知道梅雨琛在等他谈感想，但这么点字数实在看不出来什么，他只能硬着头皮道："文笔还是一如既往的流畅……"

这都是什么废话。

梅雨琛的眼睑耷拉下去了一些，一看就不怎么喜欢这个感想。

白思君尴尬地咳嗽了一下，又从剧情上找话说："这个游戏应该有什么玄机吧？"

这也是句废话。

梅雨琛写的是悬疑小说，不是恋爱小说，用脚趾头想也知道这个游戏不对劲。

"嗯。"梅雨琛没什么表情地应了一声，算是给了白思君一个台阶下。

"不过这个游戏……"白思君犹豫地说，"是恋爱养成类的，里面会有恋爱的情节吗？"

梅雨琛擅长用文字刻画人性，作品的故事情节通常偏"成人向"，如果用颜色来比喻的话，他的作品应该是红黑色，又炽热又深沉，显然和带有粉色气息的"恋爱"两个字不甚相符。

"开头有一些。"梅雨琛淡淡地回道，一副明显不想多说的样子。

白思君突然有种感觉，其实梅雨琛没怎么想给他看，只是因为觉得他无聊，所以才故意给他找点事做。

既然如此，白思君也只能顺着聊下去。他想了想，说道："你好像没有写过恋爱的题材。"

"确实。"梅雨琛用食指卷起肩上的发丝，"这个不太擅长。"

"为什么呢？你不擅长谈恋爱吗？"白思君下意识地问，但问出口他就后悔了。恋爱这种话题偏私人性质，他和梅雨琛还没有熟到这种地步。

"不擅长。"梅雨琛道，末了又补充了一句，"哪个作家都有短板。"

"应该难不倒你。"白思君还挺认真地说，"由浅入深难，由深到浅易，你既然可以写出复杂的人性，那简单的恋爱肯定不是问题。"

梅雨琛突然笑了一声，问："你是不是觉得作家写作都靠想象？"

熟悉的"作业"又来了。

白思君垂眸思索了一秒，接着抬眼道："想象是很重要的因素，但基础应该还是个人经历。"

"或者说个人积累。"梅雨琛道。这次他没有讽刺白思君的回答，也没有故意为难他，倒让白思君小小地吃了一惊。

只听梅雨琛又道："我的故事情节来自我经历过或接触过的事，包括看其他作家的小说或影视剧作品来激发灵感，但是恋爱方面我一片空白，所以会比较难写。"

梅雨琛说的时候，白思君开始还边听边思考，但是听到"一片空白"四个字时，他的思绪一下就卡住了。他怀疑自己听错了，不太确定地反问道："一片空白？"

梅雨琛停下玩弄头发的手指，半睁着眼眸应道："嗯。"

白思君极力不让自己表现出惊讶，问道："你……没谈过恋爱？"

梅雨琛无所谓似的耸了耸肩："没有。"

白思君突然有了底气，因为他好歹谈过恋爱，从这一层面上来说，他应该算是梅雨琛的前辈。

或许是白思君的表情太过微妙，梅雨琛皱着眉问："你这是什么表情？"

"呃，没有。"白思君赶紧收起心里不知从哪里来的自信，"我只是没想到写文还耽误谈恋爱。"

梅雨琛盯了白思君一阵，问："不谈恋爱有什么问题？"

梅雨琛的语气严肃了一些，不似刚才般随意，白思君不知是自己的话冒犯到了梅雨琛，还是自己的嘚瑟被发现了，连忙补救道："没有问题，我只是觉得可惜。"

"可惜？"梅雨琛挑眉问。

"你长得……"直白的赞美被白思君咽回嘴里，"也不差，实在看不出来三十多岁还没经验。"

客厅里一下安静下来，梅雨琛微眯起双眼打量了白思君一阵，接着突然勾起了嘴角。

白思君被盯得后背发麻，不安地问道："怎么了？"

梅雨琛微微扬起下巴，直勾勾地看着白思君道："你很会谈恋爱吗？"

白思君突然感觉有些危险，他似乎不该得意："我好歹谈过……"

"谈过就代表很擅长？"梅雨琛悠悠道，"我没记错的话，你仅有的一段，因为你工作忙就没下文了。"

白思君简直想找个地洞钻进去。他第一次感受到原来被打脸的滋味这么酸爽。

他明明记得他讲故事的时候梅雨琛在睡觉，怎么还把这些事记在了心上？

还没等他接话，梅雨琛又说道："五十步笑百步，很有意思吗？"

白思君为自己刚才幼稚的想法感到无地自容，他顿时觉得他待在这里的意义仅仅是供梅大作家消遣，但是他明明是来工作的。他皱起眉头，正色道："你赶紧写，时间不多了。"

梅雨琛似乎聊够了，他收起悠闲的笑容，淡淡地应道："好，编辑大人。"

那个作家·黏人

· 第四章 ·

梅雨琛这个人真的很奇怪，谜一样的思维，谜一样的举动，
但你往往又会发现他的一切都有迹可循。

一 平衡

白思君做的蛋炒饭虽然不难吃，但也没有好吃到可以连吃两顿的地步，所以两人晚上还是点了外卖。

收拾干净外卖盒子之后，白思君离开了梅雨琛的别墅，直到这时，他那浮躁的心情才总算回归了平静。

新的一周，主编对白思君的态度有了明显的改变，就连平时喜欢差使他的同事在让他帮忙办事时都带上了商量的语气。

如果这些都还不算实质性的改变，那公司新招的实习生彻底让白思君摆脱了老幺的身份。

在此之前，白思君是宏图文化招的最后一个应届毕业生，在他之后进来的新人都是别处挖来的资深编辑，虽然名义上是后辈，但实际上还是前辈。

李风这次辞职太过突然，开年又正是公司忙的时候，最后高层还是决定直接招个实习生进来。

新来的实习生叫作梁茹，正好是齐筠执教大学的大四学生。她是中文专业，科班出身，主编把她交给了白思君来带，虽然白思君没有明说，但心里多少还是对梁茹有些同情。

因为让他这个半吊子编辑来带，等于是说小姑娘得从打杂学起。

好在梁茹是个挺懂事的姑娘，人又机灵，没几天就讨得办公室里一众姐姐的欢心。

"白哥，这是你的奶绿。"梁茹把塑料购物袋里的奶茶分给其他同事后，又把一杯奶绿放到了白思君的桌子上。

白思君愣了一下，道："我好像没有点吧。"

"嘘——"梁茹压低声音，眨了眨眼道，"我请你的。"

白思君笑了下，道了一声谢谢。

梁茹并未离开，继续说道："白哥，我可以不叫你白哥吗？"

白思君不解："怎么了？"

"因为我总想起广场上的白鸽。"梁茹说完自己哈哈笑了两声。

白思君也确实觉得自己这姓不适合这么叫，便道："也是，那你换个称呼吧。"

"就叫哥怎么样？"

梁茹说这话的时候神态有些紧张，眼神里满是掩盖不住的期待。

白思君一时间没有想太多，直接应了下来："行啊。"

"好的哥！"梁茹小跑着回到自己的工位，然后掏出手机一脸兴奋地不知在和谁聊什么。

白思君后知后觉地意识到，叫哥似乎有些亲昵了，他和梁茹认识也没几天，如果不知道的人听见，还会以为两人有多熟悉。

不过对于这种小事，白思君也没太在意，毕竟他和梁茹都在一个公司，时间久了肯定会熟起来。

这几天梅雨琛只问了白思君什么时候过去拿羽绒服，白思君回复周末去。工作日的晚上去了又得过夜，加上天气已经回暖，羽绒服拿回来也是收进衣柜，并不需要着急。

按照计划，这周六白思君要带梁茹去熟悉一下书店。

周五晚上，梁茹主动在微信上和白思君确认明天的行程，原本两人只是例行公事地对话，但梁茹突然没头没脑地来了一句：好像约会啊。

白思君虽然看不透梅雨琛在想什么，但是对小姑娘的心思却很敏感。

这不是他自恋，是他长期以来积累下来的经验。

白思君看着手机屏幕没有回复，上方的"对方正在输入"反复出现了好几次，最后梁茹只说道：我开玩笑的，哈哈哈。

白思君跟着回复了一个"哈哈哈"的表情，算是给梁茹台阶下。

梁茹应该是对他有意思的。

白思君虽然不怎么吃甜食，但是也感受得出来，梁茹每次叫他哥时，语气都甜得发腻。

他不禁想到了喜欢吃甜食的梅雨琛。

梅雨琛的性子和甜完全不沾边，最初的时候像个浑身是刺的仙人掌。接触一段时间之后，仙人掌变成了刺猬，偶尔会把没有刺的肚皮露给你看，但总体来说绝对算不上可爱。

至于梁茹，长相过得去，性子讨喜，是个可爱的女生。

白思君猛然意识到自己竟然在拿梅雨琛和女生作对比，赶紧打住了这荒唐的想法。正好梁茹又给他发了一条消息过来，问他有没有女朋友，他似乎是被梅雨琛搞怕了，想也没想就回复了一个"没有"。

然而消息一发过去，他就后悔了。

因为这等于是在告诉梁茹她有机会，而且他回复的时候是那么迅速，就好像他在等梁茹问这个问题一样。

但是他又不可能撤回，因为梁茹瞬间回复了一个柴犬撒娇的表情。

白思君头痛地把手机甩到一边，在他仰躺在床上的那一刻，他突然发现自己的心理好像出了点问题。

他明明就是单身，为什么不可以给女生机会？

给机会不等于谈恋爱，再说深入了解之后，梁茹很可能会觉得他并不合适，就像他的前女友小艾一样。

想到这儿，白思君心里舒畅了些。他甚至有些感谢梁茹及时出现，因为他觉得自己也得平衡下工作和生活了。

第二天上午十点，白思君准时来到约定好的书店，此时梁茹已经在书店门口等着他了。平时上班时，梁茹穿得比较拘谨，今天穿了一件短外套和一条高腰毛呢裙，两条大白腿光溜溜地露在外面，格外引人注目。

白思君同她打了个招呼，没话找话似的问道："不冷吗？"

梁茹的脸颊红彤彤的，也不知是打的腮红还是乍暖还寒的天气给冻的。她摇了摇头，一脸兴奋地仰视着白思君道："风度更重要。"

白思君一下想到了那位怕冷的大作家，算算日子，暖气已经停了，也不知道这几天他怎么过的。

"哥？"梁茹提醒道，"我们不进去吗？"

"抱歉。"白思君回过神来，拉开书店的大门，让梁茹先进去。

书店里开着空调，鹅黄色的灯光衬得气氛暖洋洋的，让人一下放松下来。

两人毕竟是来工作的，白思君给梁茹讲了讲做书的流程，然后又随便挑了一本书，教她怎么看封面上的信息。他讲的内容很基础，比如出版社和出版公司的区别，书号上的数字代表什么，然而他每讲一个点，梁茹就会新奇地说道："好厉害。"

白思君还真没觉得有什么厉害的，小姑娘没见过世面，等她在公司里待久了之后，就会发现他也不过是一个普通人。

临近中午，白思君带梁茹去附近的美食街吃饭，两人走在路上有一搭没一搭地聊着，这时白思君的手机突然振动了起来。

他拿出手机一看，竟然是梅雨琛。

不知为何，白思君总觉得这三个字有些阴魂不散，因为刚才在书店里也看到了好几次这个名字。尽管梅雨琛已经三年没出新书，但他之前的作品还是在畅销榜上。

当然，说梅雨琛阴魂不散或许不太准确，因为梅雨琛也没怎么来找他，只是他自己总忍不住去想罢了，他大概是工作魔怔了。

此时梁茹正在大众点评上寻找评价不错的餐厅，注意力没在这边。白思君接起电话，压低声音道："喂。"

梅雨琛懒洋洋的声音传来："什么时候过来？"

这时候白思君才回想起来，他对梅雨琛说的是"周末"过去，但没有准确说是"周日"过去。

他回道："明天。"

电话那头一下沉默了，恰好身旁的梁茹抬起头道："哥，这家烤羊排店好像不错唉。"

白思君朝梁茹点了下头，正打算打声招呼挂断电话，另一头的梅雨琛突然开口问道："你在做什么？"

语气不像刚才一般慵懒，空气似乎骤然冷了好几度。

白思君隐约发现梅雨琛好像不太高兴，他老实答道："带后辈吃饭。"

梅雨琛紧接着问："公司聚餐？"

"不是。"白思君并未多想，"新来的一个同事。"

梅雨琛又沉默了。

白思君的直觉告诉他，梅大爷确实不怎么高兴，但他也不知道自己哪里惹到了他。

他不敢挂掉电话，很快，梅雨琛开口道："我饿了，过来给我做饭。"

现在？

白思君的这句话卡在喉咙里还没来得及说出口，梅雨琛就已经不留余地地挂断了电话。

他不敢相信地看着手机屏幕，通话断掉之后，屏幕又恢复了锁屏的状态，上面显示着时间："11：32"。

又是没礼貌地擅自挂电话，又是不分场合、时间地随意差使人。这人是没手没脚吗，饿了不会自己找吃的，非要他大老远跑过去伺候？

白思君心里蹿起了一股火，一旁的梁茹似乎发觉他情绪不太对劲，小心翼翼地问道："怎么了哥？"

白思君意识到自己没必要一个人在这儿置气，于是深呼了一口气，语气恢复如常，说道："没事，看好了吗？"

"嗯！"梁茹点了点头，"我们就吃那家的羊排吧。"

梁茹选的那家店很近，大约距离这一百来米，两人并肩朝前走去。路上梁茹还是和刚才一样说着学校和同学的趣事，但白思君一个字也没听进去。

梅雨琛说了让他过去，就肯定不会自己点外卖。从这里坐地铁过去最快也要下午一点才能到，也就是说梅雨琛至少得饿到那个时候。

关他什么事，白思君恶狠狠地想，他又没说他今天过去。

但是……

他之前说周末过去，梅雨琛理解为周六倒也不是说不过去。如果梅雨琛一大早就在等他，然后临近中午见他还没过去便打电话来询问，结果发现他正打算和公司同事吃好吃的……

真是该死，为什么要为工作牺牲到这种地步？

"哥，我们到了！"梁茹指着前方一家印着羊头的招牌兴奋地说道，"看样子还不错唉。"

白思君停下脚步定在原地，微微皱眉道："抱歉小梁，我临时有点事情，下次再请你吃饭。"他还是没法放下工作。

在梁茹愕然的眼神中，白思君头也不回地走到大马路边，拦下了一辆出租车。

二 不要为难我徒弟

当白思君提着大包小包的超市购物袋走进梅雨琛的别墅时，时间刚好差一分钟十二点半。

梅雨琛家的温度仍旧很高，看样子是开了空调。白思君把购物袋往玄关一放，开始脱衣服，而梅雨琛还是一如既往地靠在墙边看他。

"我还以为你不过来了。"梅雨琛道。

脱掉毛衣时带起了里面的长袖，白思君扯了扯衣角，把露出来的后腰盖住。

他没什么表情地回道："你不是喊饿吗？"

梅雨琛嘴角上翘，看起来心情不错，但说出来的话却很欠揍："你不吃烤羊排了？"

也不看看是谁害的。

白思君没好气地把东西提到厨房，一边处理才买来的食材，一边问道："写得怎么样了？"

梅雨琛跟到厨房，在餐桌旁坐下，不答反问："今天要大展身手？"

梅雨琛这么问也不奇怪，因为白思君买了土豆、洋葱、西兰花，甚至还有一袋去壳虾尾。

白思君埋着头道："今天吃点别的。"

他不会告诉梅雨琛他回去后特意搜索了除了蛋炒饭以外，还有什么其他简单的料理，而答案是咖喱。

梅雨琛撑着下巴一动不动地看白思君，白思君被看得有些不自在，皱着眉道："你去客厅等着。"

梅雨琛没有动，白思君也没有动，两人大眼瞪小眼。最后还是梅雨琛先妥协，一双丹凤眼不爽地耷拉着，慢悠悠地回到了客厅。

梅雨琛今天穿了一条长至膝盖的短裤，两条修长的小腿毫不顾忌地暴露在空气里。他的腿很细，而且有着结实的肌肉线条。

他还是去了背对厨房的单人位沙发，但是今天他是躺进沙发里的，于是无处安放的两条大长腿只能搭在沙发扶手上，裸露的小腿在白思君的眼前晃来晃去。

白思君第一次发现这人还真是闲得慌。

晃动的小腿突然停了下来。

"你在看什么？"另一头的扶手上，梅雨琛躺着问。

"没什么。"白思君收回视线。

这人倒好，是回了客厅，但还是在看这边。

白思君无奈地拧开水龙头，开始淘米洗菜。

咖喱的说明书上说所有东西都要切成小块，白思君从不知道切菜竟然是这么烦人的一件事。

西兰花可以用手掰也就算了，洋葱直接呛得他睁不开眼，土豆也老是黏刀，切不利索。

而且土豆是圆的，也太不好把控了。

白思君切得心烦，一不注意，在左手中指上划了一道口子，鲜血顿时从伤口涌了出来，他连忙放下菜刀，四处寻找纸巾。

"切到手了？"梅雨琛很快来到厨房，"我看看。"

"没事，帮我拿个创可贴吧。"白思君心想下次过来得买包厨房用纸了，他见伤口的鲜血越积越多，眼看着就要滴到地上，连忙用嘴唇吮住。

梅雨琛有些惊讶地看着白思君，像是没想到还能这样处理。

由于嘴里含着手指，白思君只能用眼神示意：你还愣在这儿干什么？

梅雨琛转身道："在这儿等着。"

他从楼上拿了一张创可贴下来，撕开包装道："过期一年了。"

现在也不是挑剔的时候，白思君无语地松开嘴唇，把手指递到梅雨琛面前，任由梅雨琛把这过期的创可贴贴在他的伤口上。

没想到梅雨琛又说："先贴着，我出去买新的。"

梅雨琛说完又上楼换上了厚衣服，白思君突然觉得他挨这一刀也挺值，至少他破天荒地差使了梅雨琛一回。

等梅雨琛从药店回来时，白思君已经做好了咖喱饭。

咖喱的浓度不稠不稀，白思君不得不感叹，咖喱块真是个神奇的东西，一锅食材乱炖一通，丢一块咖喱进去就可以变得美味无比，实在是太方便了。

梅雨琛似乎也很满意，吃完之后含着勺子道："手艺进步了。"

一听就是不懂咖喱神奇之处的人才会说的话。

不过白思君也没反驳，他没有功劳也有苦劳，自认对得起梅雨琛的赞美。

两盘子的咖喱饭被解决得干干净净，白思君瘫在椅子上休息了没一分钟，突然想起了一个头痛的问题。他回头看了看乱糟糟的料理台，还有一堆烂摊子等着他去收拾。

梅雨琛顺着他的眼神看去，明显也看到了惨不忍睹的料理现场。

白思君心里生出了小小的期待，他手受伤了，说不定梅雨琛会好心去洗碗。

然而他果然还是太天真了。

只见梅雨琛突然扬起眉尾，颇为得意地说道："对了，我给你装了洗碗机。"

梅雨琛说完抬了下下巴，眼神飘向某个角落，白思君跟着看去，这才发现橱柜一角的门板被拆下了，变成了一个金属柜门。

很好，有洗碗机，省了不少事。

白思君深吸了一口气，他再次被折磨得没脾气了。

什么叫"给他"装了洗碗机？

他在公司莫名其妙地成了饮水机加水员也就算了，为什么到这里来督促作家写作，还多了个煮饭婆加洗碗工的身份？

赵琳说编辑和作家是平等的。

他看是扯淡，都是扯淡。

梅雨琛一脸泰然自若的样子，丝毫不觉得有什么问题。

白思君认命地起身收拾碗筷，只恨自己摊上了一个大爷。

白思君还是第一次用洗碗机这个东西，光是研究说明书就研究了半天。

不过好在这东西确实省事，脏碗、脏盘子丢进去全都干干净净地出来，白思君心里对梅雨琛的怨气这才小了一些。

把厨房恢复如初，时间已到了下午三点。白思君累得窝进沙发里，完全忘了他本来只是过来拿个羽绒服的。

梅雨琛坐在斜对面的单人位沙发上，抱着笔记本电脑抬眼问他："要用 Kindle 吗？"

白思君有气无力地点了点头："谢谢。"

梅雨琛仍旧坐着没动，看着他道："在我卧室里。"

白思君实在是不想动了，索性踢掉拖鞋躺在沙发上，头朝着单人位沙发那边，掏出手机刷起微博来。

屏幕上方突然弹出一条微信提示。

梁茹：哥，你的事解决了吗？

白思君这才回想起他把人家小姑娘一个人扔在大街上，要是放在平时，他绝对不可能做这种事。

白思君：解决了。

白思君：抱歉，刚才走得太急。

梁茹：柴犬眯眼吐舌头.gif

梁茹：没事啦，解决就好。

白思君松了口气，看来小姑娘脾气还挺好。

手机又振动了一下。

梁茹：哥，明天有空吗？

看到这条消息，白思君没有立即回复，如果他没猜错的话，梁茹是想约他出去。

他慢吞吞地在对话框里打出"有"字，然后犹豫了好几秒才把这个字发出去。

梁茹：开心.gif

梁茹：哥说请我吃饭，那明天可以吗？

白思君抿紧了嘴唇，一个"好"字打出来后半天也没发出去。他知道于情于理他也不该拒绝，但总觉得有些别扭。

梁茹虽然不错，但说到底也不过是他的同事，又不是女朋友，甚至连暧昧对象都不是，哪有一个周末连续两天都见面的道理？

说他慢热也好，钝感也好，总之他不喜欢这种节奏。

白思君一脸纠结地看着手机，这时他斜后方的梅雨琛突然探了个脑袋过来问道："你在和谁聊天？"

白思君吓了一大跳，手上一个没注意，手机直接掉下来砸到了他的脸上。

梅雨琛从他脸上捡起手机，只扫了一眼屏幕，手机就被白思君抢了回去。

"那个后辈。"白思君坐起来揉了揉被砸到的鼻梁，"为了赶过来给你做饭，我把她晾在街上，现在找我讨债来了。"

"你们在约会？"梅雨琛挑眉道。

"什么约会。"白思君收回手，瞥了梅雨琛一眼，"我带她熟悉书店，这是工作。"

"这样。"梅雨琛半垂着眼眸道，"那你们明天要去约会？"

白思君道："看样子明天得陪她。"

梅雨琛沉默了一下，突然在沙发扶手上撑起下巴，看着白思君道："你带她拜访过作家吗？"

"没。"白思君如实答道，他突然反应过来了梅雨琛的意思，愣愣道，"你是说……"

"让她明天来我这儿。"梅雨琛懒洋洋地说。

拜访作家也是编辑的必修课之一，白思君迟早会带着梁茹熟悉这项工作。他现在手里只有梅雨琛和齐筠两位作家，虽然齐筠明显更好说话，但不得不承认，他和梅雨琛更熟，相对来说还是更了解梅雨琛一些。

这样一来也好，两个人为了见面而见面总显得像是约会，如果安排上工作的话，那就显得没那么刻意。

白思君拿起手机给梁茹回消息。

白思君：我明天带你见见作家。

白思君：梅雨琛你认识吗？

梁茹：认识！

梁茹：期待.gif

梁茹：那我们在哪里见面呢？

白思君抬头问："我直接把你的地址告诉她？"

如果约在地铁站见面的话，走过来还得花十几分钟的时间，那路上又得想方设法地找话题聊天，他不想连着两天都做这种事。

梅雨琛道："随便。"

白思君把梅雨琛的地址发了过去，和梁茹约好早上十点在梅雨琛家门口见面。

收起手机，白思君对梅雨琛道："你明天温柔些，不要吓到她，她才进公司没几天。"

梅雨琛的眉峰跳了跳："我对你不温柔？"

白思君觉得这人是不是对自己有什么误解。他无奈道："总之不要为难她。"

梅雨琛微眯起双眼："你怕我欺负她。"

白思君皱眉道："她再怎么说也是我徒弟。"

梅雨琛抿紧嘴唇不说话了。

"等等。"白思君突然后知后觉地反应过来一件事，"我今晚又得在你这儿过夜了？"

三 待客之道

　　不过夜也可以，就是坐地铁来回四个小时，第二天早上还得一大早就爬起来。

　　白思君自认不是一个爱折腾的人，他认命地倒回沙发上，开始认真反思自己做编辑是不是太失败，总是被作家牵着鼻子走。

　　眼里是洁白的天花板，耳边没有任何声音。客厅静谧得有些诡异，总感觉少了点什么。

　　白思君想起来了，是梅雨琛敲键盘的声音。最初那"咔嚓咔嚓"的声音总是扰得他心烦，但是平静下来之后，梅雨琛敲键盘的声音反而让他感到安心。

　　他不是煮饭婆，也不是洗碗工，他真正的使命是监督梅雨琛码字。"咔嚓"声就像是一种保证，让他知道梅雨琛的工作正在有条不紊地进行。

　　然而现在这"咔嚓"声已经停了有一段时间，白思君好奇地回过头去，接着便对上了梅雨琛的双眼。

　　梅雨琛又在看他。

　　他也不知道他的天灵盖有什么好看的，难不成这是作家的职业素养，需要随时观察别人？

　　这么一想，好像确实有这个必要。

　　"你卡文了吗？"白思君问。

梅雨琛沉默地看着他，不知在想什么。突然，他开口道："我们去逛超市吧。"

"逛超市？"白思君一愣。

"嗯。"梅雨琛垂着眼眸看向别处，表情有些不自然，似乎是在闪躲。

这还是白思君第一次见到梅雨琛露出这种表情，不过想想也是，逛超市这种事好像确实和这位不食人间烟火的大作家不怎么沾边。

他不知道梅雨琛又抽什么风，问："你不码字了吗？"

梅雨琛撇了撇嘴："我要休息。"

也对，人不是码字机器，机器还有停摆的时候，人也总得休息。白思君坐起来道："那走吧。"

梅雨琛从楼上下来的时候，脖子上围了白思君的那条黑白围巾。

白思君禁不住好奇："你不热吗？"

"不热。"梅雨琛淡淡地扫了他一眼，"你还没有把我的那条围巾还给我。"

白思君实在是无语，分明两条围巾都是他的，而且都是一模一样的，也不知道梅雨琛到底在挑剔什么。他一边穿鞋一边道："这条更新，你就用这条吧。"

"不。"梅雨琛固执地说，"那条你戴得更久。"

白思君的动作顿在原地，而梅雨琛已经先于他出了门。

梅雨琛喜欢用别人用旧了的东西？这是什么奇怪的癖好。

白思君不解地跟了出去。

两人并肩走了一段时间，白思君这才明白过来原来梅雨琛嘴里的"逛超市"其实是逛商场。

别墅区不远处有一个大型商圈，地铁站正是建在那里。白思君每次坐地铁过来都会经过这一段路，所以已经非常熟悉，倒是梅雨琛每走到十字路口就会忍不住左右张望。

"往这边。"

白思君拉住了即将"误入歧途"的梅雨琛，用手指了指商场的方向。

"我不怎么出门。"梅雨琛抿了抿嘴道，"也没去过那个商场。"

那你莫名其妙想逛什么超市，白思君只敢在心里吐槽。他伸了个懒腰，懒洋洋地说道："跟着我走就是了。"

"好。"梅雨琛应道。

白思君收回手时，胳膊碰到了身旁的梅雨琛，他这才发现他让梅雨琛跟着他走后，梅雨琛就靠了过来，两人肩并肩，挨得极近。

他突然觉得好笑，怕迷路也不用挨这么近吧。

有时候这梅大猫也挺黏人的。

感觉倒也不坏。

两人来到商场负一楼的超市后，白思君有些后悔不该在心里吐槽别人，因为梅雨琛是带他来买洗漱用品的。

梅雨琛这个人真的很奇怪，谜一样的思维，谜一样的举动，但你往往又会发现他的一切都有迹可循。

就比如刚才那不自然的表情，原来是想尽待客之道，却又不太习惯。

白思君下意识地在脑子里琢磨梅雨琛的心思，没注意两人推着推车来到了内衣区。

"你穿多大的？"

梅雨琛的声音拉回了白思君的思绪，他看了眼梅雨琛手里的包装盒，连忙抢过来塞回了货架上。

"一天不换没事。"白思君不自然地搪塞道。他长这么大还从没和男人一起买过内裤，他推着推车想往前走，但梅雨琛挡在推车前面没有动，微眯着眼问："你穿多大的？"

梅雨琛的语气少了一丝随意，多了一丝强势。白思君还以为到外面就是他的天下，哪知还是拗不过梅雨琛。

他放弃抵抗地回道："L 的。"

梅雨琛毫不犹豫地从货架上拿了十条一模一样的低腰内裤。

白思君瞪大眼睛道："你买这么多干吗？"

梅雨琛双唇轻启："囤着。"

"不是。"白思君觉得更奇怪了，"我也不穿低腰的啊。"

这次梅雨琛眼皮也懒得抬一下："哪那么多讲究。"

说完，梅雨琛朝结算区走去，白思君连忙推着推车跟上他的步伐。

四 作家是个路痴

从负一楼上来后，梅雨琛又继续踏上了前往二楼的扶梯，白思君自觉跟上。

两人之间没怎么聊天，白思君的思绪不自觉地飘向了别处。

如果是和梁茹或者其他同事走在一起，哪怕只是沉默个半分钟，白思君都会觉得尴尬，这种时候他会想方设法地寻找话题来活跃气氛，但老实说他并不怎么擅长。

但和梅雨琛在一起的时候不需要这样，梅雨琛不会没话找话地跟他聊，他也一样。两人之间的沉默更像是一种默契，令人非常自在。

梅雨琛逛商场也不会在一个店驻足许久，他在门口随便扫一眼，不感兴趣就直接走向下一家，即使有感兴趣的，也顶多是多看两眼，不买的东西就不会去试。

白思君很少像现在这样没有觉得逛商场是件折磨人的事情，梅雨琛的步调和他一致，两人就像是在随意地散步一样。

不过还是有件事让白思君感到不自在，那就是路上有许多女生盯着他和梅雨琛看。他一个人走在路上时，偶尔也会有女生多看他两眼，但是还从没有人这么毫不含蓄地投来视线。

他一开始还以为这些人看的是梅雨琛，毕竟连他一个男人都觉得梅雨琛长得真的很好看。但是走着走着，他发现这些女生看的是他们两人。

或许是在比较？白思君无聊地想。

他的下颌线比梅雨琛的更有棱角，整体看上去更加阳光，但梅雨琛的眼睛完全碾压他，唇形也比他的好看。

女生会更喜欢哪种类型？

应该还是他，毕竟他年轻，更有朝气。

想到这里，白思君忍不住轻笑了一声，梅雨琛的视线立马看向他："在笑什么？"

白思君连忙收起笑容道："没事。"

逛遍整个商场，时间已接近饭点，两人索性在商场里解决了晚餐。

等他们从商场出来时，外面已笼罩上了夜幕，四周不似市区一般嘈杂，走在路上甚至能听到鞋底和水泥路摩擦的声音。

白思君深吸了一口气舒展胸口，在商场待久了有些闷，外面的温度刚刚好。

梅雨琛头也不回地朝一个方向走去，白思君连忙拉住他的胳膊，问："你去哪儿？"

梅雨琛不解地看着他道："回家。"

白思君极力忍住笑意，用手指了指反方向道："家在那边。"

这一瞬间，白思君敏锐地看到梅雨琛的脸上闪过了一丝不自然的红晕。

他竟然觉得有点可爱。

梅雨琛调转方向，假装什么都没发生过似的往前走去，而白思君突然起了坏心，他再次拉住梅雨琛，说道："我记错了，是那边。"

他随便指了个方向。

梅雨琛立马朝白思君指的方向走去，这下白思君实在憋不住了，他笑出声，捂住肚子道："我骗你的，就在这边。"

下一秒，梅雨琛猛地用胳膊圈住白思君的脖子把他勾到面前，道："皮痒了是吗？"

白思君惊得立马收起了笑容，他果然不该跟这位大爷开玩笑。

梅雨琛看起来弱不禁风的样子，但实际上力气大得惊人。白思君回想起三年前的那次年会，他见过梅雨琛穿黑色紧身高领毛衣的样子，胳膊上是明显鼓起的肌肉，胸前也有漂亮的方形线条。

梅雨琛肯定健身过，或许只是这几年疏于保持体型，瘦了不少，但该有的力量还是有。

白思君一只手还提着下午买的东西，他慌乱地用另一只手推开梅雨琛，这时梅雨琛主动松开了他。

"我开玩笑的。"白思君用食指挠了挠脸颊。

"我知道。"梅雨琛应道，"我没有生气。"

那就好。白思君松了口气，然后还是觉得好笑，原来这位大作家竟然是个路痴。

"跟紧我。"他转身朝正确的方向走去，语气里仍是掩饰不住的笑意，"别这么大个人还走丢了。"

白思君说完偷笑着往前迈步，然而他还没走两步，就听梅雨琛淡淡说道："我看你就是皮痒。"

被梅雨琛治了一顿，白思君不敢再嘚瑟，他老老实实地朝别墅区的方向走去。

下午买的东西还是有些分量，因为左手有伤，白思君没敢换左手提。

梅雨琛似乎发现他总是调整购物袋的位置，难得地问道："要我帮忙吗？"

白思君自然不会客气，他把右手提高了一些，示意梅雨琛把购物袋接过去，哪知梅雨琛只是用食指勾走了其中一条提带，于是就变成了他们两人一人提一边的格局。

行吧，白思君无奈地想，这位梅大爷肯帮他分担一半也很不错了。

回到别墅时手机早已没电，白思君借来梅雨琛的充电器给手机充上电，然后去一楼的卫生间洗澡。

这次他事先拿好了换洗的衣服，没再给梅雨琛进卫生间的机会。

不过这次梅雨琛给他的不是新衣服，白色棉质短袖上有着好闻的薰衣草香味，是梅雨琛的洗衣液的味道。

白思君套上短袖后，捏起胸前的布料闻了闻。

确实很好闻，下次他也试试这个味道的洗衣液好了。

回到客厅时，梅雨琛正专心致志地窝在单人位沙发上码字，白思君竟有一瞬间的不适应。

因为平时他随便一个动作，梅雨琛都会抬起眼来看他，然而现在梅雨琛的视线一直固定在屏幕上。

看来梅雨琛的写作状态不错，白思君突然有点好奇他写到了哪里。

他绕到梅雨琛身后，才刚刚弯下半个身子，飞速敲键盘的手指便停了下来，梅雨琛转过头来，直直地迎上他的视线。

白思君有些心虚，连忙直起身，坐回沙发上埋着脑袋擦头发。

作家创作的时候，还是不要打扰他比较好。

五 不许反悔

擦着擦着，白思君突然听到了梅雨琛叫他。

"白。"

白思君被吓得心里颤了一下，只听梅雨琛又说："你觉得我是什么样的人？"

估计梅大作家又无聊了。

要说梅雨琛是什么样的人，白思君心里可是有一大堆怨言。他停下擦头发的动作，直白地说道："你很任性。"

梅雨琛挑了挑眉，倒没有反驳，看样子还有些自知之明。

而白思君看着他这么坦然的样子，索性继续说道："吃我做的饭也不知道主动洗碗。"

梅雨琛轻笑了一声，像是在表示赞同。

"还要继续听吗？"白思君问。

"当然。"梅雨琛懒洋洋地回答。

"你喜欢吃甜食。"

"你还怕冷。"

说着说着，白思君逐渐放开了胆子："你还黏人，害怕孤独，不想一个人待着，所以总找我来陪你。"

他这么说是想刺一下梅雨琛，因为每次都是他为梅雨琛做牛做马，他觉得心里不平衡。

果然，梅雨琛逐渐收敛了眼里的笑意，表情变得淡漠起来。

白思君突然觉得自己说过头了，正想缓和一下气氛，却听梅雨琛轻飘飘地说道："被你发现了。"

白思君愣了一下，没想到梅雨琛竟然直接承认了。他不确定地看了梅雨琛一眼，只见他的脸上不知何时又挂起了淡淡的笑容，眼眸深邃地看着他问道："你可以有空就过来陪我工作吗？"

白思君脑子还没反应过来，嘴上就应了一声"好"。

说完之后，他就像惊醒一般，正要收回这个字，却听梅雨琛"扑哧"一声笑了，说道："不许反悔。"

白思君无奈地想，梅大爷又折腾他，看来刚才那句话果然还是让他不高兴了。他换了种方式，动之以情又晓之以理地说道："我还有其他工作，不可能把所有时间花在你身上。"

梅雨琛淡淡地问："你手里还有其他作家？"

还真是一针见血。白思君手里确实有其他作家。他索性移开话题："你不码字了吗？"

"你为什么老是催我码字？"梅雨琛偏着头问，表情淡淡的看不出在想什么，"我在你眼里是不是就是一台码字机器？"

白思君抿了抿嘴唇，心想如果他把梅雨琛当作一台机器的话，他才懒得给他做饭、陪他逛街。

他还没回答，梅雨琛又道："我今天码了好多字，现在累了。"

梅雨琛的声音带着慵懒的鼻音，白思君几乎立马就听出来他是在撒娇。

以前也有女孩子向白思君撒娇，但还从没有谁像梅雨琛这样让他完全无法招架。他彻底没了脾气，摊开手掌对梅雨琛道："把手给我。"

梅雨琛闻言把右手搭在了白思君的手上。

白思君抬起那瘦削的手腕，用拇指轻轻按压内侧："你要注意打字姿势，不要伤了手腕。"

白思君知道他又开始做牛做马了，但他已经习以为常，竭力专注于手上的动作。

揉了一会儿手腕，他开始给梅雨琛舒展手指，这才发现梅雨琛的皮肤真是白得耀眼。

他好奇地问道："你是不是很久没运动了？"

"嗯。"梅雨琛淡淡地应道。

"现在天气也暖和了，"白思君仍旧埋着头，"没事可以多出去走走。"

"你陪我吗？"梅雨琛问道，"你不陪我我就不去了。"

舒展手指的动作顿了顿，白思君微微皱眉道："我只是你的编辑。"

哪有作家这么压榨自己的责编？

梅雨琛似乎听出了他语气里的不满，漫不经心地说道："我知道了。"

说完，他抽回自己的手，盘坐的双腿也放到地板上，准备起身。

白思君知道梅雨琛又不高兴了，他倏地抓住了梅雨琛的手腕，不自然地看着地板说道："但也不是不可以陪你去。"

白思君安慰自己，还是把好作品做出来比较重要。

诡异的沉默在客厅里蔓延，白思君说完之后就后悔了。他其实只是想表达他愿意在梅雨琛身上花时间，因为他除了工作以外也没别的事可做，但是两句话连起来一听，就好像他在哄梅雨琛一样。

梅雨琛轻笑出声，刚才那阴郁的氛围全都消散不见。他轻声说道："我知道了。"

同样的台词，但语气完全不一样。白思君听出来梅雨琛心情不错，不知为何，他那沉闷的心情也跟着轻松起来。

白思君有些出神，他觉得自己实在不是一个合格的编辑，老是向作家妥协。

六 向你学习

梁茹最终还是没能找到梅雨琛家的门牌号，在别墅区里迷了路。

白思君在小区便利店门口接到她，今天梁茹穿得比较正式，长长的卷发在脑后挽出一个发髻，多了几分成熟的气息。

两人打过招呼，一起往梅雨琛的别墅走去，梁茹问道："哥，我待会儿需要注意些什么吗？"

白思君想了想，决定提前打个预防针，他道："梅雨琛不太好相处，他说什么你都别在意。"

梁茹的表情明显有些害怕："万一我不小心得罪了他怎么办？"

白思君笑了笑道："没事，有我在啊。"

梁茹一下脸红了，低下头去不再说话。白思君抿了抿唇，他本来没打算撩小姑娘，只是想说梅雨琛如果生气，他负责哄好便是，不需要担心，但看样子梁茹误解了他的意思。

两人来到梅雨琛家门口，白思君自然地掏出了大门钥匙，梁茹看着他轻车熟路地开门，奇怪地说道："哥，你们这么熟悉啊。"

"还行吧。"白思君回道。

梅雨琛没有出来迎接，白思君在玄关给梁茹拿出拖鞋，接着朝客厅叫了一声："梅雨琛？"

好半晌，梅雨琛才慢悠悠地从客厅走出来，斜靠在墙上，上下打量梁茹。

梁茹原本有些怕，但在见到梅雨琛的那一刻，眼神立马亮了起来，她兴奋地说道："梅老师你好，我是你的粉丝，看过你所有的作品。"

梅雨琛仍旧没什么表情，倒是白思君忍不住笑了一声。梁茹立马拘谨地看向白思君，白思君解释道："我第一次来也是这么跟他说的。"

梁茹跟着笑了起来："这样啊，看来梅老师的粉丝真多！"

梅老师本人似乎懒得听这些吹捧，转身回到了客厅。

梁茹小声对白思君道："他看起来好凶啊。"

"是吗？"白思君看了眼梅雨琛的背影，可能是他被梅雨琛折腾惯了，倒没什么感觉。

白思君把梁茹引到客厅坐下，然后去厨房泡了一壶茶。在端着盘子走回客厅时，他突然反应过来，为什么他要做这些？明明应该是身为主人的梅雨琛来做才对。

然而此时梅雨琛正窝在单人位沙发里看书，连眼皮也懒得抬一下。

白思君在靠近梅雨琛的那一头坐下，说道："介绍一下，这是公司新来的实习编辑，梁茹。"

梅雨琛懒洋洋地扫了梁茹一眼，然后又继续看书。

梁茹明显有些尴尬，白思君也是一样。他心想，明明是梅雨琛让他把梁茹叫过来的，怎么一点面子也不给他。

白思君咳嗽了一声，没话找话似的对梁茹道："过来很远吧。"

"还好。"梁茹笑了笑，"学校刚好在这个方向，坐地铁一个小时就到了。"

"那就好。"白思君找不到话题接下去，只好喝了一口茶。

"哥好像住在公司附近吧？"梁茹说道，"从公司过来才真是挺远的。"

白思君还没来得及回话，一旁的梅雨琛便开口了："他昨晚睡在这里。"

白思君不明所以地瞥了梅雨琛一眼，不知他怎么突然有兴趣接话。

梁茹愣了愣，对白思君道："哥昨天有事，原来是梅老师找他啊。"

"嗯。"白思君心虚地应了一声，却听梅雨琛又道："他过来给我做饭。"

白思君实在忍不住，皱眉瞪了梅雨琛一眼，眼神在说：你说这个干什么？

梅雨琛勾了勾嘴角，继续埋头看书。

"哈哈。"梁茹干巴巴地笑了一声，"你们关系真好。"

白思君为了把奇怪的话题拉回正轨，赶紧说道："我们公司和作家签约一般是签书，现在梅雨琛正在写的这本是和我们宏图的第一次合作。"

梁茹点了点头，问："那梅老师的新书什么时候出呢？"

白思君看向梅雨琛道："这个得看他。"

梅雨琛优哉游哉地翻了一页书，完全没因拖稿而感到过意不去。

白思君无奈地道："为了保证作家按时交稿，我们要为作家提供各种帮助。"

梁茹道："这个我倒是听老师说过。"

到头来，说是拜访作家，结果却成了白思君给梁茹讲业内的故事。但好在梅雨琛并不是完全不理人，话题带到他时，他还是会插上两句，所以气氛总算不像最初那样尴尬。

临近饭点，白思君问梁茹："中午想吃什么？"

梁茹双眼发光地问："哥做饭吗？"

梅雨琛"啪"地合上书，道："他不做给别人吃。"

梁茹的表情僵住，白思君更是一脸莫名其妙，连忙说道："我手艺很差，我们还是出去吃吧。"

梁茹张了张嘴，正要接话，梅雨琛却道："不想出去，点外卖吧。"

白思君试图从梅雨琛的表情里读出他的想法，但还是一如既往地失败了。

梅雨琛知道他欠梁茹一顿饭，他怎么好意思用外卖来打发人家？

他想了想说："要不我们出去给你打包回来？"

梅雨琛抿着嘴不说话。

要是没有其他人在，不管梅雨琛做什么，白思君多半都会由着他的性子，但偏偏梁茹在这里，他已经对不起别人一次了，不想再欠第二次。

最后还是梁茹打哈哈道："没事，我们就吃外卖吧，外卖也挺好吃的啊。"

见梁茹这么说，白思君也不好再坚持，他掏出手机点了附近商场里的"麻小"。

除了没有"麻小"店员亲切的服务以外，在店里吃小龙虾和在家里吃小龙虾倒没有多大区别。三个人坐在地板上围着茶几吃，反而还更有氛围。

白思君把手套拆开递给梁茹，然后又递给梅雨琛，没想到梅雨琛压根不接，说道："我还要码字，不想弄得手上都是味道。"

无懈可击的理由，但白思君听了却想打人。

你不想剥虾壳，那我刚才下单点小龙虾的时候你倒是说啊？

白思君不好发作，又不敢让梅雨琛一个人饿着，因此只好一点一点地把香喷喷的小龙虾剥干净了放梅雨琛碗里。

梁茹突然变得很安静，白思君还有些不习惯，他问道："味道怎么样？"

梁茹笑了笑："挺好吃的。"

"那就好。"白思君说完转头一看，梅雨琛碗里又空了，他自觉地剥了一个麻辣小龙虾递过去，而这次梅雨琛却挑剔道："我要吃蒜蓉的。"

白思君已经习惯了梅雨琛这欠揍的样子，这时他身旁的梁茹突然猛地咳嗽起来。

"咳咳，不好意思。"梁茹给自己灌了一口可乐，"呛到了。"

白思君扯了一张纸巾递过去："麻辣味的还是有点辣，你尝尝五香的吧。"

梁茹低头擦嘴道："好。"

用过这顿折腾人的午餐，白思君和梁茹把茶几收拾好。两人提着垃圾袋走到玄关，梅雨琛也跟了过来。

"要走了？"梅雨琛问。

白思君知道他问的不是梁茹。

他原本打算和梁茹一起离开，毕竟明天还要上班，他今晚又不可能在这儿过夜，但这时他突然有点犹豫。

梁茹不知为何变得很沉默，如果和她一起离开，那至少还要在地铁上度过沉默又尴尬的一个小时。

当然还有别的，梅雨琛在他面前承认不想一个人待着，现在又跟过来，多半是不想让他走。

虽然他心里对梅雨琛有一堆怨言，但和梅雨琛待在一起并不会让他觉得不舒服。况且周日还有大半天的时间，他要是真走，估计梅雨琛又得不高兴。

他低头穿鞋，闷声道："我去送她。"

梅雨琛轻笑了一声，回道："好。"

梁茹果然不像之前那样活跃，出门后也一直一言不发。白思君突然有点自责，或许就不该带她来见梅雨琛。虽然这是编辑工作的一部分，但对于新人来说，梅雨琛果然还是太过难搞。

他安慰道："梅雨琛比较难伺候，不是所有作家都像他那样。"

梁茹沉默了一阵，突然说道："白哥，其实你可以跟我明说的。"

白思君一愣："什么？"

梁茹深吸了一口气，问："你今天带我来，是想告诉我，你的心思全在工作上，是吧？"

"呃……"白思君自认没有表现得那么明显，好奇地问道："我刚才在他家也没有在工作吧？"

"你对梅老师那么上心，"梁茹说道，"不就是为了拍作家马屁吗？"

白思君的表情裂开了，他没想到在后辈面前，他竟然成了一个拍马屁的人。

"我没有拍马屁。"白思君忍不住反驳，"我从头到尾就不是在阿谀奉承，而且他根本不吃那一套。"

梅雨琛的性子阴晴不定，要是他吃拍马屁这一套，那其他编辑怎么会拿他没办法？也亏得他有耐心。

"知道啦。"梁茹根本没听白思君的解释，调整了下语气，"我会向你学习的！我也要把所有心思扑在工作上！"

七　得寸进尺

说来也奇怪，白思君可以立马看出梁茹对他没了想法，就像当初他看穿梁茹对他有意思一样。

但换成梅雨琛，他就总搞不懂这位大作家在想什么，什么时候才会好好工作。

白思君优哉游哉地往回走，路过水果店时顺手买了一袋草莓。

梅雨琛平时总是点外卖，肯定不怎么吃水果。反正也是照顾，索性照顾好点。

白思君去厨房把草莓摘去叶子，洗干净，放进盘子里，然后端着盘子放到了茶几上。

梅雨琛只看了一眼草莓就笑了，问："这次又是什么奖励？"

还奖励，就你对待客人的态度，不罚你都不错了。白思君咬了一口草莓，恶狠狠地想。

他回道："我买给自己吃的。"

话虽如此，但他放盘子的位置明显离梅雨琛更近。

梅雨琛轻笑了一声，把盘子推到白思君面前，白思君正觉得诧异，结果就见梅雨琛懒洋洋地道："喂我。"

白思君手里举着半颗草莓僵在半空。

梅雨琛拖着慵懒的鼻音催促道："喂我啊。"

这人真是越来越得寸进尺了。

白思君心里一下来了气，他毫不温柔地把手里的半颗草莓塞进梅雨琛嘴里，忍不住把之前受的气一股脑地发泄出来："你自己没手吗。"

梅雨琛完全没理他，弯着眼角道："还挺甜的。"

咽下嘴里的果肉之后，梅雨琛又微微张开嘴，看着白思君。

白思君知道梅雨琛这是在等着他喂下一颗，他简直想捏一下梅雨琛的脸，看看这张脸皮到底有多厚。他无奈地把盘子拿到手里，然后又喂了梅雨琛一颗草莓。看着梅大爷心情不错的样子，他默默地在梅作家观察记录里又加了一条：心情好时喜欢撒娇。

他随意问道："你是不是不怎么喜欢梁茹？"

因为一整个上午梅雨琛都是一副高冷范儿，跟现在撒娇耍赖的梅大猫简直判若两人。

梅雨琛静静地咀嚼了一阵，咽下果肉后才抬眼看了他一下，道："你刚来的时候我也不怎么喜欢你。"

也对，他能见到梅雨琛这副模样，也是经过了好久的努力。

不过……

白思君拿起一颗草莓，不太确定地问："你不觉得这样有点奇怪？"

"哪里奇怪？"梅雨琛问。

"为什么编辑还要负责喂作家草莓？"白思君微微皱眉道。

"不想伺候我就直说。"梅雨琛没什么表情地说道，说完之后又淡淡地补充了一句，"其他人想伺候我都没机会。"

白思君一个不注意，手上的草莓掉了下去，落在了地板上。他连忙说了一句"抱歉"，又把草莓捡了起来。

算了，白思君心想，或许梁茹说得没错，他还是送佛送到西吧。

那个作家·无助

· 第五章 ·

他身上所带着的刺，就像是一种精明的伪装，表面上告诉其他人他根本不屑，但实际上他比任何人都感到无助。

一　他欠揍，不想叫他老师

这个周末之后，梁茹再也没有黏糊糊地称呼白思君为"哥"，又恢复了之前叫的"白哥"。除此以外，她还给白思君取了各种外号，比如"大白鸽""小鸽子"等，聊得开心了还会"啪啪"地拍白思君的后背，总之跟之前动不动就害羞的小姑娘完全不像一个人。

这天下午，两人出去办事。走在路上时，对面走过来一个长腿帅哥，梁茹用手肘捅了捅白思君的腰，说道："快看，有帅哥！"

帅哥路过时瞥了两人一眼。

白思君一副嫌丢人的样子埋下头，小声说道："你能不能含蓄一点？"

梁茹哈哈大笑："都是好兄弟，含蓄啥。"

白思君算是看明白了，当一个女生对你失去幻想之后，就会对你大大咧咧。

他借来梅雨琛的台词，恶狠狠地说道："你是不是皮痒了？"

梁茹立马收敛，小心翼翼地问道："白哥，我们是去干啥来着？"

白思君无语地扶额："给齐老师送合同。"

其实合同可以寄给齐筠，但是上周主编去国外谈版权合同，回国时给几个重要作家带了伴手礼，其中就有齐筠的份，而合同正好也要交给齐筠，于是主编便安排白思君把作为伴手礼的红酒也给捎过去。

白思君拿到红酒时，顺口问了主编一句："梅雨琛有吗？"

主编瞥了他一眼："他把稿子交上来就有。"

白思君的思绪被梁茹打断，梁茹一脸八卦地问他："可不可以给我透露下，是齐老师拿的钱多还是梅老师拿的钱多？"

白思君的嘴角抽了抽："什么钱不钱的，那叫版税。"

他简单说了说版税的计算方式。

"你做他的编辑一定很有干劲。"梁茹斜眼笑道，"毕竟梅老师的版税更高。"

"……瞎说。"白思君正色道，"齐老师和梅雨琛在我心里都是一样的，他们的书我都要做好。"

"可是明明就不一样啊。"梁茹嘟囔道，"我就不信你还给齐老师剥虾壳。"

"生活里的事不算，工作上的态度都是一样的。"白思君皱眉，他突然意识到他为梅雨琛做的事大多都属于生活的范畴，但他每次去梅雨琛家都是抱着工作的心态去的。

"如果工作上也一视同仁，那为什么你称呼齐筠为'齐老师'，称呼梅老师就直呼全名了呢？"梁茹就好像替梅雨琛打抱不平的正义小斗士一般，非要证明梅雨琛和齐筠不同，"我们平时工作中也没有听你称呼他为'梅老师'啊？"

"那是因为……"白思君顿了顿，"他欠揍，不想叫他老师。"

最开始，白思君也是抱着尊敬的态度按响了梅雨琛家的门铃，但那人假装不在家，故意让他在门口吹了半个小时的寒风，自那时起，他就完全没了尊敬的心思。

事实证明第一印象也没有出错，梅雨琛那家伙确实没什么值得尊敬的。

"呵呵。"梁茹掩嘴偷笑，"我看你呀，就是口嫌体正直。"

白思君不解："什么意思？"

"嘴上嫌弃得不行，却见不得他受一点委屈。"

白思君一怔："我哪有这样？"

"那我问你。"梁茹用中指推了下并不存在的眼镜，"我一进屋，你就去泡茶，你是不是怕他累着？"

白思君无语："那是因为我知道他不会泡。"

梁茹紧跟着问："那他碗里一空，你就主动给他剥虾，你是不是怕他饿着？"

白思君："我那是处于人道主义同情。"

"行吧。"梁茹将双手环抱在胸前，义正词严地抛出最后一记进攻，"我们聊天时你总是看他，你是不是怕说到什么让他不高兴？"

白思君下意识地张了张嘴想要反驳，但最终还是没能找到任何理由。他确实怕梅雨琛不高兴，虽然他经常都拿不准梅雨琛在不高兴什么，但只要觉察到一丝不高兴的迹象，他就会立马把这位大作家伺候好。

梁茹拍了拍白思君的肩膀，一脸得意地说道："白哥，两位老师咖位不一样，你也不能偏心呀。"

白思君看着马路上连绵不断的车流，他不想再继续这个话题，于是敷衍道："你赢了。"

齐筼特意为白思君和梁茹空出了下午的时间。他是大学老师，而梁茹正好是这个大学的学生，虽然两人所属不同院系，但聊起学校的事来也非常投机。

梁茹其实很会聊天，然而上次在梅雨琛家里还是有好几次被噎得说不出话来，白思君不禁想到最初他还怀疑自己的沟通能力有问题，但现在看来，是梅雨琛这人本身就很难搞。

不过……

这么难搞的一个人也会对他透露心声，做错事了还会主动道歉，怎么莫名地有种成就感呢。

"白编辑，是不是冷落你了？"齐筼的话打断了白思君的思绪，"一个人在旁边想什么呢？"

"啊，抱歉。"白思君挠了挠后脑勺，"这次新书卖得挺不错，都忘了恭喜你了。"

"当然还是多亏了宏图。"齐筠客气道，"难得聚到一起，干脆我们把红酒开了吧？"

"现在？"白思君一愣。

"小梁喝点没关系吧？"齐筠问梁茹道。

"红酒当然没关系啦。"梁茹说，"白哥呢？"

"呃，"白思君想了想，"反正回公司也是直接打卡下班，我也没事。"

"那行。"齐筠找来开瓶器，然后不知从哪儿拿出了一盒点心，"这是学生给我带的特产，你们也尝尝。"

白思君和梁茹在齐筠的宿舍待到了下午四点多，一瓶红酒喝掉了大半。

离开之前，齐筠聊了聊新书的想法，并承诺半年之内交稿。梁茹喝得微醺，扯着白思君道："看看，人家齐老师比你家梅老板靠谱多了。"

"煤老板？"齐筠收拾桌子的动作一顿，接着恍然大悟道，"是梅雨琛吗？"

"嗯。"白思君点了下头，"他应该也快交稿了。"

齐筠继续埋头收拾桌子上的酒杯，看不清表情地说道："看来他还真是三年磨一剑。"

"什么三年磨一剑，"白思君无奈道，"恐怕读者早都等得不耐烦了。"

"怎么会？"齐筠抬起头来笑了笑，"他写的书永远都有人喜欢。"

"也是。"白思君微不可察地扬了下嘴角。

由于编辑经常出外勤，宏图的打卡制度并不严格。从教职工宿舍出来后，梁茹直接回了学生寝室，而白思君则是一个人慢悠悠地坐地铁晃回公司。

还没到下班的高峰期，地铁上人不多。白思君无聊地拿出手机刷起了朋友圈，很快便见到齐筠和梁茹都在朋友圈里发了三人的合照。

照片是梁茹提出拍的，她发的朋友圈比较随意，配的文字是：开心，见到齐筠老师了。

而齐筠发的内容则正式许多：宏图是一家注重人文关怀的出版公司，很高兴能与这样的公司合作。感谢白编辑担任我的责编，签售会的成功少不了白编辑的彻夜操劳，再次感谢。

放到两个月以前，正式升任编辑的白思君还有些自我质疑，担心一个人无法将责任编辑的工作做好，但是最近一段时间以来，工作似乎已经逐渐走上了正轨。

白思君心情颇好地给齐筠和梁茹点了赞，然后收起了手机。

下班时分，公司楼下的网红糕点店前一如既往地排起了长队，白思君扫了一眼，总觉得今天排队的人异常的多，仔细一看，原来是店里推出了一款粉红色的樱花糕点。

三月底正是樱花盛开的时节，不知是否国内很少见到樱花的缘故，这邻国的浪漫总能够牵动我国消费者的心。

白思君回家的步伐突然慢了下来。

主编从国外带回来的红酒有七瓶，给的都是和宏图合作的知名作家。如果放在三年前，这些红酒绝对有梅雨琛的份，但是现在整个公司里似乎只有白思君一个人还记得作家里有梅雨琛这么一号人物。

那感觉就像班里的优等生都受到了老师的表扬，却有个优等生因一次考试没考好而被老师遗忘。

而且那个优等生还很孤僻，甚至不愿意交代为什么没考好，因此也不怎么受老师待见。

等白思君回过神时，他已经站到了队列的末尾。他瞅了一眼糕点的价格，三十八元一个，从花骨朵到满开的形态总共有四种款式，全买下来得花一百多，他不禁有点肉痛。

不过在向店员下单时，他还是咬牙买下了四个，他想到梅雨琛毕竟住在"荒郊野外"，想吃到这样的点心也不容易，而且和主编带回来的几千元一瓶的红酒比起来，一百多元的糕点也确实不算什么。

　　两个小时后，当白思君饿着肚子按响梅雨琛家的门铃时，他突然想到梁茹说的好像是对的，他真的见不得梅雨琛受一点委屈，毕竟这是他职业生涯带的第一个作家。

二 这绝对不是嫉妒

大门没有直接开启，倒是久未响起的可视门铃里传来了梅雨琛的声音："你来做什么。"

白思君隐约觉得不对劲，但他还是举起糕点盒子，对着摄像头说道："给你带好吃的来了。"

"不需要。"

"咔嗒"一声，通话断掉了，白思君举着盒子愣在原地，不知道梅雨琛怎么又不高兴了。

他思索了一番，觉得问题肯定不在自己身上，因为上次离开时梅雨琛都还是好好的，于是他又按了下门铃。

梅雨琛的声音很快传来："我说了不需要。"

白思君皱了皱眉，耐着性子道："开门。"

可视门铃断断续续地响着电流的声音，梅雨琛没有挂，但也没有说话。

白思君的语气软了下来："这是新品，专门给你买的。"

半晌后，大门终于打开。白思君在走向玄关的路上，心想梅雨琛或许是写作上遇到了瓶颈，甜食似乎来得正是时候。

一楼没有开灯，漆黑一片。

白思君把客厅里的照明灯打开，接着就见梅雨琛正斜倚在沙发上，没什么表情地看着他。

"怎么了，心情不好吗？"白思君把糕点放到茶几上，然后在梅雨琛身旁坐下。

梅雨琛没有回答，表情看不出在想什么。

白思君把粉色的糕点盒拆开，接着拿出塑料勺子递到梅雨琛面前道："来尝尝，樱花味的。"

梅雨琛抿紧了嘴唇，一动也不动。

白思君在心里叹了口气，他心想上辈子应该是欠了梅雨琛的，不然怎么总是拿梅雨琛没办法。他把勺子放到梅雨琛手里，梅雨琛的双眼看着糕点，嘴唇明显有松动的迹象，然而下一秒，他就偏过头去，冷冰冰地说道："不吃。"

白思君的肩膀一下泄了力，他自己舀了一口糕点，问道："你怎么了？"

樱花的香气立马溢满口腔，梅雨琛仍旧没有回答。

"这个真的很好吃，你确定不吃？"白思君又挖了一勺糕点，但梅雨琛还是没什么反应。

虽然下午在齐筠家里吃了一些东西，但白思君的肚子早就饿了。花骨朵转瞬间就没了一半，他心想还是得给梅雨琛留一些，所以准备朝另一朵花下手。

这时梅雨琛终于开口了："你送给我的糕点，为什么你一直在吃？"

白思君的动作顿住，他一脸无语地说道："让你吃你又不吃，还不准我吃。"

也不想想是谁下班之后饭也不吃坐两个小时地铁来给大爷送糕点，结果这位大爷还臭着一张脸一点也不领情。

白思君突然觉得自己真是没事找虐。

他放下勺子，靠在沙发背上，开始琢磨有什么办法可以让梅雨琛告诉他到底为什么不高兴。不过下一秒白思君就自嘲地想到，要让梅雨琛敞开心扉，可能比让他码字还要困难。

沉默之中白思君的视线飘到了落地窗外，晾衣架上空无一物，他下意识地问道："我的衣服你收起来了吗？"

之前白思君在这里过夜，洗了的衣物还没来得及带走。

"没有。"梅雨琛道，"被风吹走了。"

"被风吹走？"白思君不太相信，"有那么大的风吗？"

"有。"梅雨琛惜字如金地回答。

现在这种情况下，白思君也不想在不重要的事上过多纠结，他试探着问道："你是不是写作遇上瓶颈了？"

梅雨琛抿紧嘴唇没有回答，白思君看他这反应，估摸着自己应该猜了个八九不离十。

他说道："你现在写到哪里了，我帮你看看。"

"没写。"梅雨琛没什么表情地说，"不需要你帮我看。"

这话说得有点冲，不过白思君心想梅雨琛并不是针对他，只是心情不好，他也不生气，好声好气地劝道："我是你的责编，在你遇到困难的时候……"

梅雨琛突然皱起眉打断白思君道："我说了没写，有什么好看的？"

梅雨琛的语气里带有很明显的不耐烦，饶是白思君脾气再好，也忍不住额头上冒起了青筋。他深呼一口气，平复了一下心里蹿起的火，问道："之前不是都写好大纲了吗？那个恋爱游戏。"

梅雨琛冷哼了一声，道："你不是责编吗？那种垃圾你也看得下去？早删了。"

白思君握紧了膝盖，他咬紧牙关压下想发火的冲动，问："那你最近在写什么？"

"你当主角的悬疑文。"梅雨琛道，"你要看吗？"

白思君彻底沉下脸来，如果放到两个月以前，他或许还会继续耐着性子好言相劝，但自从和梅雨琛熟悉起来之后，他早已不再像当初那般小心翼翼。

"随便你吧。"白思君面无表情地说道，他从沙发上站起来，梅雨琛的视线也随他而动。

"你去哪儿？"梅雨琛皱着眉问。

"回去。"白思君顿了顿，"懒得管你了。"

梅雨琛黑着一张脸不说话，白思君最后扫了他一眼，离开了别墅。

空空的肚子一直在叫嚣着抗议，白思君却没什么心思吃饭。

他记得在网上看过一篇文章，说是关系越亲近就会越加肆无忌惮，因为你知道对方的底线在哪里，所以就不会像对待陌生人那样客客气气。

梅雨琛倒是自始至终都是一副无所顾忌的态度，但白思君明确感到自己也有了肆无忌惮的倾向。

因为在以前，他绝对不会把梅雨琛一个人扔在那里。

仔细想想，他手里确实多了一些资本。他负责的作家还有齐筠，不用再在梅雨琛这一棵树上吊死，更重要的是，他知道梅雨琛的身边只有他，他们是互相需要的关系。

所以既然双方都是平等的，他凭什么要任由梅雨琛耍性子？

本来应该理直气壮的，但白思君越想越不是滋味，他总感觉自己好像变成了坏人。

"白哥。"梁茹拍了拍白思君的肩，"你不去吃午饭吗？"

白思君回过神来，他看了眼时间，这才意识到自己竟然发了一上午的呆。他扯出一个笑容道："你们去吧，我点外卖。"

白思君掏出手机，犹豫了一下却没有点开外卖软件。他先看了看短信，又看了看微信，梅雨琛没有联系他。

他皱着眉轻呼了一口气，突然觉得连交往中的女朋友都没有像梅雨琛这样让他费心。

他不想承认自己又心软了，但事实是他不仅心软，还觉得有些自责。梅雨琛的身边只剩下他了，然而他却对梅雨琛说懒得管他。要是他都不管，还有谁去管？

白思君烦躁地点开梅雨琛的朋友圈，心想这人哪怕是发个朋友圈，给点心情的提示也好，但梅雨琛最近的朋友圈是两年前的，内容是几张旅游的照片。

　　估计发旅游的状态也是为了糊弄编辑，白思君无聊地想。他点开那条朋友圈，突然在点赞列表里看到了一个颇为眼熟的头像。

　　是齐筠。

　　白思君一愣，后知后觉地想到原来梅雨琛和齐筠是微信好友。

　　这也不奇怪，两人都是悬疑作家，而且又都和宏图合作，没道理不认识。

　　就在这时，白思君的脑子里突然闪过了一道白光，难不成……梅雨琛不高兴是因为看了齐筠的朋友圈？

　　齐筠在朋友圈里感谢他担任责编，然而当初他曾对梅雨琛说过，他手底下只有梅雨琛一个作家，而且梅雨琛要是不交稿，他还会被辞退。

　　这当然不是谎话，只是之后的事谁能料到？

　　怪不得他昨晚一提到责编，一提到稿子，梅雨琛就那么不高兴，看样子真的是在为这件事生气。

　　白思君返回对话框界面，脑子一抽，想问梅雨琛是不是嫉妒了，然而这两个字刚一打出来，他就如惊醒一般，赶紧给删掉。

　　好险，差点就发出去了。

　　梅雨琛比齐筠有才华，哪有什么嫉妒不嫉妒。

　　而且这应该不是嫉妒，只是心理不平衡。白思君曾经也有过这种心情，刚上大一的时候，他和一个室友总是一起打篮球，但是到了大一下期，室友选修了排球课，自那之后，他们打球的时间就少了。

　　室友想打篮球的时候，白思君总是在，然而白思君想打篮球的时候，室友有时却要和其他同学打排球。

　　这当然不是什么嫉妒，只是对白思君来说，室友是他唯一的球友，但是对于室友来说，他只不过是数个小伙伴之一。

后来随着认识的球友越来越多，这种不平衡心理也随之消失。

所以这绝对不是什么嫉妒。

白思君估计这回猜得没错，梅雨琛就是觉得心里不平衡。

摸清这位大爷为什么不高兴后，白思君一下觉得肩膀都放松了下来。

老实说，换作是他，这种不平衡的心理他也难以对室友说出口。当然他并不会像梅雨琛那样发脾气，所以说到底还是怪梅雨琛太难伺候。

今天正好是周五，白思君原本打算周六去梅雨琛家里。

然而现在确定了梅大猫是在跟他闹别扭，他也只能尽快赶过去给他顺毛。

下班之后，白思君回家吃了晚饭洗了澡，之后又拿上一本书，带上充电器和电脑，准备得万无一失之后才出了门。

随着地铁离市区越来越远，车厢里的人也越来越少。白思君看书看得累了，拿出手机看了下时间，他应该能在十点之前赶到梅雨琛的家里。

然而这时，他的手机突然振动起来，一个意想不到的人给他打来了电话。

他有些诧异地按下了通话键，道："小艾？"

三 更重要的事

白思君在最近的地铁站下了地铁，然后拦下一辆出租车，赶到市中心的人民医院。

小艾是白思君的前女友，不知什么原因进了医院，给他打电话时声音里还带着哭腔。

白思君自认在小艾的亲朋好友里完全排不上号，一时也搞不清为何小艾会让他去接她。但也正是因为如此，他猜测小艾应该是有什么难言之隐，无法对身边的人说明。

事实证明白思君的直觉没有出错，小艾被老公打得轻微脑震荡，正一个人待在医院里。

白思君简直不敢相信，皱眉问道："他人呢？"

"他先回家了。"小艾抽泣着说道，"他本来不想让我住院，但是医生看出我和他不太对劲，所以让我留院观察一晚。他走了之后，医生来找我，说有问题要及时说出来，但是我找谁说去？"

"你的朋友呢？还有你爸妈呢。"白思君道，"你难道想让事情就这么过去？"

"我不知道，我才结婚两个月啊！"

小艾像抓救命稻草似的紧紧抓住白思君的胳膊："你先带我离开这里好不好？我好怕他又回来。"

白思君还从没遇到过这种事，他身边的女性都是工作中的同事，没有人会把他牵扯进她们的私生活里。但是他显然不可能不管小艾，所以他想了想，道："你先去我那里吧。"

白思君替小艾收拾好东西，办好出院手续，然后搀扶着她走出医院。在离开一楼大厅时，他总感觉有人在看他们，但是回过头去，却抓不住任何视线。

"怎么了？"小艾不安地抓紧了白思君的衣服。

"没事，我们先走。"

在回家的路上，白思君劝小艾报警，毕竟家暴这种事只有零次和无数次的区别，但小艾总是下不了决心。

她弱弱地说道："我结婚的时候还向好姐妹显摆自己嫁了个好老公，现在这事说出去不是让我成为笑话吗？"

而且她还怕自己刚结婚就离婚，家里人也没有面子。

白思君听到这些理由简直无语，他说道："你为什么这么着急结婚？这种大事又不像买菜，本来就该慎重。"

"家里催得紧，你又不是不知道。"小艾哀伤地说，"而且当时确实觉得他不错，又温柔又体贴……"

白思君微微叹了口气，也不知道该说什么好。女生被催婚的压力确实比男生更大，不是所有人都能像他一样扛住家里的催促。

不过话说回来，他还是不想掺和别人的家务事，再说小艾自己都不坚定，他一个外人也帮不了什么。

白思君把小艾带回了出租屋，然后告诉了她大门和自己单间的智能锁密码。

"你先在这儿住一晚，自己好好想想。"白思君犹豫了一下，又说，"我觉得你最好还是联系下你的朋友，我帮不了你太多。"

白思君说完之后转身要走，小艾立马拉住了他，讶异地问道："你不陪我吗？"

白思君看了下时间，已经快十点半了，他说道："我还有事。"

再说即使他没有事，他也没道理和一个已婚少妇共度一晚。

"都这么晚了，你……"小艾顿了顿，"你有女朋友了吗？"

"没有，我有别的事。"白思君回道。

"那看样子又是工作了。"小艾苦涩地笑了笑，"之前交往的时候，你就只知道工作，如果你稍微对我上心一点……"

"小艾。"白思君打断她，"你好好休息，有事联系我。"

"联系你你就会过来吗？"小艾一脸急迫地问，"既然如此你为什么不能请个假，就陪在我身边呢？我都这样了……"

"那不是工作。"

白思君深吸了一口气，微微皱眉道："比工作重要，所以不能请假，我先走了。"

从地铁上下来调头回市区的那一刻起，白思君心里就一直很焦躁，因为他正在做的事被硬生生地打断，偏偏他还无法说什么。

他不想让梅雨琛一直不高兴下去，所以现在根本没有任何心思来安慰小艾。

如果小艾选择去报警，他也愿意陪她去，但看着小艾这么优柔寡断的样子，他只觉得自己说再多都是徒劳。

离开小区之后，白思君直接拦下了一辆出租车。目前这个时间点坐地铁过去已经无法直达郊区，而且他总感觉被耽误了时间，所以也不想再慢悠悠地坐地铁晃过去之后再转车。

说他冷漠也好，但他确实不太想和小艾再有什么瓜葛。他承认之前在交往的时候对小艾不怎么上心，但两人还未正式分手，小艾就和别的男人有了接触，甚至还直接决定结婚，非要说的话，他是被扣了一顶大绿帽，只是他不想去追究罢了。

而且小艾自己也有其他朋友，真要管闲事的话也轮不到他的头上。

说到底，这些剪不断理还乱的感情纠葛本身就让人感觉心累。白思君一直抗拒相亲，也是因为他不想再花时间去谈这种恋爱。他只想按照自己的节奏去做自己想做的事，比如他想认真工作的时候，就不想被拖出去约会。

再比如他现在只想去跟梅雨琛把话说开，而小艾突然的出现让他无法抽身，他就会觉得心烦。

好在小艾的事也没有花太多时间，白思君最后还是赶在十一点半之前来到了梅雨琛的别墅门口。

不过这次他按下门铃后，许久都没有人回应，看样子梅雨琛是真的气得不行，连理都不想理他。

白思君也很无奈，如果他早知道梅雨琛是因为齐筠的事不高兴，他昨天也不会就那样丢下梅雨琛离开。

既然那位大爷不愿意给他开门，他就耗到他开，反正明天不用上班，他有的是时间。

而且别的品质不好说，至少坚持是他的强项，不然最初被梅雨琛三番五次劝退之后，他也不会仍旧硬着头皮找上门。

在继续等下去之前，白思君象征性地给梅雨琛打了个电话，他原以为梅雨琛不会接，没想到通话提示音只响了一声梅雨琛就接了。

只是和接电话的速度相比，梅雨琛的语气一点也不友好，他冷冰冰地问道："什么事？"

白思君不紧不慢地回道："什么时候给我开门？"

电话那头沉默了一秒，梅雨琛问："你在我家门口？"

白思君很快反应过来："你不在家？"

"马上就到。"电话倏地被挂断，白思君下意识地四处张望了一阵，没一会儿便看到一辆出租车朝这边驶来。

梅雨琛下车后淡淡地瞥了白思君一眼，看上去精神不怎么好。他也没向白思君打招呼，径直走到门前开门。

白思君的注意力全被梅雨琛手上提的塑料购物袋吸引了去，因为那个购物袋非常眼熟，不久之前他刚刚用过。

他抓住梅雨琛的胳膊问："你去人民医院了？哪里不舒服？"

梅雨琛提购物袋的手没使什么力气，所以白思君一拉，购物袋便掉到了地上，里面的药盒子滚落了出来。

白思君想也没想便蹲下身捡起药盒，上面的药名是他从没见过的术语，他又翻过去看了看背面写的功效，接着就震惊地发现这竟然是安眠药。

梅雨琛曾经说过的话瞬间浮现在脑海里— 你说为什么有那么多作家自杀？

白思君顿时觉得手脚冰凉，这时梅雨琛也蹲了下来，他连忙揪住梅雨琛的衣领问："你到底怎么回事？"

梅雨琛皱了下眉，不解地盯着他说道："我也想知道自己到底怎么回事。"

"你……"怎么能做这种傻事？

后面这句话白思君没能说出来，他现在脑子成了一团乱麻，梅雨琛既然是去医院开的药，说明这不是普通药店就能买到的非处方安眠药，而是需要精神科医生诊断后开具的处方药，也就是说梅雨琛看过精神科医生了，他的精神压力竟然这么大吗？

如果自己晚来一步，说不定梅雨琛就吞药了……冷静，一定要冷静。

一个人闷在家里写作，不接触社会，确实容易精神出问题。

白思君把药盒收进自己的口袋，强装镇定地道："这种药吃多了容易成瘾，还是别吃了，之前不是睡得挺好的吗？"

梅雨琛歪着头看他，没什么表情地说："我什么时候睡得挺好的了？"

白思君一怔，不确定地说道："我那次讲故事，你在沙发上睡得挺香的。"

梅雨琛无精打采地用呼气的方式轻笑了一声，自嘲似的说道："你不在的时候，我都睡得不好。"

"那我陪着你。"白思君说道，"总之你不要吃药。"

梅雨琛微眯起双眼打量了白思君一阵，接着好像突然想到了什么似的，"噗"的一声笑出来，他问："你以为我要自杀？"

一下被看穿心里的想法，白思君有些窘迫，但他更窘的是听梅雨琛这么问，应该是并没有要自杀的意思，他结结巴巴地说："不、不是吗？"

梅雨琛站起身来，垂着眼眸说道："我是真的睡不着，两年前就这样了。"

听到这话，白思君心里舒了一口气，睡不着总比想自杀好。这时他才发现自己的手心里全都是汗，他跟着站起来，而梅雨琛向他伸出手道："药还给我。"

白思君还是有些后怕，刚才那种心脏无限往下沉的感觉实在是不好受，他不想把药还给梅雨琛。

犹豫了一下，他用商量的语气对梅雨琛道："你睡不着我来陪着你，你不要再吃药了。"

四 唯一的希望

话一说出口，白思君就觉得他才是该去看精神科医生，最近这段时间以来，他经常都搞不懂自己在想什么。

然而他都说出这么没原则的话了，梅雨琛却没有立即答应，反而挑着眉问："刚才医院里那个女人是谁？"

白思君回想起之前在医院大厅里感受到的那道目光，原来是梅雨琛在看他，他不禁心想这么巧的事也能让他碰上。

他老实说道："前女友。"

说完之后，他也不知为何又连忙解释道："她已经结婚了，刚才出了点事，我只是去帮她个忙。"

梅雨琛站在原地没什么反应，好像还在犹豫要不要让他进门。

白思君沉默了一下，说道："你昨天不高兴是因为齐筠对不对？"

他只是半陈述地在说这句话，原本没指望梅雨琛会回答，然而梅雨琛抿了下嘴唇，面无表情地说道："你明明说过我是你唯一的希望。"

说这话的时候，梅雨琛把"唯一"两个字咬得很重。

白思君确实这样说过，那时主编给他下了最后通牒，拿不到梅雨琛的稿子就走人，他当时的确把所有的希望都押在了梅雨琛身上。

只是他也没想到自己顺口说的一句话，梅雨琛竟然会记在心上，而且还为此生气。

要说别扭吧，确实别扭，但是……也有点可爱。

白思君忍不住勾了下嘴角，故意说道："齐筠是后来主编安排给我的，他比你省心多了。"

　　听到这话，梅雨琛的脸果然黑了下来。

　　白思君却有些想笑，他好像越来越能抓住梅雨琛不高兴的点在哪里了。

　　"他省心，所以我可以不用管他。"白思君从梅雨琛手里拿过钥匙，走到门边开门，"你一点也不让我省心，所以我没办法不管你。"

　　大门"咔嗒"一声打开，梅雨琛却站在原地没有动，他的眼神看向别处，表情不自然地说道："你昨天明明都说懒得管我了。"

　　"我懒得管你还大半夜过来找你？"白思君走进门里，回头道，"进不进来？不进来我关门了。"

　　梅雨琛皱了下眉，大跨步跟上白思君的步伐，一脸不爽地提醒道："这里是我家。"

　　白思君强忍住笑意，没再接话。

　　梅雨琛去二楼的卫生间洗漱，而白思君去一楼客卧抱了床被子上来。

　　这一晚上在市里跑来跑去，白思君已经折腾得累了，但一想到还有要哄梅雨琛睡觉这一项艰巨的任务在身，他又强行打起精神来。

　　这是白思君第一次进到梅雨琛的卧室，卧室里的家具不多，和楼下的装修风格一样都是素雅的日式风格，除了内嵌式的衣柜以外，卧室里最显眼的就是整面墙的书柜。

　　白思君站在书柜前看了看，梅雨琛的口味果真刁钻，书柜里几乎没什么畅销榜上的书，大多数书连白思君这个编辑都没有听过。

　　不过再仔细一看，许多书都能和梅雨琛的作品扯上关系，比如那一本《当代占星研究》，前几年梅雨琛就写过一本与占星术相关的书。

　　在卧室里扫视一圈后，白思君的视线最终落在了那张两米的大床上。

　　现在想来，他终于明白为什么最初的时候梅雨琛总是在晚上叫他过来了。因为梅雨琛失眠，想找事情打发时间。

如果换作是他，在寂静的夜里，躺在这样一张大床上失眠，恐怕也会觉得孤独。

　　白思君拿出手机看了看，小艾给他发了条消息，说最终还是决定叫朋友过去陪她，并且明天一早就去报警。

　　这样最好，白思君简单回复了几句，这时卧室门打开，洗完澡的梅雨琛走了进来。

　　白思君记得上次偷看梅雨琛码字时，梅雨琛回过头来说他身上很香，其实那是梅雨琛家沐浴露的味道，这味道在梅雨琛身上同样很香。

　　白思君收起手机，试探着问道："今天还是讲故事吗？"

　　梅雨琛只是微微偏过头看他，也不说话，不知道在想什么。

　　白思君本就不擅长讲故事，所以他随便找了个话题，问："那个樱花糕点好吃吗？"

　　刚才去楼下的时候，他瞥到糕点包装盒在垃圾桶里，而盒子里除了用过的勺子以外什么也没有。

　　梅雨琛翻了个身，把被子裹紧了一些，低垂着眼眸说道："一点也不好吃。"

　　白思君撇了撇嘴，他心想如果他是梁茹口中所说的"口嫌体正直"的话，那梅雨琛绝对算得上口嫌体正直的业界代表。

　　他故意说道："心情不好时，吃什么都不好吃。"

　　梅雨琛抬眼看了他一下，似乎听出了他话里的揶揄，没什么表情地说道："关灯。"

　　白思君无声地笑了笑，抬手按下了开关。

　　屋子里立马被黑暗笼罩，只剩下透过玻璃洒进来的朦胧月光。

　　白思君能清楚地听到梅雨琛的呼吸声。

　　他不知道梅雨琛失眠到什么程度，所以也不敢贸然说话，怕打扰到梅雨琛进入睡眠。然而没过多久，梅雨琛就主动开口，打破了这夜晚的宁静。

梅雨琛低声说道："你之前带来的点心更好吃。"

白思君觉得这样的氛围让他感到舒心，他回道："下次再给你买。"

梅雨琛没再接话，白思君也不知时间过了多久，隐约觉得眼皮有些沉重，而就在这时，梅雨琛开口道："白。"

白思君迷迷糊糊地睁开双眼，他能感到梅雨琛有话要对他说，便问道："怎么了？"

梅雨琛沉默了一阵，闷闷地说道："不要丢下我。"

白思君只感觉心里好像有什么东西被戳中了。

曾经那样骄傲的一个人，在被其他人抛弃之后，原来也会变得害怕和不安。他身上所带着的刺，就像是一种精明的伪装，表面上告诉其他人他根本不屑，但实际上他比任何人都要感到无助。

胸口莫名憋着一股说不出的难受和心疼，白思君轻声说道："放心，不丢下你。"

那个作家·傲娇

· 第六章 ·

这位梅大爷虽然经常不高兴，却意外地好哄。

一 抄袭风波

第二天早晨白思君醒来时，梅雨琛睡得正香。

他不知道梅雨琛是什么时候睡着的，只隐约记得自己说完之后没多久，就传来了平稳的呼吸声。

梅雨琛在睡梦中微微皱了下眉，身子从侧卧改为仰躺，齐肩的发丝顺着肩膀的线条滑落，露出修长白皙的脖颈。

也不知道梅雨琛剪短发会是什么样子，他突然有点想看。

手机的振动让白思君回过神来，他赶紧拿起手机，怕突兀的振动把梅雨琛吵醒。

看了眼手机屏幕，是主编打来的电话，白思君心里突然有了不好的预感。

他轻手轻脚地来到卧室外接起电话，没过两秒便不敢相信地反问："现在去公司？"

今天是周六，而且现在才不到八点，白思君不记得公司今天有什么安排。

主编还是和之前一样，不在电话里告诉白思君是什么事，只让他在九点前赶到公司开会。听主编的语气，估计又是出了什么紧急情况。

白思君仔细回想了一下，开年以来的书都做得很顺利，公司还抢到了几个难拿的海外版权，照理说目前应该是顺风顺水才对，实在不知道有什么事需要在周末紧急开会。

挂掉电话后，白思君没有想太多，直接朝楼下走去，然而当他从挂衣架上拿下外套时，突然回想起他昨晚才答应过梅雨琛不再丢下他，如果梅雨琛醒来后发现他不见了，估计又要不高兴。

他回到二楼的书房找出便笺，匆匆写下了一行字：公司有急事，我先走了。

字迹有些潦草，白思君看了两秒，觉得不太满意，撕下后又重新工工整整地写了一遍。写完之后，他在末尾又加上了一句：忙完给你买点心。

白思君把便笺贴在床头，然后离开了梅雨琛的别墅。他心想公司的事应该占用不了多少时间，所以把带过来的电脑、充电器等东西全都扔在了梅雨琛家里，只拿上了手机和钱包仓促出门。

赶到公司时，时间已是九点过十分，白思君推开会议室的大门，诧异地发现偌大的会议室里只有主编、副主编、两个编辑同事和梁茹五个人。如果他没记错的话，主编明明在工作群里"艾特"了全员，让所有人都赶在九点来公司开会。

他下意识地问了一句："其他人呢？"

副主编推了一下眼镜道："大家都有事。"

白思君立马了然，主编没有在群里说为什么开会，那些有经验的职场老油条都知道不会是什么好事，所以都找了各种各样的理由来推脱。

像这种工作日之外的临时会议，只要有正当理由，即使不来主编也不好说什么，也只有像白思君和另外两个同事那样的老实人，以及新进公司的梁茹才会老老实实地赶来。

事情确实不是什么好事，宏图文化去年引进的一本日文推理小说被爆译者抄袭，现在网上已经闹得沸沸扬扬。

这本小说在宏图拿下版权之前，贴吧就有粉丝自行翻译，而编辑没有事先确认这一点，现在野生译者跳出来说宏图发行的版本抄袭了他的译本。

其实译本和译本之间很难判定抄袭，因为原文就摆在那里，即使翻译是在原文的基础上进行再创作，也总跳不出原文的圈，因此必然有许多相似之处。

但问题出就出在，野生译者在译本里加入了他的独创性翻译，而宏图的版本里原封不动地出现了这个翻译。

译者在翻译小说的时候，需要对小说里提到的所有内容进行确认，如果发现原文里出现常识性错误，则需要在文档里添加批注，提示编辑注意。

编辑在校对时，也需要再次进行确认，如果原文里确实出错，则需要在小说出版时添加上"编者注"。

出事的这本推理小说是日本作家以二战为背景创作的故事，故事发生在欧洲战场，主角是一队美国大兵。

里面有个情节是男主人公阅读某杂志，但实际上这本杂志在二战时期还不存在，是之后的越南战争期间才开始在大兵中流行起来的。

野生译者发现了这个问题，但他没有指出，而是选择了模糊处理，因此他没有译出杂志名，而是译为了"黄色杂志"。

而宏图发行的版本里，这个地方和野生译者的翻译一模一样。

之后再进行仔细对比，宏图的版本确实有许多地方有"借鉴"之嫌，目前舆论都站在了野生译者的那一边。

然而这还不是最大的问题，最大的问题是这本小说的责任编辑黄倩已在年前跳槽，现在公司里没有任何人来担责。

白思君有很不好的预感，因为他去年还在做助理编辑时，帮黄倩校对过这本小说。果然，主编在说完事情经过后，眼神直接落在白思君身上，用不容商量的口吻说道："据我所知，这本小说你参与了校对，现在这件事情希望你主动负起责任。"

"等一下。"白思君连忙打断，"我确实参与了校对，但只是帮忙检查错别字，书的内容并不是由我来确认。"

校对是一项很复杂的工作，有时为了确认书里提到的无关紧要的一个点，可能需要花上大半天的时间。

这是责任编辑的职责所在，跟其他任何人都无关。

白思君只是在黄倩定稿后帮忙检查了一下有无错别字，根本不知道这本书在贴吧上已经有译本。

如果这也能连带到他的责任，那副主编和主编负责二审和终审，同样也有责任。

当然，这些想法白思君没敢说出来。

主编又道："有没有确认内容是你和黄倩之间的事，我们也没办法知道。我现在就问你，你不去处理谁去处理？"

白思君皱起眉头看了下另外两个同事，他们不是在喝水就是在看手机，都是一副不想牵扯进来的样子。

这也没办法，白思君觉得冤枉，推给其他人，其他人更觉得冤枉。

他在桌子下捏紧了膝盖，强行压抑着心里的火气说道："这么大的事，我觉得我没有能力处理下来。"

主编立马说："能不能处理下来是一回事，去不去处理是另一回事。"

白思君咬了咬后槽牙，不知道该怎么反驳。

这时副主编说道："你也不要太有压力，事情已经这样，我们也只能尽力弥补。我和主编负责网上的事，你去联系一下黄倩和那两个译者。"

主编也跟着说："这是很好的锻炼机会，我们看好你才把这件事交给你做。"

白思君的嘴角抽了抽，他心想他看起来就这么好欺负？

傻瓜也看得出联系黄倩和两个译者将面临一堆扯皮的事，很可能最后也是吃力不讨好。

他的脑子里突然冒出了一个念头，如果他现在直接辞职走人，主编还能把这事推给谁？

这个念头一旦产生，就像魔鬼一样不断在对白思君招手。

他沉默着不说话，脑子里幻想着自己把笔记本一摔，对主编和副主编吼"老子不干了"。

那场面一定非常精彩。

然而没过几秒，白思君就打消了这个念头，因为他突然想到了梅雨琛。

如果他辞职，那梅雨琛就真的没人管了，他不想刚做出承诺，第二天就食言。

最后，白思君还是认命地叹了口气，对主编道："我知道了。"

两位同事直接回了家，主编和副主编也不知去忙什么离开了公司。梁茹问了下白思君需不需要帮忙，但实际上两人都心知肚明，还是业界菜鸟的梁茹根本帮不上任何忙。

冷清的公司里只剩下白思君一人，他先是给黄倩打了个电话，黄倩的态度和他预想的一样。

"我已经不在宏图了，你找我有什么用？"

"但是你是那本书的责编……"

"不管我是不是责编，事实是我已经离开宏图，跟我没有任何关系。"

黄倩说完之后挂掉了电话，白思君耐着性子又换座机打了一个过去，这次黄倩直接关机。

白思君突然觉得有些心寒。他的梦想是成为责编，有朝一日能在书的信息页上看到自己的名字。他为了这一天已经努力了四年多，但是对于某些人来说，责任编辑的"责任"两个字好像根本就不值一提。

他不信黄倩一整天都不开机，所以每过几分钟就用手机和座机交替着打过去。与此同时，他也联系了宏图的译者，那个译者一口咬定自己没有抄袭，却不给出任何解释，最后也是直接不接白思君的电话。

白思君一边在网上搜索类似的案例，研究合同里的违约责任，一边还得确认野生译者整理出来的抄袭汇总，只觉得一台电脑根本不够用。

不知忙了多久，手机突然响起了低电量提示音，白思君头痛地去同事的办公桌上寻找充电器，找了半天却一无所获。

他的充电器和电脑都在梅雨琛家里，如果早知道是这种情况，他绝对会准备好了再过来。

然而现在就算打车去梅雨琛家里，来回也得两个小时，他实在是没有那个时间。

犹豫了半晌，白思君最后还是给梅雨琛打了个电话，电话很快接通，他道："梅……"

"雨琛"两个字他都累得没精力说了，反正梅雨琛也是叫他的姓，他跟着叫应该也没什么不合适。

"能不能帮我把充电器和电脑送到公司来？"

电话那头的梅雨琛没有立即回答，白思君突然有些心里没底，他想到梅雨琛那嫌麻烦的性子，觉得梅雨琛多半会拒绝。

不过没过多久，梅雨琛那云淡风轻的声音便传来："等我。"

二 乡下人难得进城

时间不知不觉过了晌午，直到肚子饿得咕咕叫，白思君这才随便点了个外卖。他抽空看了看豆瓣和贴吧，那些口诛笔伐的读者总算消停了下来。

三下五除二解决午餐，白思君把外卖包装盒扔到写字楼楼道的大垃圾桶里，接着顺便去上了个厕所。

等他回到宏图文化的大门口时，只见玻璃门前站了个瘦高的男人，正一边歪着头张望公司内部，一边打电话。

白思君扬了扬嘴角，招呼道："梅雨琛。"

梅雨琛放下手机转过头来，白思君这才发现今天的梅雨琛和平时有些不一样。

天气转暖之后，梅雨琛不再像之前一样裹得严严实实。今天他穿了一件高领的黑色紧身毛衣，外面搭配了一件淡蓝色的宽松衬衣，下身是泛白的牛仔裤，衬衣一角随意塞进牛仔裤里，散发出一股慵懒的性感。

梅雨琛的身材本就很好，随便穿什么都像个行走的衣架。如果仅仅是换了身衣服，白思君倒也不会觉得特别惊讶。

撇开这明显精心搭配过的穿着不谈，梅雨琛的鼻梁上还架着一副茶色镜片的复古圆框眼镜，散乱的发丝应是用发胶随意抓过，露出了一小片光洁的额头。

如果白思君事先不知道这就是梅雨琛，他一定会以为是哪个模特跑错了地方。

楼道里路过的女生都在偷偷打量梅雨琛，而梅雨琛挑了挑眉，对白思君道："发什么呆。"

白思君不自然地咳嗽了一声，他的眼神飘向别处，违心地说道："你这打扮就像乡下人进城一样，花枝招展的。"

白思君说完之后就拿出员工卡刷开玻璃门，在和梅雨琛擦身而过时，他还闻到了梅雨琛的身上淡淡的古龙水香味。

也不知这位大爷今天抽什么风，把自己搞得这么精致。

白思君知道此刻梅雨琛一定抿着唇一脸不高兴，但不高兴就不高兴，反正"好帅"这种话他是绝对说不出口的。

走到自己工位上，白思君回头看了一眼，梅雨琛何止一脸不高兴，一双眸子隐藏在茶色镜片后阴沉得可怕，明晃晃地散发着生气的气息。

他突然想到梅雨琛曾对他说过，看他是因为他好看。

至少在夸人这一点上，梅雨琛倒是比他直白许多。

白思君一直觉得梅雨琛比他别扭，但现在看来，他好像也好不到哪里去。

自我反省了一番，他还是老实地说道："你今天……很好看。"

梅雨琛长腿跨到他的工位旁，挑眉问道："我其他时候就不好看了？"

白思君没再接话，生硬地转移话题道："那个，公司里出了点事情。"

他给梅雨琛拖了一张隔壁工位的办公椅过来，然后把抄袭的事从头到尾讲了一遍。在他叙述的时候，梅雨琛就坐在他身旁静静地听着，眼眸微垂，也不知在想什么。

白思君估摸着梅雨琛应该不会感兴趣，说完之后便道："你觉得无聊就先回去吧，我这个周末可能都忙不完。"

梅雨琛慢悠悠地用中指推了推架在鼻梁上的镜架，问道："所以你现在需要联系黄倩？"

"嗯。"白思君点了点头，"那个译者是她找的，其他人根本不熟，如果她能出面解决，进展应该会快很多。"

梅雨琛又问："她现在在哪个公司？"

"她在××出版社。"白思君无奈道。

梅雨琛沉吟了片刻，接着突然起身揉了揉白思君的脑袋，道："不用担心。"

白思君愣了一瞬，虽然大多数时候他都把梅雨琛当熊孩子看，但偶尔梅雨琛的举动会让他清醒地认识到这是一个成熟男人，年长者的从容不迫让他感到莫名安心。

他看着梅雨琛朝窗台走去，忍不住问道："你去干吗？"

梅雨琛比出一个"六"，在胸前晃了晃："打电话。"

二十分钟后，黄倩主动给白思君打来了电话。

接下来，事情顺利得让白思君感到不可思议。黄倩联系了宏图的译者，对方答应配合处理这件事情。

白思君把情况汇报给主编，并提出了几套解决方案，主编让他继续和野生译者那边进行交涉。

挂掉电话，白思君看了看身旁百无聊赖的梅雨琛，好奇地问道："你刚才找了谁？"

梅雨琛懒洋洋地回道："××出版社的总编。"

白思君咽了下口水，那可是连他们宏图主编都不敢轻易去找的业界大佬。

他问了句废话："你们认识？"

"嗯，有点交情。"梅雨琛淡淡应道，末了又补充了一句，"不想看你为难的样子。"

梅雨琛的语气很随意，就像在说一件日常小事，白思君却感觉心里有什么东西在膨胀，就好似发酵的面包一样散发出令人沉醉的醇香。

他这才知道原来他对梅雨琛的好都没有白费。

梅雨琛表面上看起来就像个无底洞，投入再多都是浪费精力，但现在白思君确认不是这样，梅雨琛也是个有人情味的人。

他微不可察地扬了下嘴角，压抑住心里的异样，说道："谢谢。"

梅雨琛笑了笑，看了他一阵，又歪头问："你现在还需要做什么？"

"我还得确定野生译者的译稿质量，然后再看怎么样和他交涉。"白思君道，"这个有点麻烦，我不懂日语，得找专业人士来看。"

"也就是说要找日语翻译是吗？"梅雨琛问。

"嗯，我同事给我介绍了几个，我先挨个联系，看他们有没有时间。"

"找不到告诉我。"梅雨琛道，"我帮你找。"

"好。"白思君应道。

心里有底大概就是这种感觉了。

上午的焦头烂额仿佛未曾出现过一般，现在的节奏只能用得心应手来形容。白思君很快联系到一个译者，谈妥价格之后，对方答应一周内返还译稿意见。之后他向各个关系人知会了一下处理进度，接下来就是耐心等待意见返还。

原本以为横在面前的是一座艰险的大山，没想到在梅雨琛的帮助下跨越起来会如此轻松。

白思君伸了一下懒腰，看看时间，才不到下午三点。他问梅雨琛道："我忙完了，你有什么想做的吗？"

梅雨琛撑着下巴看他，勾起嘴角戏谑地说道："乡下人难得进城，还请白大编辑带我见见世面。"

白思君抿了抿嘴，心想这位大爷还真是记仇，早知道刚才就不那样说了，不过他还是嘴硬道："也行，你们乡下太穷酸了，我今天带你见识见识什么叫大都市。"

梅雨琛眼里噙着笑不说话。

二十分钟后，白思君站在梅雨琛开来的那辆宝马面前，恨不得找个地洞钻进去。

三 仅剩的爆米花

白思君仔细想了想，从开年到现在，他的存款一分钱没涨，而害他"月光"的人是一个仅靠版税就可以一辈子吃穿不愁的隐形大富豪。

要问他现在是什么心情？

不平衡，简直太不平衡了。

从公司出来后，梅雨琛开车，白思君指路，两人来到了离公司不远的一家大型商场。

市中心的商场规模比郊区的商场大许多，今天又正逢周六，商场里熙熙攘攘的。

路上的女生都在看白思君和梅雨琛，这次白思君心里清楚地知道她们在看什么，因此有意无意地和梅雨琛拉开距离。但梅雨琛似乎完全没明白他的意图，他往旁边走一步，梅雨琛也跟着走一步，两人始终肩并着肩，古龙水的香味时刻环绕在白思君的周围。

白思君实在忍不住，小声对梅雨琛道："你没发现那些女生都在对我们指指点点吗？"

梅雨琛不甚在意地瞥了他一眼，问："怎么了？"

"她们……"白思君犹豫了一阵，也不知该怎么说出口，毕竟梅雨琛看起来似乎根本没往那方面想，他挠了挠后脑勺道，"算了，没事。"

两人优哉游哉地逛到商场二层，梅雨琛突然走进了一家浪琴手表店。

郊区的商场没有太多品牌入驻，白思君估计梅雨琛是想趁此机会购物。

梅雨琛在店里转了一圈，接着挑了一块腕表对白思君道："戴上我看看。"

白思君没有想太多，以为梅雨琛是想对比参照一下。

销售员把腕表给白思君戴上，并一个劲儿地向两人灌输腕表的设计理念。

梅雨琛在一旁沉默地看了一阵，接着对销售员点了下头，道："就这块吧。"

白思君不动声色地瞅了眼价格，两万多，他不禁在心里发酸，心想有钱真好。

在梅雨琛掏钱包的时候，白思君自觉地把腕表取了下来，这时梅雨琛的动作一顿，对他说道："戴着。"

白思君不解地看向梅雨琛，梅雨琛接着又道："给你买的。"

白思君一惊，吓得赶紧把表盒推开："不行不行，我不能要。"

梅雨琛皱起眉头问："为什么不能要？"

这还为什么？这一块表都抵他几个月工资了，他怎么能要。

销售员在一旁一脸期待地望着白思君，白思君也不好意思说出这么寒酸的理由来，只能说道："这表戴在我手上人家也不会觉得是真的，太浪费了。"

话一说出口，白思君发现好像还是有点寒酸。

梅雨琛微眯起双眼，一脸不爽地说道："收着。"

白思君坚定地看回去："我不要。"

两人在店里互相干瞪了一阵，最后还是梅雨琛败下阵来，头也不回地朝店外走去。

好了，这位梅大爷又不高兴了。

白思君对销售员道了句"抱歉"，接着赶紧跟上梅雨琛的步伐。

梅雨琛身高腿长，没一会儿便走进了前方的人群之中。白思君迈着大步上前抓住梅雨琛的手腕，说道："我请你看电影吧。"

　　梅雨琛停下脚步，没什么表情地看了他一眼问："看什么电影？"

　　白思君道："你想看什么就看什么。"

　　梅雨琛抿了下唇，紧绷的表情总算松动开来："好。"

　　白思君突然发现，这位梅大爷虽然经常不高兴，却意外地好哄。

　　梅雨琛挑了一部最近上映的剧情片，白思君买好电影票和两人份小食，两人跟着人流走进了放映厅之中。

　　白思君已经很久没有来电影院看电影了，毕竟和出门看电影相比，他更愿意窝在家里打游戏或者看书。

　　回想起来，他最近几次看电影还是和小艾一起，原因也很简单——例行约会。

　　拿爆米花的手不自觉地和梅雨琛的手碰到一起，刚好脑子里又莫名其妙地冒出了"约会"的念头，白思君赶紧把手缩了回来。

　　思绪好像飘向了奇怪的方向，白思君赶紧打住，沉下心来投入到剧情当中。

　　然而不得不说，这部片子挑得……还真是失败。

　　导演似乎想在电影里表达太多东西，结果反而让故事的叙述变得云里雾里，剧情与剧情之间的衔接也有些跳跃。

　　简直言之，就是很难看进去。

　　梅雨琛似乎也有同感，没过半个小时便睡着了。于是接下来，白思君的思绪就像脱缰的野马一般，在这幽暗的空间当中不受控制地四处发散。

　　他发现他和梅雨琛的相处模式还真有些奇怪，因为从没有作家会和编辑一起出来看电影，两人与其说是工作关系，倒不如说是朋友关系。

　　当然，白思君只尽心力带过梅雨琛这一个作家，所以他不确定是不是也有其他编辑和作家是这种相处模式。

如果是的话，那只能说他是少见多怪。

但是也有另一种可能，说不定……梅雨琛是真的把他当作朋友。

脑子里骤然冒出这个念头，白思君不禁觉得自己有些自作多情，拿起可乐猛灌了好几大口。

他突然想到曾在网上看过的一个吐槽贴，有人上班不想要社交，但同事总是约聚会，去自然是不想去，但不去又不好，所以只能把这种事情当成工作来应付。

但白思君似乎没有这种感觉，他觉得自己没有在拍梅雨琛的马屁，也没有把这种事当成工作来应付，至少他享受征服这个难搞的作家的过程。

话说回来，白思君的身边没有其他朋友，他的熟人似乎就只有工作中认识的人，但同事总是有距离感，因而梅雨琛还是第一个能够让他当作朋友相处的人。

白思君无聊地把可乐一吸到底，空杯子随之发出哐哐的声音。

梅雨琛被声音吵醒，抬起头来看了白思君一眼，接着坐直身子，继续看电影。

手指与爆米花摩擦的声音传来，打断了白思君的思绪，他的视线不由自主地飘向身旁。

梅雨琛无聊地吃着爆米花，没一会儿那纸桶便见了底。他从扶手上拿起纸桶，低头看了看，接着在一堆未爆开的玉米粒中翻找了一番，挑出了或许是仅剩的一粒爆米花。

那粒爆米花爆得饱满，在屏幕微光的照耀下闪烁着奶油的亮光，一看就很甜。

梅雨琛把爆米花送到嘴边时，突然动作一顿。

下一秒，他毫无预兆地看向白思君，接着把手中的爆米花递到了白思君嘴边。

放映厅里回响着演员们声嘶力竭的对话声，但这一刻白思君就像失聪了一般，任何声音都无法进入他的耳朵。他呆呆地看着梅雨琛，他的世界只剩下黑暗中与他对视的那双眼眸。

梅雨琛小幅度地抬了下手，似在催促。他那么爱吃甜食，把最后一颗爆米花让出来一定很不舍。

白思君的脑子有些发蒙，他突然意识到，他好像真的卸下了梅雨琛的防备。

四　搬起石头砸自己的脚

一场电影看得那么无聊，这还是从未有过的体验。电影结束后，白思君去洗手间里狠狠洗了把脸。

他扯过一张纸巾擦干脸上的水珠，接着慢腾腾地走出了卫生间。

卫生间外有许多人在等候自己的同伴，其中女生居多。梅雨琛在一堆人当中很是显眼，白思君几乎一眼就看到了那无法忽视的存在。

他朝梅雨琛走去，等离得近了，他才发现梅雨琛正低着头，面前站了两个女生。

两个女生双眼含羞，正对梅雨琛说着什么，而梅雨琛眼眸微垂，一副不太感兴趣的样子。

白思君很快走到梅雨琛身边，这时梅雨琛突然抬起眼来看着他说道："她们问我要微信，你说我可以给吗？"

白思君心想我又不是什么作家经纪人，连这种芝麻大的小事都要管，他说道："随你。"

结果梅雨琛还是没有给。

白思君回想起自己当初艰难地攻略梅雨琛的过程，不禁对两个女生的遭遇有些感同身受。

不过下一秒，他竟然有些小高兴。

原来他努力做到的事，并不是任何人都可以做到。

梅雨琛转过头来，挑眉问道："愣着干什么，还不走？"

白思君扬了下嘴角，跟上梅雨琛的步伐。

两人在商场里解决了晚餐，梅雨琛开车把白思君送回家。

为了上班方便，白思君特意在公司附近租了房，因此从商场地下停车场出发，到他所居住的小区也不过十来分钟。

梅雨琛把车停在了路边的停车位，在白思君解开安全带时，他发现梅雨琛也解开了安全带。

白思君一怔："你要去哪里吗？"

梅雨琛淡淡地瞥了他一眼，理所当然地问道："我不能去你家？"

白思君的脑子里立马浮现出梅雨琛的大别墅，以及他那顶多和梅雨琛家卫生间差不多大小的单间，他连忙说道："我那是跟人合租的，你还是别去了。"

梅雨琛皱了下眉，不容拒绝地说道："下车。"

行吧，白思君心想，让梅大爷去看看是什么样子，等他待不下去了自己就会离开。

白思君把梅雨琛带回家时，没想到自己的三个室友都在，而且还聚在客厅里斗地主。

当两人走进门时，空气安静了一阵，白思君主动介绍道："这是我朋友，过来坐坐。"

梅雨琛僵硬地对那三人点了下头。

白思君又把梅雨琛带到自己房间，接着扬了扬下巴道："喏，没什么好看的。"

三十平方米不到的空间里挤下了床、衣柜和书桌，白思君平时一个人待在这里并不会觉得狭窄，但小小的房间里一下子站了两个一米八几的大男人，顿时显得有些局促。

梅雨琛一脸复杂地打量着这间房间，而白思君看着他的表情只觉得好笑。这位大爷的嫌弃都快掩盖不住了，真是自己给自己找不自在。

白思君想说看够了就送他出去，然而这时突然有人敲响了他的房门，主卧男生的声音在门外响起："小白，要不要叫你朋友一起打纸牌游戏啊？"

白思君估计梅雨琛也不会答应，正想拒绝，却听梅雨琛道："好。"

白思君诧异地问："你会打？"

梅雨琛似乎读出了他的惊讶，微眯起双眼不爽地反问："你真以为我与世隔绝？"

白思君撇了撇嘴角，心想原来这位大作家也不是那么的不食人间烟火。

没几分钟后，几人围绕着客厅的茶几落座。主卧男生开始发牌，一女生看着白思君问道："小白，你朋友也是编辑吗？"

另一女生打趣似的接话道："现在编辑都这么帅的吗，我好想跳槽啊。"

"他不是编辑。"白思君无奈地笑了笑，"他是梅雨琛。"

白思君甚至不需要介绍梅雨琛是谁，对面的三人就同时屏住了呼吸。半晌后，主卧男生不确定地问道："得星木奖的那个？"

"嗯。"白思君故作淡然地拿起牌，但实际上心里不由自主地生出了小小的虚荣。

尽管梅雨琛之前的作品跟他没有半毛钱关系，但是一想到可以做梅雨琛的下一本书，他就觉得有股说不出的自得感。

下一秒，坐在梅雨琛身旁的女生突然就像打了鸡血一般，猛地冲回自己卧室拿了一本书出来。白思君只大概看了眼封面的样式，就知道那是梅雨琛的作品。

"我……我好喜欢你的书啊，能不能给我签个名？"女生紧张地问道。

梅雨琛扫了眼白思君，眼神似乎在抱怨白思君不该把他暴露出去。白思君抿嘴笑了笑，笑容里多少带有些幸灾乐祸的意味。

玩起游戏来时间过得飞快，白思君也不知触了什么霉头，几乎盘盘都是他输。这一把他终于拿到了不错的牌，但看样子好像其他人的牌也都不错。

主卧男生出了一张"+4"，下家女生跟着出了一张"+4"，接下来轮到梅雨琛，白思君原本还想看梅雨琛吃瘪的样子，结果没想到梅雨琛竟然也跟着出了一张"+4"。

室友三人都起哄地看着白思君，梅雨琛俨然也是一副等着看热闹的样子。

白思君瞅了眼自己手里的牌，没一张能派上用场，他只得认命地从牌堆里摸了十二张牌。

室友三人本就吵闹，见白思君被坑惨，笑得更加肆无忌惮。不过这时白思君突然听到了梅雨琛的笑声，他侧过头去，只见梅雨琛弯着眼角，难得笑得露出了八颗牙齿。

如果白思君没记错的话，梅雨琛的笑容一直很收敛，从来没有笑得如此开怀。

有时他都无法确定梅雨琛的笑里含有几分真意，但此时此刻他知道，梅雨琛是真的开心。

白思君跟着微微扬了扬嘴角，他明明在游戏里被人坑惨，但不知为何却心情不坏。他一边整理手中的一大把牌，一边口不对心地抱怨道："你怎么还不回去？"

梅雨琛似乎是笑够了，他收起笑容，轻飘飘地回道："我今天不回去了。"

白思君扫了眼墙上的挂钟，时间已过十点半，如果梅雨琛不想回去的话……

那就由着他吧，反正也没什么大不了的。

几人玩到了夜里十一点多才散去，两个女生去公用的卫生间洗漱，主卧男生也回了自己的房间。

白思君把棉拖鞋拿给梅雨琛，自己穿上了夏日的人字拖，接着又给梅雨琛找了干净的 T 恤和运动长裤。等打点好梅大爷后，他拿出了自己平时睡觉的装备—— 一件背心和一条齐膝短裤。

白思君之前买的牙刷是一蓝一粉两支装，他当时也没想太多，只觉得两支一起买便宜，没想到竟然在这时候派上了用场。

他把那只全新的粉色牙刷拿给梅雨琛，于是狭小的卫生间里，他拿着蓝色牙刷，梅雨琛拿着粉色牙刷，两人沉默却又动作一致地站在镜子前刷牙。

简直太诡异了。

白思君忍不住从镜子里偷偷看了梅雨琛一眼，没想到正好撞上梅雨琛的视线。

他赶紧埋下头吐泡沫，接着含了一口水漱口。然而下一秒，梅雨琛也吐掉了嘴里的泡沫，并毫不客气地从他左手拿过水杯，跟着含了一口水在嘴里。

洗漱完之后，两人回到房间。白思君的床比梅雨琛的床小许多，两人躺上去只能挤在一起。

不过还没等白思君上床，就发现梅雨琛盘腿坐在床上，微皱着眉头，右手捏起了一根长长的发丝。

那根头发一看就不是白思君的，更不是梅雨琛的。

见梅雨琛黑着一张脸，白思君回想了一下，解释道："我不是跟你说我帮了前女友一个忙吗，她昨晚在这儿待了一阵，后来朋友来把她接走，头发应该是她的。"

梅雨琛面无表情地跨下床，把头发扔进垃圾桶里："换床单。"

白思君："好……"

白思君知道梅雨琛挑剔，也没办法，只得依着梅大爷的指示，从衣柜里拿出了干净的床单和被罩。

换床单这种事一个月一次就够了，多了实在让人觉得折腾。

白思君就不怎么喜欢折腾，偏偏梅雨琛坐在一旁，一点要帮忙的意思也没有。他在床上翻来覆去地牵着床单抖着被子，偶尔累了停下来时，却发现梅雨琛的视线始终落在他身上，那样子比看电影还要专注。

白思君忍不住嘀咕道："换床单有什么好看的。"

梅雨琛收回视线，意味不明地说道："可以引人遐想。"

"想什么？"白思君继续抖被子，顺着话茬问道。

"你不会想听。"梅雨琛勾着嘴角说，"是悬疑小说的场景。"

白思君的动作顿在原地，皱了皱眉，说道："你又把我想象成什么样了？"

"比如，"梅雨琛开口道，"你的尸体被裹在床单里……"

"停停停！"白思君赶忙打断梅雨琛，"你再说我可不让你睡了啊。"

好不容易，白思君铺床单的"工程"已经到了最后阶段，等把床单换完时，他已经累得不想动，直接瘫倒在床上。

"关灯睡觉。"他有气无力地对梅雨琛招呼道。

白思君无奈地道："你真的失眠？我怎么觉得你睡得比我还好。"

"看情况。"梅雨琛低着脑袋说道，"时好时坏。"

白思君想了想，写作是个靠脑子吃饭的工作，确实容易有精神压力，加上梅雨琛已经三年多没能写出新作品，可想他的压力一定很大。

白思君微不可察地叹了口气，轻声说道："今天真是谢谢你了。"

梅雨琛扬起头来，问道："就没有奖励吗？"

白思君想了想，回道："我明天给你买点心吧。"

身旁的人突然安静下来，半晌后，梅雨琛冷冰冰地回了一句："哦。"

白思君脑子里的"梅雨琛晴雨表"倏地转向负数，他敏锐地觉察到梅雨琛又不高兴了。不过他也不知道为什么，都说给他买点心了，怎么还不高兴呢？

白思君有些累，也没有多想，迷迷糊糊地睡了过去。

白思君的作息规律，睡眠一向很好，他经常在离闹钟响起还有五分钟时醒来，他甚至觉得自己和闹钟之间形成了一种默契。

然而今天却很奇怪，冥冥之中的默契就像被剪断了一般，白思君想要醒来，但胸口好似压着一座大山，让他无法翻身，无论他怎么挣扎，这座大山都没有要移动的迹象。

半梦半醒之间，白思君感到有人在他床边放了一个小太阳，烤得他大腿外侧发热。他朦朦胧胧地想，马上都要到五月了，谁还用这东西，一定是有奸人想害他，让他暴汗而亡。

五 本末倒置

一晚上睡得不怎么踏实，第二天早上醒来时，白思君从床上爬起来，推了推身旁的梅雨琛："快去洗漱，我去买早点。"

吃过早餐之后，梅雨琛赖在白思君的房间不走了，白思君把打包盒收拾好，下意识地问道："今天想去哪儿？"

话一说出口，白思君就觉得奇怪。他以前很排斥把周末两天都花在别人身上，因为他希望有时间来做自己想做的事，但是不知从什么时候开始，他已经习惯性地认为他的周末是属于梅雨琛的，这不太对劲。

仔细想了想，他之前总是在周末去找梅雨琛，是为了监督梅雨琛码字，现在他却想着带梅雨琛出去玩，实在是有些本末倒置。

梅雨琛侧躺在床上，撑着脑袋看他，心情颇好地问道："去逛街吗？"

"逛什么街。"白思君赶紧否定，把话题拉回工作上，"你是不是很久没去书店了？今天跟我去书店。"

他心想去书店逛逛应该能激发这位大作家的写作热情，更重要的是，这让两人单独出门也显得自然了一些。

梅雨琛显然没有白思君想得那么多，他在穿衣镜前倒腾了半天，最后似乎还是不太满意，对白思君道："白，把你的剃须刀给我。"

白思君的眼角抽了抽，他突然发现这人俨然就是一副准备出门逛街的样子。

他一边把电动剃须刀递给梅雨琛，一边说道："别再折腾了，已经够帅了。"

梅雨琛拿起剃须刀的动作一顿，他勾了勾嘴角，笑道："多夸几句，我还要听。"

白思君转过身面向衣柜，不自在地嘀咕道："又给我得寸进尺。"

他也不再矫情，直接在梅雨琛面前换上了出门的衣服。只是临出门的时候，他才猛然反应过来，他为什么要穿上他最帅气的一套衣服？

离白思君家最近的大型书店大约在两公里外，由于中途一段路是单行道，开车反而要绕行，所以两人决定步行前往。

周日的早晨，街道上有些冷清，四月底的阳光洒在身上温度刚刚好。脚下的红砖路是白思君每天早上去上班的必经之路，他已经来来回回走过无数遍，但今天身旁多了一个人，走起来又是另外一种感觉。

"你最喜欢的作家是谁？"

"你觉得我的出道作怎样？"

"你……"

白思君停下脚步，一脸不解地看着梅雨琛道："你今天话好多。"

梅雨琛也跟着停下，回过头来，嘴角上扬地问道："不可以吗？"

白思君叹了口气，两人关系越来越熟，这还怎么工作？

两人慢悠悠地走到书店时，时间已接近晌午，此时书店里人不多，两人索性先在附近解决了午餐。

书店总共有三层，除卖书以外，还经营着咖啡厅和周边店。如果稍晚一些时候再来，书店里到处都能看到席地而坐、专心看书的人，不过白思君和梅雨琛来得算早，过道里几乎没有那样的"路障"。

白思君很喜欢书店的氛围，那是一种沉稳又包容的感觉，就连梅雨琛这样显眼的人在进入书店以后，身上的锐气也被磨掉了不少。

书店进门不远处是畅销书的展示台，白思君不用看，也知道当下什么书卖得最好。他继续往里走去，但这时他身旁的梅雨琛停了下来。

白思君顺着梅雨琛的目光看去，一眼就看到了齐筠的那本《垃圾桶的秘密》。

梅雨琛的脸上没什么表情，白思君猜不透他具体在想什么，但知道他多半有些受打击。

白思君走过去拉了拉梅雨琛的衣袖，压低声音说道："梅，我们去里面看看。"

梅雨琛收回视线，跟上白思君的步伐，问："他写得很好吗？"

"还挺好的。"白思君回答，他犹豫了一下，问道："你要不要看看？"

梅雨琛抿了抿嘴唇没有接话，继续朝前走去。

两人逛了一阵逛到了专门的推理悬疑类小说区，这里有一个宣传书架上排列了热卖前十的推理悬疑作品，其中梅雨琛的作品占了三部，但成绩最好的仅排在第二，位于齐筠之后。

自从进书店后梅雨琛就没怎么说话，现在更是微微皱起了眉头。

白思君靠近他，小声安慰道："他的书刚刚上市没多久，畅销很正常。你几年前的作品都还在畅销榜上，已经很厉害了。"

梅雨琛转过头来，表情也并没有因白思君的夸奖而产生太大变化。他淡淡地说道："我看你带我来书店就是想刺激我。"

白思君没有否定，他毕竟是梅雨琛的责编，该做的工作还是要做。他不想因为两人熟悉起来，就毫无原则地把他宠坏。

他问道："上次你说把新写的书给删了，是真的删了吗？"

梅雨琛拿起一本《垃圾桶的秘密》，一边翻一边心不在焉地回答："没有。"

白思君接着问："什么时候给我看看？"

梅雨琛垂着眼眸没有接话，白思君又耐着性子叫了一声："梅。"

"……知道了。"梅雨琛轻声应了一句，接着把《垃圾桶的秘密》给合上，对白思君道，"我先看看他这一本。"

梅雨琛肯看齐筠的书，说明他心里还是有那么些不甘心，白思君不禁舒了一口气。他也挑了一本书，和梅雨琛一起去楼上的咖啡厅点了两杯咖啡，接着两人挑了一个靠窗的卡座，然后一人坐在一边开始安静地看书。

　　白思君手里的书也是一本畅销书，主要讲如何合理运用时间。这类书看起来是在讲方法，但其实多带有鸡汤的性质，因为别人的方法很可能根本不适用于自己。

　　看这种书不需要费脑子，白思君本来也只是想随便看看。

　　他抬眼看了下对面，梅雨琛正认真地看着齐筠的新书，那神情和码字时一样，脸上没什么表情，只有眼珠在一左一右地滑动。

　　白思君很早就发现梅雨琛专注的样子很吸引人，但这时候还是忍不住看得出了神。

　　恍惚之间，对面传来梅雨琛带着笑意的声音："偷看我？"

　　白思君的眼神瞬间聚焦，接着便对上了梅雨琛那双好看的丹凤眼。

　　他连忙低下头，隐藏住自己不自然的神色，违心地说道："我放松一下眼睛而已。"

　　梅雨琛轻笑了一声，用手撑着下巴问："怎么样，我养眼吗？"

　　白思君重新看着手里的书："好好看书。"

　　这时，对面突然有起身的声音，白思君抬起头来，只见梅雨琛拿着书坐到了他的身旁，接着自来熟地拿起他的饮料喝了一口，自然得就像在家里一样。

　　卡座的沙发不算长，两人坐在一起难免有些挤。

　　白思君下意识地看了眼四周，并没有人注意他们，但他还是忍不住压低声音说道："你非要挤我做什么？"

　　梅雨琛翻开齐筠的书继续看，看样子丝毫没把白思君的话当回事。

　　又过了一会儿，梅雨琛的叫声打断了白思君的思绪。他无力地趴在桌子上，闷闷地说道："他写得好像还可以。"

白思君一下没忍住轻声笑了笑，因为梅雨琛吃瘪的样子实在可爱。他说道："齐老师的实力还是不错的。"

梅雨琛轻哼了一声，举起书继续看，等他合上《垃圾桶的秘密》时，时间已接近下午五点了。白思君早在两个小时前就看完了那本时间管理书，正一边无聊地刷着微博，一边时不时看看梅雨琛有没有偷懒。

"看完了。"梅雨琛直起身，伸了一个懒腰，"还行。"

"只是还行？"白思君问道。

"最后的解释稍微有点牵强，但总体来说逻辑上没什么漏洞。"梅雨琛顿了顿，"还是可以给个八分。"

梅雨琛这么挑剔，能给八分说明这本书真的不错。

白思君看着他问："那你的新书……"

梅雨琛抿了抿嘴，含糊地说道："自己的书很难看出问题。"意思是他也不知道写得怎么样。

白思君有些丧气，不过却听梅雨琛又道："过几天你帮我看看吧，白编辑。"

白思君愣了愣，接着不由自主地勾起了嘴角："好。"

两人就近解决了晚餐，接着散步去公司附近买了点心，然后又慢悠悠地散步回了白思君居住的小区。今天一天走的路可能比白思君平时一周走的路都要多，但是他一点也不觉得累。

把梅雨琛送上车后，白思君准备离开，然而这时副驾驶座的车窗突然下降，梅雨琛探了半个身子过来，双手并拢搭在车窗上，下巴抵在手背上，看着白思君道："我不想回去工作。"

白思君皱着眉道："不行。"

梅雨琛的丹凤眼立马耷拉下去，满脸都写着不爽两个大字。

白思君语气软下来道："不许撒娇，回去好好码字。"

"嗯。"梅雨琛轻轻应了一声，总算舍得离开了。

那个作家·落寞

· 第七章 ·

不是没见过梅雨琛无助的样子，
但的确没想到原来他已经绝望到了这个地步。

一 老牌编辑

新的一周，白思君重新把精力投入到工作之中，这才把梅雨琛在他脑子里的存在感削弱了一些。

齐筠发了三万字内容给他，他仔细写了意见反馈，之后又在一些小说网站寻找有出版价值的小说，并完成了一份选题策划。

白思君喜欢这种专注于工作的感觉，因为这样可以让他心无旁骛。

然而每到午休时间，他的思绪还是忍不住飘向郊外，想着那个人有没有好好工作。

手机突然振动了一下，白思君放下外卖配的一次性卫生筷，拿起手机看了一眼。

五月雨：在干吗？

白：吃饭。

白：你呢？

屏幕上方闪过"正在输入"的字样，梅雨琛的消息很快发来。

五月雨：吃饭。

白：有好好码字吗？

五月雨：嗯。

五月雨：我改得差不多了，只差结尾，你要来看吗？

白思君还未来得及回答，梅雨琛又补充道：今天。

今天周三，白思君也不是不可以过去，只是过去之后肯定得过夜。

他不禁想到，这等于晚上也会加班，精神变得有些恍惚，他赶紧咬了下牙关，压下心里的动摇。

白：我周六过去。

消息发过去之后，梅雨琛久久没有回复，白思君也知道梅雨琛又在跟他闹别扭，他几乎可以想象那双瞪着手机屏幕的丹凤眼会有多么不爽。他轻轻勾了下嘴角，把手机锁屏。

这时，头顶突然传来梁茹的声音："白哥，在跟你家梅老板聊天呢吧？"

白思君抬起头来，接着便见梁茹正一脸八卦地看着自己，他不自然地咳嗽了一声，随口问道："你怎么知道？"

梁茹"嘤嘤"地笑了两声，像特务接头似的压低声音说道："工作有进展了吧？"

白思君摆出前辈特有的姿态，正色道："你很闲吗？"

他本想拿出气势吓吓梁茹，让她别这么没大没小，但哪知梁茹自从跟他混熟以后压根不怕他，仍旧笑眯眯地看着他说："恭喜你啊，这么难的 BOSS 都被你打下了。"

白思君淡淡道："小意思。"

"哦？"梁茹挑了挑眉，"白哥明明说过他很难搞。"

白思君："那是以前。"

"啧啧。"梁茹拍了拍白思君的肩膀，"你越来越像个老牌编辑了。"

白思君怔了一秒，没想到梁茹会这么评价他，这也是他认真工作得到的回报吧。

梁茹离开后，白思君无奈地摇了摇头，接着掏出手机打开了梅雨琛的对话框。

白：我周五下班就过去。

这一次，梅雨琛没几秒就回复了一条消息。

五月雨：好

平时梅雨琛发消息喜欢打句号，白思君总觉得那像是身为作家的一种执着，总要打上句号才算写完了一个完整的句子，但是这一次梅雨琛没有打句号，孤零零的一个"好"字少了几分从容，多了一股迫不及待。

　　下一秒，梅雨琛又发了一条消息过来，是一个笑脸表情。

二 无脑恋爱小说

五、四、三、二、一……

时间终于到了六点整，白思君猛地站起来，一不小心把办公椅弹到了一米开外。四周的同事都被他的动静吓了一跳，抬起头来诧异地看着他。

"那个，我先下班了。"

白思君把办公椅推回座位前，然后拎起昨晚就提前收拾好的背包，赶在第一个跑到打卡机前打卡下班。

"小白周末要出远门？"一个同事探着脑袋问。

白思君笑了笑，回道："差不多吧。"

周五的下班高峰期简直就像地狱，白思君把才买的点心护在怀里，生怕被地铁上的"沙丁鱼群"给挤坏。

等地铁驶入郊区后，部分行驶路段位于地上，可以清楚地看到夕阳一点一点下沉，窗外逐渐笼罩上一层夜幕。白思君没有吃晚饭，肚子有些饿，他买的糕点比较多，原本可以拆开先吃一些，但他还是打算忍着，等待会儿和梅雨琛一起吃。

地铁站到别墅区不过十几分钟的步行距离，不知为何今天走起来却格外地远。白思君三步并作两步赶到梅雨琛家附近时，时间大约八点十分。他一边往前走一边不自觉地朝梅雨琛家张望，等走得近了，便看到不远处的二楼阳台上立着一个颀长的黑影。

黑影的双手环抱在胸前，手肘撑在栏杆上，身子前倾，任谁也能看出是在等人。

白思君不由自主地加快步伐朝梅雨琛家别墅走去。

别墅大门已经打开，白思君轻车熟路地推门进去，接着便破天荒地看见梅雨琛竟然站在玄关等他。

如果还在寒冬腊月，梅雨琛绝对不会轻易出门。白思君仿佛看到了一只从冬眠中苏醒的刺猬，正迫不及待地等着他的投喂。

"等久了吗？"白思君把手中的点心盒递给梅雨琛。

梅雨琛接过点心盒放在鞋柜上，没有回答白思君的问题，而是给了他一把钥匙。

白思君大概猜出了梅雨琛的意思，但还是问道："这是？"

"以后你自己开门。"梅雨琛说完往里走，"跟我来。"

白思君走进餐厅才知道为什么梅雨琛这么着急地拉着他进来。餐桌上摆着一盘卖相奇特的青椒炒肉丝，一盘黏成团的土豆丝和一盆清汤寡水的番茄鸡蛋汤。

白思君挑了挑眉："你会做饭？"

梅雨琛绕到他身后，一边把他往餐桌旁推一边说道："不会，你快尝尝。"

看样子也是不会。

白思君坐下后尝了一口青椒炒肉丝，结果立马被咸得五官都皱到了一起。

"怎么样？"梅雨琛坐在他身旁，撑着下巴问道。

书评这种东西写多了，白思君自然也是练就了一身说套话的本事。

"嗯——这个青椒炒得火候'到位'，入口即化，至于肉丝，完美地沾染上了豆瓣酱的香味，令人'垂涎欲滴'，只是如果放了豆瓣酱，或许你可以考虑一下不要放盐。"

梅雨琛撇了撇嘴，无精打采地说："我就知道炒咸了。"

白思君见他那样，忍不住安慰道："没事，配着白饭吃刚好。"

梅雨琛抬起眸子来，眼里闪着微光，也不知是无心还是故意地说道："那你都要吃完。"

行吧，白思君抿住双唇，艰难地点了点头。

梅雨琛在白思君对面坐下和他一起吃，只是明显避开了那灾难般的青椒炒肉丝。

白思君多吃了几口倒也觉得还好，他好奇地问道："你怎么突然想着做饭？"

梅雨琛道："无聊。"

白思君笑了笑："梅作家做饭辛苦了。"

两人吃过晚饭，白思君自觉地把梅雨琛留在厨房里的那堆烂摊子收拾好。等他回到客厅时，梅雨琛已经拆开点心盒，正盘腿坐在沙发上等他过去。

白思君在梅雨琛身旁坐下，问道："怎么不先吃？"

梅雨琛把塑料勺子递给他，道："等你。"

"结尾还没写好吗？"白思君问。

"嗯。"梅雨琛咬着勺子应了一声，接着道，"你先看看前面的如何。"

"好。"白思君道。

梅雨琛上楼之后没一会儿就拿着笔记本电脑下来了。他把电脑递给白思君道："写了七万字左右，你先看看。"

"好。"白思君接过电脑。

白思君平时看书很快，十万字的书不到两小时就能看完，但今天他刻意放慢了速度，每个字都看得很仔细。

故事接着男主人公安装好恋爱游戏开始，他在游戏里塑造了一个理想的女性角色，然后就像对待现实中的恋人一样，和这个角色谈起了恋爱。

从字里行间的一些细节可以看出，这个游戏并不止谈恋爱那么简单。白思君看到四五万字的时候，隐约猜到最后男主人公会被困在这个游戏里，只是具体是以何种形式被困，他还没有看出。

相较于最后的结局，白思君更在意叙事的节奏和人物的心理。

这本小说的整体节奏比较轻快，人物性格也很明朗，和梅雨琛以往的风格大不相同。

白思君看到一半就不自觉地皱起了眉头，等他看完最后一句话时，已经根本不在意这本小说的结局如何。

梅雨琛一直在一旁安静地看着电视剧，白思君皱着眉扫了他一眼，也不知道该怎么开口，只能心情杂乱地上下扫着笔记本电脑的触控板。

不知过了多久，梅雨琛似乎是注意到他怪异的动作，锁上屏幕问道："看完了吗？"

"嗯。"白思君没什么表情地应了一声。

空气有些沉寂，白思君知道他的反应很明显，所以梅雨琛一定看出了他对稿子不太满意。

"有什么问题吗？"梅雨琛问。

白思君继续扫着触控板，眼神停留在屏幕上，也不说话。

"哪里写得不好？"梅雨琛又问。

白思君缓缓关上电脑，深吸了一口气，看着梅雨琛问："你有好好写吗？"

梅雨琛的表情明显有一瞬间的愣神，想必是不明白为什么白思君会这样问，他微微皱了皱眉道："写得不行吗？"

绝对不能心软，白思君想着，于是他冷下脸来，直白地说道："你看看你写的都是什么东西，完全就是一个无脑恋爱小说。"

三 两难

　　白思君知道不少作家都会努力尝试新的题材，但不一定能写得很好，梅雨琛不是个新人作家，但看样子也并没有成功。

　　梅雨琛沉着一张脸坐在一旁一言不发，白思君继续道："你是悬疑作家，不是青春小说作家，这篇小说里悬疑的氛围完全没有营造出来。"

　　梅雨琛的嘴唇动了动，看样子有话要说，但最终还是没有开口。

　　"游戏里跟男主人公谈恋爱的是上一个被困在游戏里的人吧？"白思君没什么表情地猜测道，"只要把男主人公骗进游戏，他就可以从游戏里解脱，然后接下来就是男主人公去骗下一个人。"

　　梅雨琛沉默了一阵，接着干涩地应了一声："嗯。"

　　悬疑作家被人看破结局，就像推理作家被人猜到凶手一样，都是大写的失败。

　　白思君叹了口气，头痛地揉了揉眉心道："你如果想在作品中把恋爱的氛围给表现出来，那么恭喜你，你成功了。"

　　梅雨琛皱了皱眉："白……"

　　"但是我也要提醒你，"白思君打断梅雨琛道，"凡事都有个度，不要把你的悬疑小说写成无脑恋爱小说。"

　　话说到这里，白思君竭力抑制住心软的冲动，淡淡地说道："时间不早了，今天先这样吧。"

白思君撇下客厅里的梅雨琛，头也不回地走进了一楼的客卧中。

他躺在床上没有开灯，静静地听着客厅里的动静，然而或许是房间隔音太好的缘故，他没有听到任何声音。

也不知道梅雨琛会不会怪他，但他实在无法忍受梅雨琛把新书写成那个样子。

梅雨琛是所有读者的梅雨琛，他作为责编，必须对这件事负责。

他可以自私地让梅雨琛放飞自己，但是这样一来，阳光下的那粒白沙只会随着他沉入沙海，变得黯淡无光。

梅雨琛现在只是陷入了瓶颈，写写恋爱故事对他来说就像是散心的工具，可以让他在烦闷中分散注意力，等时间久了，他还是会因为无法写出新作品而感到空虚。

白思君相信梅雨琛一定会理解他，这么一想心里倒也放松了许多。他迷迷糊糊地睡去，半夜他做了一个梦，梦里梅雨琛站在领奖台上，台下人山人海，全是粉丝。他远远地站在角落，就像当年在年会时一样默默注视着梅雨琛，看着他发光发亮……

梅雨琛重回巅峰本来是一件好事，但白思君却觉得胸口闷得难受。

他不想离梅雨琛那么远……

白思君就这么睡了过去。

第二天早上，白思君没有在卧室中找到梅雨琛，而是在书房中，看到了一脸疲惫的他。

不难看出，梅雨琛应是彻夜未眠。

白思君难免反思他昨晚说的话是不是有些重，但为了激发梅雨琛的斗志，他深呼吸了几口气，对梅雨琛道："你好好改，我在这会影响你，我先回去了。"

梅雨琛立刻说道："别走。"

"'五一'调休，下周末我还得上班。"白思君说道，"放假前一天下班我再来找你。"

白思君说完要走，身后的梅雨琛声音毫无起伏地说道："你就是个骗子，你说不会丢下我，就是骗我。"

白思君咬紧牙关没有回答。

为什么做责编会这么难？作家不理责编是个问题，太依赖责编也是个问题。他好想什么都不管不顾，梅雨琛怎么高兴怎么来，但是他知道他不能，他对梅雨琛还有责任。

四 我本来就是工作狂

之前联系过的日语翻译按时返回了译稿意见，贴吧野生译者的译稿质量其实很差，错译、漏译比比皆是，宏图以此为筹码，拒绝了野生译者提出的支付稿酬的要求。

至于另一边，宏图还没有向译者支付稿费，现在正好节省了一笔费用。

网上的风波基本已经平息，主编也不想继续追究译者的责任，这事至此也算告一段落。

事情解决之后，主编把白思君叫到办公室询问梅雨琛新书的进度。白思君算算时间，之前主编给的三个月期限正好快要到期，虽然他知道自己不会被辞退，但一想到梅雨琛写的"无脑恋爱小说"，他还是感到一阵心虚。

"所以说，他的新书已经完成百分之八十了？"主编问。

"是的，现在只差一个结尾。"白思君回道。

"大概是什么样的故事？"主编又问。

白思君把恋爱游戏和受害轮回的核心梗告诉了主编，但是略去了大篇幅的恋爱过程。他打预防针似的说道："他这篇小说和之前的风格有些不同，可能宣传的时候需要花点心思。"

"宣传都是后事。"主编说道，"他能写出来就谢天谢地了。"

"也是……"白思君心里没底地附和道。

"对了，"主编话锋一转，"你对日本文豪系列有没有什么想法？"

白思君一愣："我？"

日本文豪系列是接下来几年宏图打算主推的一个系列。

日本是亚洲诺贝尔文学奖获得者最多的国家，其文学作品在国内也有较大影响。

按照《伯尔尼公约》规定，文学作品的作者在有生之年及死后五十年内，对其作品享有著作权。反过来说，当作者死亡超过五十年后，其作品的版权就会对世界开放，任何一家出版社都能出版。

现在，日本有一大批作者的著作权保护即将到期，其中就包括几位著名的作家。国内的各家出版社已经虎视眈眈，而经常引进日本书籍的宏图自然不会放过这个机会。

"开年以来，你的表现大家都看在眼里。"主编顿了顿，"这个系列我想交给你来做。"

白思君被这巨大的馅饼给砸晕了，半晌都没有反应过来。

"你如果做不下来的话……"

"我可以！"白思君连忙打断主编。开玩笑，这可是千载难逢的机会，傻瓜才会拒绝。他也不知道主编怎么突然发好心，交给他这么重的担子，不过转念一想，他这两次被坑之后表现都还不错，或许主编是打算对他好一点。

从主编办公室出来时，白思君还有些愣神，以至于迎面撞上了站在办公室门边的一个人。

"齐老师？"白思君一怔，"你怎么在这里？"

齐筠晃了晃手里的包装礼盒，回道："前几天去×市出差，带了点当地的荔枝回来。"

荔枝送给主编后肯定是分给大家，等于白思君也能跟着有口福。他微微笑了笑道："齐老师真是有心了。"

齐筠眨了眨眼道："礼尚往来嘛。"

白思君点了下头，算是打过招呼，对齐筠道："那行，齐老师你进去吧，我先去忙了。"

"等等，白编辑。"齐筠叫住白思君，"你什么时候有空，我们吃个饭？你拿到不错的项目，我也该恭喜你一下。"

白思君的心里突然生出异样的感觉，他后知后觉地反应过来，原来刚才在办公室里，他和主编的对话都被齐筠听了去。

非要说的话，这有偷听之嫌，所以白思君的心里下意识地有些厌恶。

但是话说回来，齐筠的表现很坦然，加上他也不是故意偷听，是确实找主编有事，白思君也没道理介意。

他把心里怪异的感觉给压下去，客气地笑了笑道："谢谢齐老师，那我们有时间约。"

文豪系列做起来难度很大，对白思君来说是不小的挑战。

首先是中国在加入版权公约之前，国内有许多自译的盗版，这些盗版虽然年代久远，但大多都是二十世纪著名的翻译家所译，要是惹上什么纠纷，肯定不会像贴吧野生译者那样好处理，所以白思君必须小心。

其次在找译者上，也不能随意。现在书籍翻译多是编辑在翻译圈子里发布试译消息，译者自主报名试译五页内容，最后编辑在所有试译当中挑选最优秀的译者，再和译者签订翻译合同。

这类翻译的价格不高，然而对于一些本身就很著名的书籍，则不能采用这样的方式。

编辑需要去联系有名的译者，这类译者的要价很高，需要慢慢谈，而且有些译者还不一定有时间。

最后，就算拿到成品译稿之后，由于原作版权开放，市场上肯定会出现竞争，因此在美术设计、后期宣传上都要花许多功夫。

白思君打算带着梁茹一起做，毕竟这么重要的系列他一个人做起来也是有些力不从心。

他和梁茹开了一个小会，大概讲了讲系列内容，他本以为梁茹会跟他一样干充满干劲，没想到梁茹却莫名其妙地感叹道："白哥，你最近好像工作狂啊。"

白思君收起笔记本，顺口回道："我本来就是工作狂。"

梁茹竖起食指晃了晃，"啧"了一声，说道："不对，你之前明明工作一阵就会搞一会儿手机，现在感觉把生命都投入到工作上了一样。"

白思君抿了抿嘴道："你想多了。"

梁茹用拇指和食指摸了摸下巴，挑眉道："你和梅老板吵架了？"

这个女人到底是哪路神仙？？

白思君无语地抽了抽嘴角，回道："没有，我'五一'去找他。"

他已经想好了，如果梅雨琛好好码字，那他'五一'的三天假期就都陪他工作。如果梅雨琛还是不好好码字，那他就继续晾着他。

白思君算了算，从上次分别到下次见面，中间有十天左右的时间。他晾梅雨琛这么久，也不知道那个爱耍赖的作家会不会学乖一点。

五 开心就好

"五一"放假前一天，办公室里的人明显都心不在焉，不是在刷手机，就是在吃荔枝，总之没一个人好好干活。

白思君早上给梅雨琛发了条消息，问他稿子改好没有，他下班过去，但是直到下午，梅雨琛也没有回他消息。

他心烦意乱地点开微信，知道梅雨琛这次是真的生他的气，尽管他之前已经哄过梅雨琛无数次，但这次他把话说得那么重，他也有些心里没底。

好不容易熬到下午六点，白思君赶着去楼下的点心店买了糕点，然后跟随茫茫下班大军挤上地铁。等他来到梅雨琛家别墅时，时间和往常一样，大约八点十分。

这次梅雨琛没有在二楼露台等他，白思君觉得有些异常，但他还是深吸了一口气，把内心的不安压下去，掏出梅雨琛给他的钥匙打开了别墅大门。

一楼的客厅亮着灯，平时梅雨琛一个人在家时很少待在客厅，看样子还是有在等他。

白思君稍稍松了口气，打开玄关的大门，然而这时他突然发现鞋柜旁摆着一双陌生的鞋。

有客人？白思君觉得奇怪，但还是和往常一样从鞋柜里拿出拖鞋穿上，然后拎着点心盒往客厅走去。

客厅里有电视里传来的声音，白思君离得越近，声音也越清晰。

啪—

点心盒掉在地上发出突兀的响声，吸引了沙发上那两人的注意力。

只见梅雨琛正和一个白思君不认识的人坐在一起，拿着手柄打游戏。两人的脚边满是外卖盒，也不知道到底玩了多久。

白思君看着眼前的一幕，只感觉身体就像掉进了冰窟窿一样，刺骨的寒冷不断侵蚀着他的全身。他气得指尖都在颤抖，然而梅雨琛只是淡淡地看着他，脸上没有任何表情。

白思君艰难地深吸了一口气，问道："你没有在工作吗？"

嘴里的声音干涩无比，听起来竟有些不像他自己的声音。

梅雨琛没有回答，倒是他身旁的陌生人问道："这人是谁？"

白思君以为梅雨琛也不会回答，正想开口，却见梅雨琛勾了下嘴角，漫不经心地回道："债主。"

听到这两个字，白思君顿时觉得心脏就像灌了铅一样沉重，闷闷的，喘不上气来。

他对他来说就只是债主？就因为他催他写稿子？

他不停地催他不是为了他好吗？

他不想码字，就故意做这种事来气他？

白思君原先还以为梅雨琛会理解他，但是现在看来这个大作家还是那么难以捉摸。

他知道现在他的脸色很难看，然而那个陌生人好像完全没有读出他的表情，竟然还在问："还有多的手柄吗？"

白思君闭上双眼深吸了一口气，他已经在爆发的边缘，而他现在之所以还没有歇斯底里地发火，完全是因为这二十多年积累下来的教养让他忍住了发火的冲动。

白思君睁开眼来，眼底里燃烧的小火苗淡去了一些。他看着梅雨琛，冰冷地说道："我和你有事要谈，你现在有空吗？"

白思君已经想好了，如果梅雨琛还要跟他赌气，那他就走，再也不会心软，并且他也不会再来这个地方，到时候不管梅雨琛能不能写出新书，都跟他没有任何关系。

　　这下陌生人也发现气氛不对劲，他放下手柄，皱着眉对梅雨琛道："还玩不玩啊。"

　　"你先回去吧。"梅雨琛也放下了手柄。

　　"没劲。"陌生人扔下手柄悻悻而去，当玄关处的大门关上，客厅里又重归安静时，白思君心里对梅雨琛的火这才"噌"地又蹿了上来。

　　他还以为晾梅雨琛十天，这人就会变乖，结果不仅没有变乖，还故意给他找气受。

　　白思君看向梅雨琛，面无表情地问道："稿子呢？"

　　梅雨琛的眼神飘向别处，淡淡地回道："没改。"

　　白思君耐着性子问："为什么没改？"

　　"不想改。"

　　不想改稿就打游戏？

　　白思君心里的火都快蹿到脑子了，他冷冷地看着梅雨琛，说着气话道："你那双手不如砍了算了，反正留着也没什么用。"

　　这狠话实在不像白思君的说话风格，话音刚落，他就有些后悔，觉得把话说得太重，但现在这种情况，他又不好拉下脸来示弱。

　　梅雨琛垂着眼眸沉默了一阵，接着突然起身朝厨房走去。

　　白思君一愣，赶紧跟上他的步伐，问道："你干吗？"

　　梅雨琛没有理白思君，他走进厨房，从立式刀具架上抽出一把菜刀，接着作势就要朝自己的左手砍去。

　　白思君吓得心脏差点停止跳动，连忙从梅雨琛手里夺过菜刀，扔到不远处的水槽里，对梅雨琛大吼道："你疯了？！"

　　梅雨琛身子靠在大理石台面上没有动，肩膀无力地耷拉着，眼下是明显的黑眼圈。

直到这时白思君才发现，短短几天不见，梅雨琛竟然瘦了，几乎又瘦回了几个月前他们刚见面时的样子。

为什么会变成这样？

白思君心里难受得很，他实在不愿意见到梅雨琛这个样子，态度软下来道："你怎么回事？是我逼得太紧了吗？"

梅雨琛自嘲似的笑了一声，靠着橱柜一点点下滑，最后坐到地砖上，脑袋埋进自己的双手手掌中，无力地说道："白，你知道吗？我连恋爱小说都写不出来，我该怎么办？"

白思君彻底愣住了，他不是没见过梅雨琛无助的样子，但的确没想到原来梅雨琛已经绝望到了这个地步。

果然还是他逼得太紧了。

白思君蹲下身，半跪在梅雨琛身边，拍了拍他的肩膀安慰道："那就不写了，我不逼你写了。"

"我可以不写吗？"梅雨琛抬起头来，眼里布满了血丝，"你是不是对我很失望？白，我不想让你失望。"

白思君的喉结滑动了一下，他受不了梅雨琛这个样子："没有，我说你写不出来会对你失望都是骗你的。"

梅雨琛把脑袋埋在双膝之间，闷闷地说："那你说再也不管我……"

白思君想也没想便打断他道："也是骗你的，我就是个大骗子。"

话一说出口，白思君就知道自己是真的没救了，他真是一个对作家毫无底线的编辑。

梅雨琛抬起头来，看着白思君道："你不准再丢下我了。"

白思君呼了口气，认命似的说道："好。"

就这样吧，只要梅雨琛开心就好，不写书又如何呢？

白思君回到客厅，刚把点心放到茶几上，梅雨琛就跟过来，拖着鼻音说道："我会好好写书的。"

白思君轻声应道："嗯。"

"你相信我。"梅雨琛说道,"我一定会写出来。"

白思君其实已经不强求了,他不想再看到梅雨琛这么落寞的样子。他安抚似的说道:"写不出来也没关系。"

"不。"梅雨琛摇了摇头,"你知道那种感觉吗?脑子里有东西在生根发芽,它慢慢结出果实,你摘下那个果实,就会得到奇妙的想法……那个东西就叫作灵感。"

白思君不是作家,他自然不懂这种感觉。他隐约觉得梅雨琛的眼睛里充满了光,只听梅雨琛又道:"我现在脑子里全是灵感。"

白思君觉得今天的心情就像过山车一样,刚来别墅时,他的心情跌到了谷底,但是现在因梅雨琛的一句话,又像冲上了云霄一般。

他也不敢抱太大希望,不确定地问道:"你是说……你能写了吗?"

"嗯。"梅雨琛点了点头,"我不想让你失望。"

最好如此吧。

白思君没有再说什么,梅雨琛看着他问:"我们接下来三天做什么?"

"五一"的假期说长不长,说短也不短,白思君也没想好该怎么度过,商量着问:"我在家陪你写书?"

能写就写,不能写就窝在家里消磨时光,白思君也不强求。

梅雨琛笑了笑,应道:"好。"

那个作家·骄傲

第八章

使用卑劣的手段不会对梅雨琛造成任何影响，
因为这样的作家根本没有资格成为梅雨琛的对手。

一 跟作家熟起来可真好

梅雨琛说是要写书，结果三天下来连电脑都没碰一下，白思君竟然也堕落地陪他打游戏。

在白思君出发去上班之前，梅雨琛又嫌无聊，不想让他走。

白思君实在拗不过梅雨琛，好说歹说地磨蹭到七点多，梅雨琛终于愿意放他走。

梅雨琛愿意开车送白思君去公司，这对白思君来说倒也新奇。

出发之前，白思君发现梅雨琛带上了电脑包和小型行李箱，他诧异地问："你要出远门？"

在白思君知晓的作家当中，有不少人都会专门跑到幽静的山林间闭关写作，他以为梅雨琛总算要开始发愤图强，结果梅雨琛却道："去你家不算出远门。"

行吧，本来他对新书也没抱什么希望，只要梅雨琛开心就好。

他估计梅雨琛在家里实在写不出来，换个环境也好。

假期之后的第一个工作日早上，道路出奇的堵，梅雨琛把白思君送到公司楼下时，离九点只差五分钟。

按照宏图的规定，只要在九点零五分之前打卡都不算迟到，所以梅雨琛刚把车停下，白思君就飞速解开安全带，打算来个生死冲刺。

然而这时梅雨琛突然拉住白思君的胳膊，问道："我待会儿在你家无聊怎么办？"

白思君简直哭笑不得，他是成梅雨琛的保姆了吗？这位大作家真是不能一个人好好待着。

他说道："中午我回家和你一起吃饭。"

白思君中午有一个半小时的午休时间，平时他都是在办公桌上趴着午休一会儿，今天却专门为梅雨琛回了趟家，陪他吃过午饭后，又赶在一点半之前回来上班。

要是放在以前，白思君绝对不愿意做这么折腾的事，但是一想到梅雨琛孤零零地待在他家里，他也只好跑回去一趟。

梁茹明显发现白思君不太对劲，她揶揄地问："白哥的工作狂状态，看来是阶段性的啊？"

白思君正色道："我是在和作家聊工作。"

梁茹"扑哧"一下笑出声，丝毫不给面子地戳穿道："跟作家熟起来可真好，上班都可以随便聊天。"

白思君不禁有些心虚，转换话题道："文豪系列的作家名单都整理好了吗？"

"只差最后两个了。"梁茹收起玩笑的表情，突然想到什么似的，问道，"对了白哥，你给齐老师投票了吗？"

"投票？"白思君奇怪地问，"投什么票？"

"××小说网的短篇小说大赛啊。"梁茹的表情比白思君还奇怪，好像在说怎么能连这个都不知道，她补充道，"现在齐老师应该冲到第一了，他也真够厉害的，赛程都快结束了才参赛，结果一参赛就把第一名给挤下来了。"

××小说网是齐筠发家的地方，他最初在上面连载小说，后来被宏图看中之后也没有放弃那边的专栏，偶尔还是会发一些短篇小说上去。

和网文作家相比，出版作家的地位要高一些，名气也大一些，所以齐筠在比赛中后来居上也并不奇怪。

前阵子白思君还在××小说网寻找有出版价值的小说，他也知道有这样一个比赛，但是最近他忙于文豪系列，所以没有一直保持关注。

想到齐筠毕竟是他手里的作家，白思君对梁茹道："那我还是去给他投投票。"顺便也可以看看有没有其他有价值的作者。

白思君打开××小说网，一进首页就看到了短篇小说大赛的宣传。

齐筠果然排在第一，并且拉开了第二名十几万票。这种由读者评选的小说大赛其实名气比实力重要，许多作者的作品也不错，但是本身人气积累不够，所以也无法冲到排行榜靠前的位置去。

齐筠参赛的短篇叫作《小管家》，白思君没有想太多，直接点下了阅读按钮。

故事的开端是男主人公突然收到了一块智能手表的试用邀请，这块智能手表有管家功能，可以帮助解决男主人公在生活中遇到的各种难题，它就像一个真的管家一样，照顾着男主人公的生活起居，并逐渐和男主人公成了好朋友。

看到这里，白思君隐约觉得有些不对劲，他回想起那天在主编办公室门外的对话，心里突然生出了不好的预感，他强忍着心里的不适继续看下去。

男主人公在人际交往方面也遇到了问题，小管家给男主人公支招，看起来像是在帮他处理问题，但实际上它已经逐渐控制了男主人公的思维，并入侵了他生活的方方面面。

故事最后，男主人公被小管家逼疯，最终失去意识。当他醒来时，他发现自己被困在了智能手表中，成了新一任的小管家，而一个毫不知情的陌生男人正喜滋滋地把智能手表戴在手上。

白思君内心沉重地返回作品推荐页面，上面冠冕堂皇地写着"此作品试图探讨人工智能给人类带来的危害，希望引起人们对依赖智能产品的警戒"云云。

还真是有模有样。

白思君捏紧鼠标，面无表情地盯着屏幕。

齐筠很高明，他把故事和当下最热的题材紧密结合，使作品不失趣味性的同时，主题也得到升华。

但那又如何？

创作最难的一步是"从零到一"，而非"从一到二"。

这个作品最原始的内核，明明是梅雨琛新书里的恋爱游戏。

二 冲冠一怒

上次齐筠送荔枝过来时，白思君正在主编办公室和主编聊工作。

齐筠恭喜他拿到不错的项目，他以为齐筠只听到了后半部分和文豪系列相关的内容，没想到齐筠把前面他汇报给主编的有关梅雨琛新书的内容也给听了去。

看看时间，《小管家》的发表时间是"五一"假期前一天，正好是在齐筠送来荔枝之后没几天。

联想到梁茹说齐筠在赛程快要结束时才参赛，白思君断定齐筠原本没有打算参加这个比赛，只是刚好听到了梅雨琛的新书，才临时起意写了这么一个短篇小说。

齐筠和梅雨琛同为悬疑作家，因此难免被人拿来比较，但就目前两人获得的成就来看，显然梅雨琛要高出一大截。

如果这三年来梅雨琛稳步推出作品，那齐筠压根就不会有出头的机会。

但现在梅雨琛遇上瓶颈期，对齐筠来说就像是获得了一个喘息的时间，他正好在这段时期从一个小有名气的网络作家发展成为一个大热的人气作家。

白思君承认，齐筠同样很有实力，但成功是实力加运气的结果，他相信齐筠也明白这个道理。

上次白思君和梁茹给齐筠送红酒过去，无意中向齐筠透露了梅雨琛的新书即将交稿一事，恐怕自那个时候起齐筠就已经开始感到焦虑，因为他的运气即将用尽。

白思君在圈子里待久了，自然知道这种事不好处理，或者说压根儿就不能处理。

齐筠是借梗加融梗，本就不能判为抄袭，而且最最根本的是，梅雨琛的新书还未发表，就连过度借鉴的罪名都无法扣到齐筠的头上。

现在齐筠率先把小说发表出来，并且刻意把原先的恋爱游戏改成了紧扣当下时代主题的人工智能，梅雨琛若是就这样发表新书，他不仅反倒成了借鉴的那一个，而且和齐筠的主题相比，恋爱游戏的内容将会显得更加无脑。

也就是说，人们不仅会认为梅雨琛抄了齐筠的短篇小说，还会认为他抄得拙劣无比。

白思君面无表情地上下滑动鼠标，极力抑制住内心火冒三丈的情绪。虽然他已经不强求梅雨琛能够尽快写出新书，但这不代表别人抄袭了梅雨琛的半成品，他也可以坐视不理，更何况泄露的源头还在他这里。

他身为责任编辑，却没有保护好他的作家。

白思君知道现在不是自责的时候，他深吸了一口气，抱着上战场的心情拨通了齐筠的电话。

齐筠的语气和往常无异，他轻松地问道："白编辑，假期过得怎么样？"

假期和梅雨琛待在一起，过得当然舒坦。但是一上班就遇上了这么一件糟心事，罪魁祸首还好意思来问他过得如何。

"挺好。"白思君简单回答，"齐老师上次约我有空一起吃饭，不知道今天晚上有时间吗？"

"哎呀，这可真不凑巧。"齐筠遗憾地说，"我这两天没课，连着'五一'假期在外度假，得过几天才回来。"

白思君微微皱了下眉，齐筠拒绝见面的理由无懈可击，但是话语里露出了马脚。如果齐筠现在身在外地，那他应该说"过几天回去"才对，而不是"过几天回来"。

白思君编辑做久了，对小说的叙事视角非常在意。有时候作家会无意识地把人物视角写得混乱，让读者搞不清这到底是谁的想法、谁在说话，而编辑在校对的时候，就要以读者的眼光去审视整篇小说，把其中不对劲的地方给作家圈出来。

齐筠说"过几天回来"，这说明他本身就没有在外地，所以才下意识地把从外地回家的过程说成了"回来"。

也就是说，齐筠是在故意躲着他。

白思君没有就此放弃，既然齐筠刻意回避，那他只能用直球攻击。

"那我就在电话里直说了吧。"白思君道，"××小说网的短篇小说大赛，我希望齐老师能够主动退赛。"

齐筠没有立刻回答，似乎是没想到白思君会说得如此直白。

通话短暂沉默了几秒，齐筠继续语气轻松地问道："为什么呢？"

白思君道："齐老师为什么会写、怎么写出来的那篇小说，你我都心知肚明，就不需要我多说了吧。"

齐筠语气仍旧没什么变化地回道："白编辑，你这话我就听不明白了。"

白思君抿紧了嘴唇，一时竟不知该如何接话。在打这通电话之前，他心想齐筠是大学老师，应该会讲道理，但现在齐筠装蒜，他才反应过来，如果齐筠是个讲道理的人，那也就不会故意给梅雨琛使绊子。

他顿时有些慌乱，着急地说道："你不就是偷听到我向主编汇报梅雨琛的新书内容，所以才写了这篇小说吗？"

齐筠"呵呵"笑了两声，和和气气地说道："白编辑，说话要讲依据，我是混学术圈的人，对于抄袭、借鉴这些事，我看得比你重。你说我怎么会去做这种事呢？"

白思君想问既然你没做这种事，那躲我做什么，但是他想到这也只是他的推测，齐筠照样可以否定。他又想说那你把文档的建立日期发过来看看，但是这也可以通过修改系统时间伪造，看了也毫无意义。

白思君突然有些六神无主，直到这时他才意识到，齐筠是有百分百的把握才做了这件事，这根本就是一场无法打赢的仗。

他脑子里想到了一句话：流氓不可怕，就怕流氓有文化。

"还有啊，白编辑。"齐筠又说道，"我从出版第一本书开始就跟着宏图混，也算半个宏图的人了，你怎么撇开我去帮一个外人呢？"

白思君咬紧了后槽牙，把冲到嘴边的"不要脸"给咽了回去。

他知道齐筠打死不认的话，他没有任何办法。齐筠虽然看起来对他客气又尊重，但实际上根本没把他这个新手责编放在眼里。

他冷冷地回道："那好吧齐老师，我祝你新书大卖。"

挂掉电话之后，白思君实在咽不下这口气。

梅雨琛因为遇上写作瓶颈变得那么憔悴，甚至还因此失眠了两年，现在写书的进度本就处于停滞状态，结果还突然冒出个齐筠在背后耍花招，他带的作家凭什么要受这种委屈？！

白思君焦灼地在工位上待了一会儿，最后还是忍不住敲响了主编办公室的大门。

二十分钟后，主编关掉××小说网站页面，慢悠悠地拧开保温杯盖喝了一口茶水，问白思君道："你是怎么想的？"

"他这明显就是偷听了梅雨琛的新书内容，故意仿写成短篇提前发表，这样一来梅雨琛就没办法发表新书了。"白思君愤愤地说道，"现在梅雨琛的新书只能作废，他好不容易才完成了这一部分，结果……"

意识到自己越说越激动，在办公场合并不合适，白思君识时务地停了下来。

主编一边听一边点头，在白思君停下时，他接过话茬问道："那你觉得应该怎么处理？"

白思君道："读者没办法知道谁先开始写，他们只会认谁先发表。现在这事必定给梅雨琛造成影响，就不说让齐筠公开道歉了，他至少应该退赛吧？难道由着他拿奖吗？"

主编又喝了一口茶水，没有立即回话。

"你刚才联系过齐筠了？"主编放下保温杯问。

"是的。"白思君一回想到刚才的通话就来气，"他竟然说他是宏图的人，说我胳膊肘往外拐。"

"他确实是宏图的人。"主编的这句话让白思君的满腔怒火顿时被一铲子冰碴子给浇灭。

主编又说："就假设没出这个事，我问你，我们什么时候才能拿到梅雨琛的书稿？"

面对这个问题，白思君自然有些心虚，但更多的还是心寒，他死死地看着主编没有回话。

"齐筠是我们一手培养起来的，他每次都准时交稿，配合改稿，是个很不错的作家，我很看好他的下一本书。如果他能在这次比赛中获奖，也能够很好地给他的新书宣传造势。

"至于梅雨琛，他拖了三年时间，宏图还没有跟他撕破脸，没有要他赔违约金，已经很够意思了。老实说，我一开始让你负责梅雨琛，就没有抱什么希望。现在业内已经有人在传他江郎才尽，我估计即使他交上书稿来，也没办法达到他以前的水平。

"开年以来，你也证明了自己的实力，我把文豪系列交给你来做，就是想好好培养你。梅雨琛你就别管了，宏图已经放弃他了，你还是好好专注下手里的事情。"

白思君紧握的双拳不停颤抖，他咬紧了牙关，生怕一开口就表露出自己此刻有多暴躁。

谁说梅雨琛就江郎才尽了？！

再说暂时写不出来又如何？写不出来就该被人抛弃吗？

白思君心里杂乱的愤怒、憋屈、愁绪全都在这一瞬间拧成了一股绳，紧紧地套牢了他心里的想法——

　　就算全世界都放弃了梅雨琛，他也绝对不会放弃。

　　"齐筠我不带了，谁爱带谁带。"白思君缓缓开口，声音因压抑的激动而有些微微发颤，"文豪系列我也不做了，我就管梅雨琛。"

　　主编脸色一变，显然是没料到白思君竟然会为梅雨琛说话。

　　"你这是什么意思？"主编保持着笑脸，"我看你一直挺稳重的，冲冠一怒为蓝颜可不像你的风格啊。"

　　什么稳重，明明是觉得他好欺负才对。

　　图书签售会的事也好，译者抄袭的事也好，白思君都可以忍，但是唯独这件事他无论如何也忍不了。

　　"我没有冲动。"白思君面无表情地说道，"我就做梅雨琛的书，他的新书要是上不了畅销榜第一，我就不干编辑了。"

　　还未到下班时间，白思君提前离开了公司。

　　当他疲惫地打开出租屋单间的密码门锁时，梅雨琛正盘腿坐在他的床头上码字。

　　飞速敲击键盘的手指骤然停下，梅雨琛有些诧异地抬起眼来，似乎是不明白为何白思君会在这个时间点回家。

　　白思君扯出一个笑容，对他道："我回来了。"

　　梅雨琛把电脑放到一边，皱眉道："你怎么了？"

　　白思君知道自己现在的表情应该不怎么好看，他收起勉强的笑容，一头栽到床上，道："梅，我好累。"

三 行，听你的

进入宏图这么些年以来，白思君也曾对工作有过不满的情绪，但是从来没有像现在这样对宏图感到心灰意冷。

好在这股寒意并没有发芽滋长，因为梅雨琛就在身边，让疲惫又焦躁的白思君逐渐平静了下来。

"出什么事了？"梅雨琛问道。

"我做错事了。"白思君难掩低落地说道。

梅雨琛偏下头，看着白思君的眼睛笑道："白大编辑还会做错事？"

白思君听出这话里的调侃，正色道："我和你说正经的呢。"

梅雨琛问："严重吗？"

"嗯。"白思君应了一声，"职场小人太多，防不胜防。"

"说给我听听？"梅雨琛道。

白思君深吸了一口气，说道："我向主编汇报你的新书内容，刚好齐筠来找主编有事，在外面偷听到，然后写成短篇小说先发表了。现在你的新书……"

白思君抿了抿嘴唇，也不知该怎么说下去。

梅雨琛的表情没什么变化："就这？"

"这还不严重吗？"白思君撑起身子盘腿坐在一旁，愤愤地说道，"我今天找了齐筠，他不承认，找了主编，他让我别管，我实在是没办法了。"

梅雨琛沉吟了片刻，说道："我先看看齐筠写的短篇。"

白思君顺手拿起手边的电脑，打开小说网站找出齐筠的小说，然后把电脑递给了梅雨琛。

梅雨琛看书很快，眼眸不停地一左一右滑动，没几分钟便把这不到两万字的短篇大概浏览了一遍。

合上电脑后，梅雨琛倒没有先表态，反而问道："你说你做错事了，我怎么没听出来你错在哪里？"

白思君皱了皱眉道："早知道我就向主编说你没告诉我内容是什么。"

"其实说了也无妨。"梅雨琛笑了笑，这才问道，"你觉得这个短篇小说如何？"

"嗯——撇开主观情绪吗？"白思君问。

"对。"

白思君想了想，回道："很普通。"

梅雨琛垂着眼眸没接话，看样子是在一边认真思考，一边等着白思君继续说下去。

"他的文笔和叙事节奏都没什么问题，只是……"白思君顿了顿，下定决心似的说道，"这个梗太老套了。"

齐筠的这个短篇小说，核心梗来自梅雨琛的新书，白思君这样说，其实是在说梅雨琛的梗原本就不行。

在最初看到梅雨琛的半成品时，白思君就有这种感觉，这篇故事不行。受害轮回的套路已经用烂了，很难再写出新意，就算齐筠把受害轮回和人工智能相结合，最后写出来的东西也难以尽如人意。

白思君相信其他读者在阅读齐筠的短篇小说时，多少也能猜到结局，因此这样的悬疑作品很难定义为优秀，只能说平平无奇。

白思君之前没有对梅雨琛提到这点，一是因为梅雨琛还没有写结局，还有反转的机会，二是因为梅雨琛好不容易才写出一个半成品，他不想让自己悲观的态度影响梅雨琛难得恢复的写作热情，因此只是提了一下恋爱篇幅过长的问题。

现在齐筠在某种意义上把梅雨琛的作品完成，反而给了白思君重新审视这篇故事的机会。

于是他所得出来的结论便是，如果以畅销榜第一作为目标的话，这个故事的核心内容完全不够格。

梅雨琛点了点头，淡淡地说道："如果我把这本书写完，也会是这个结果— 普通。"

白思君顿时觉得奇怪，他问："既然你知道结果，那为什么还继续写？"

"我没继续写啊。"梅雨琛好笑地说，"你上次说我这是无脑恋爱小说，我就已经彻底放弃这篇小说了。"

白思君一怔："那你刚才在写什么？"

梅雨琛回道："乱七八糟的东西。"

白思君皱起了眉头，脑子里又想到梅雨琛肯定没有认真工作。

梅雨琛似乎发现他的表情不对劲，解释道："乱七八糟的灵感，不是随便瞎写。"

白思君松了口气："是新书的灵感吗？"

"不全是。"梅雨琛摇了下头，"有些时候我的脑子里会突然进出一些想法或情景，我习惯随时记录下来。只是最近这两三年想法越来越少，就算偶尔有一两个点子，也很难发散开来。"

白思君知道这应该就是才思枯竭的感觉，他有些担心地问道："那现在呢？"

"现在吗？"梅雨琛勾了勾嘴角，"还行吧。"

梅雨琛的语气很随意，似乎丝毫没有把这么重要的事放在心上。尽管他嘴上说的是"还行"，但他浑身上下散发出来的那种沉稳的气场，跟代表勉强的"还行"，这两个字完全不相配。

白思君仿佛看到了三年前的梅雨琛，那种桀骜不驯，那种胸有成竹，他知道只有自身充满了自信的人才会展现出这种状态。

为什么梅雨琛对齐筠的借鉴和主编的包庇完全不在意？

白思君现在算是明白了，因为梅雨琛根本没有把他们放在眼里。

齐筠获得短篇小说大赛第一又如何？梅雨琛可是第一个在三十岁以下就获得星木奖的悬疑作家，这是齐筠永远都无法达到的高度。

一个是人气比实力重要的野鸡比赛，一个是由业内专业人士评选出的重量级奖项，谁优谁劣，高下立判。

更何况齐筠还是靠借梅雨琛不要的梗来参赛，就算获了奖也毫无意义。他本来没必要做这种事，结果由于心虚，自作聪明地搞了这一出，他现在一定沾沾自喜，却未曾想过他那卑劣的手段不会对梅雨琛造成任何影响。

这样的作家根本没有资格成为梅雨琛的对手，想到这里，白思君突然安下心来。虽然大多时候他表现得比梅雨琛更加成熟，但在真正遇上事情的时候，梅雨琛总是比他沉稳得多。

"怎么不说话了？"梅雨琛问。

"在想以前的你。"白思君笑了笑道，"你好像还宝刀未老。"

梅雨琛挑了挑眉，不满地说："什么叫'好像'，我本来就不老。"

白思君重新振作起来，问道："我可以看看你乱七八糟的灵感吗？"

"当然。"梅雨琛道，"不过写得很乱，从没给别人看过，你可能看不懂。"

梅雨琛的灵感写在一个思维导图软件里，白思君乍一眼看去，还以为是小学生写的随笔。有的条目光标题就有四五十个字，夹杂了一堆废话，有的条目点开之后洋洋洒洒的几百个字，连个标点都没有。

梅雨琛写的时候真的很随性，一些句子读起来完全不通顺，一些句子甚至只写了一半。除了一些情节片段以外，白思君还看到了对天气的抱怨，对电影的吐槽，等等。

看了没一会儿，白思君就头痛地摇了摇头："果然看不懂。"

梅雨琛坐到白思君身旁，懒洋洋地说道："所以这些东西就算落到别人手里也没关系，我的传奇哪能轻易复制。"

梅雨琛说话的样子就像一只求表扬的猫咪，白思君说道："是，梅大作家可真厉害。"

梅雨琛满意地轻笑了一声。

白思君虽然看不懂，但还是随意地看着，他的手继续往下滑动触控板，不一会儿一个标题叫作"围巾"的条目进入了他的视线。

或许是在一堆难懂的标题里显得特别清新，白思君下意识地就想去点这个标题，不过这时梅雨琛突然按住了他的手。

"这个不能看。"梅雨琛道。

白思君顿时有些奇怪："为什么？"

"反正不能看。"

这些东西毕竟属于梅雨琛的隐私，白思君也不强求。他继续往下滑动，没过几行又看到了一个同样很简明的标题——"内裤"。

他又想去点，而看破他意图的梅雨琛这次直接从他腿上抽走了电脑。

"别看了，反正你也看不懂。"梅雨琛神色不自然地说道。

白思君此时也发现了梅雨琛有些不对劲，他好奇地问："我都没点开，你怎么知道我看不懂？"

梅雨琛没有回话，他把电脑扔到一边，耍赖似的故意转移话题道："我码了一下午的字好累，我要按摩。"

白思君好笑地拿过梅雨琛的爪子，替他按摩手腕，但并没有放过他："那里面都写的什么？"

梅雨琛还是没有回答，白思君又问了一句，梅雨琛才慢吞吞地说道："……藏宝图。"

"藏宝图？"白思君按摩的动作一顿。

"嗯。"梅雨琛应道，"反正你看不懂。"

白思君想到梅雨琛偶尔也会有孩子气的一面，心想那里面或许写的是一些幼稚的东西，梅雨琛不想让他看，所以也没有再继续追问。

按着按着，梅雨琛突然颇为认真地开口道："白，你这里好挤，我另外在你公司附近给你买个房吧。"

白思君吓了一大跳，他心想哪有作家给编辑买房的道理？这梅雨琛还真是有钱没处使。他回道："不用了，如果你需要我陪你工作，我去你那边陪你吧。"

"你上班不会太麻烦？"梅雨琛问。

白思君没有说，他现在已经没有班可以上了。

之前怼了主编之后，主编当下就让他不用去上班了，只不过名义上暂时还没有辞退他。

"既然你自己强烈要求，那我最后再给你一个月的时间，这一个月里别的工作你就别做了，至少把梅雨琛的初稿交上来，否则你就给我卷铺盖走人。"

白思君知道这次主编是认真的，依照这个秃顶男人那尖酸刻薄的性格，他本应会直接辞退自己，但是这样一来缺少正当理由，闹得不好看，所以他才找了个冠冕堂皇的借口，等着看白思君笑话。

白思君不想给梅雨琛压力，所以没有告诉他这次是真的工作不保。他想了想说："我把今年的年假都请了，连上周末有大半个月，接下来一段时间都可以陪你。"

梅雨琛还是不太满意地问道："那假期用完了怎么办？"

"之后再看吧。"之后会是什么样，白思君自己也不知道。

梅雨琛沉默了片刻，应道："行，听你的。"

四 认真工作是为自己

随便在小区外的餐馆解决了晚饭，白思君回家收拾了一下行李。这个时间点，隔壁的两个女生都已下班回家，白思君不想多事，便让梅雨琛在车里等他。

当他背着背包、手拖行李箱来到梅雨琛的车旁时，发现梅雨琛竟然坐在副驾驶座上，他有些奇怪："你不开车吗？"

梅雨琛懒洋洋地回道："你来开。"

白思君一怔："我技术不好。"

梅雨琛道："所以要练习。"

白思君在大学的时候拿了驾照，之后也不是没碰过车。每逢过年回到老家时，他偶尔也会开家里的车，只是还没练熟，就又回来上班了，所以拿了驾照这么多年，他还是个新手司机。

虽然技术不行，但只要慢慢开，白思君也不怕上路。再说梅雨琛的车是自动挡，开起来也不费事。

他把东西放在后备箱，坐进驾驶座里，接着系好安全带，在心里仔细回想了一下开车的步骤，然后全神贯注地启动汽车。

这时，梅雨琛突然道："等你开熟了，我另外给你买辆车。"

白思君的手还未来得及离开钥匙，又吓得把钥匙拧了回来，刚打燃的发动机立马熄火。他原以为梅雨琛是懒得开车，所以才让他来开，结果没想到梅雨琛竟然是为了让他练手，然后送他一辆车。

194

虽然这几个月来他在梅雨琛身上花了不少工资，但他从来没想过要以这种方式给收回来。

"梅雨琛。"白思君正色道，"你难道觉得我好好工作是图你的钱吗？"

梅雨琛的表情明显一愣："不是。"

白思君继续道："那你又要买表，又要买房，还要买车，是什么意思？"

梅雨琛微微皱眉道："因为你在我身边工作很辛苦啊。"那语气极其理所当然，说得好像白思君不收反而是他的问题。

白思君无奈道："那我也不是在为你工作，我是为自己。"

梅雨琛抿紧嘴唇不满地扭过头去看向窗外，显然是不喜欢白思君这么绝情的说法。

白思君也有些无奈，梅雨琛似乎没有朋友，也不知道该怎么跟人正常相处。他态度软下来道："你还是怕我抛下你对吗？所以觉得需要用钱来补偿我。"

梅雨琛微不可察地偏了下头，但眼神还是看着窗外。

白思君继续道："你不用那样讨好我，我想做你的书，是真心想做，不然起初你赶我走，我也不会那么坚持了。"

梅雨琛闻言立马转过头来，道："那不是讨好，我就是想送你，觉得你辛苦。"

白思君心里一暖，笑道："心意我领了，不用真送我。"

梅雨琛撇了撇嘴角，看样子是妥协了，他好奇道："白编辑，你生活很拮据吗？"

"是啊。"白思君随口说道，"为了给你买糕点，工资都花光了。"

梅雨琛顿时露出一脸复杂的表情，有震惊，有后悔，甚至有一丝心疼。

白思君憋着笑，重新启动了汽车。

很久没碰车，白思君实在有些生疏。他磕磕绊绊地把车开出小区，然后一直保持着时速四十公里以下的车速。

"开右转弯灯。"

"这是直行车道。"

…………

"你好笨。"

白思君的额头上冒起青筋，他咬紧上下牙，低声道："闭嘴。"

梅雨琛在一旁直笑，丝毫没把白思君的话当回事，继续扮演着教练的角色。平时一个小时的车程，愣是被白思君开得比坐地铁花的时间还要长。

回到别墅后，白思君把自己的箱子拿去了一楼的客卧。

自从进入五月之后，夏日的威力逐渐开始显现。白思君带来的衣物不多，他把衣物分门别类地放进衣柜里，然后站在衣柜前欣赏了一阵，他喜欢这种有条有理的感觉。

收拾完衣物，他来到客厅想打扫房间，而这时他裤兜里的手机突然振动了起来，他拿出手机一看，接着立马就皱起了眉头。

"怎么了？"梅雨琛问。

"是齐筠。"

白思君对主编说了不带齐筠，但是并没有跟齐筠打过任何招呼。现在齐筠打来电话，应该是知道了这个消息。

和白思君眉头紧锁相比，梅雨琛的表情倒是没什么变化，他懒洋洋地靠在沙发扶手上，对白思君道："接吧，可能是工作上的事。"

白思君接起电话，齐筠的语气一如既往的客气，他对白思君辞任责编表示惋惜，然后说自己很快从外地回来，问白思君什么时候有时间，想约他吃个饭。

白思君耐着性子回道："吃饭就不必了吧，反正齐老师的作品我也不负责了。"

"那也可以一起吃个饭呀。"齐筠笑呵呵地说道，"以后可能还有机会合作，不至于这点面子都不给吧，白编辑？"

白思君还是不太想去，不过这时齐筠又故意吊胃口似的说道："而且关于梅雨琛的新书，我也有些想法，想和你讨论讨论。"

齐筠不知道梅雨琛已经弃用原来的梗，所以理所当然地会认为梅雨琛此时正焦头烂额地改稿。白思君知道齐筠找上他，无非就是想知道梅雨琛下一步有什么打算。

他当然不会给齐筠透露梅雨琛的情况，但他实在看不下去齐筠那副小人得志的样子，于是便道："那行吧，过两天就是周六，我们到时候见。"

挂掉电话，白思君心里不由得憋了一口气，他心想到时候一定要怼得齐筠灰头土脸，而且最好能套到他的话，让他承认自己借鉴了梅雨琛的作品，再用手机录个音，给他来个公之于众。

白思君还在心里计划着自己的"宏图大业"，却听到梅雨琛突然轻飘飘地问了一句："你没做齐筠的责编了？"

白思君一愣，这才反应过来自己刚才在打电话的时候说漏了嘴。他闪躲地回道："呃，是的。"

梅雨琛坐直身子，靠近白思君，用探究的眼神看着他道："我记得你说最近负责了一个很重要的系列，会很忙，怎么突然请这么长的年假？"

白思君支支吾吾地说："那个，因为，最近有点累，所以……"

"白思君。"梅雨琛微眯起双眼，压低声音道，"又想骗我吗？"

白思君叹了口气，放弃抵抗似的说道："我跟主编闹翻了。"

梅雨琛挑了挑眉："因为我？"

白思君点了下头："嗯。"

梅雨琛突然沉默了一阵，说道："放心吧，我一定会把书写出来。"

五 不要输了气势

白思君倒是一点也不后悔和主编闹翻，要是放在以前，工作对他来说无比重要，即使遇上这种不公平的事，他多半也不会和主编闹得这么难看。但是现在，他看着身旁安静地听他讲述完整经过的梅雨琛，只觉得要是有机会再来一次，他还是会选择这么做。

说到一个月交稿这里，白思君不想给梅雨琛压力，虽然他相信梅雨琛一定能够写出新书，但一个月的时间实在太紧，他便道："你慢慢写，我看主编的态度，他短期内应该没打算找你麻烦。"

梅雨琛皱着眉头，脸色不算好看地提醒白思君道："他不找我麻烦，但是会找你麻烦。"

白思君淡淡地笑了笑，无所谓地说道："我没关系啊。"

梅雨琛眼眸一沉，看样子是不喜欢白思君这种不拿自己当回事的态度。他说道："我可以付违约金，大不了……"

"不行。"白思君立马收起笑容打断道，"工作没了我可以再找，但是你和宏图闹翻对你没有任何好处。"

梅雨琛抿紧了嘴唇不说话，满脸都写着不高兴。

白思君继续劝道："付一大笔冤枉钱不说，最重要的是这样一来不好找下家，即使找到，也拿不到这么高的稿酬。而且外面很可能会传一些风言风语，影响到你写书。"

梅雨琛的表情还是不太高兴，不过白思君知道梅雨琛会向他妥协。

虽然大多数时候他都拗不过梅雨琛，但至少在他坚持的事上面，总是梅雨琛拗不过他。

半晌后，梅雨琛轻呼了一口气，垂着眼眸说道："知道了。"

白思君放下心来，拍了拍梅雨琛的肩膀道："好好写书，我会陪着你。"

"嗯。"梅雨琛又重新化身为梅大猫，懒懒地躺在沙发上，"白编辑，我会让你的名字出现在我的书上。"

这意味着梅雨琛得在一个月之内交上书稿，因为白思君被辞退之后，也就不再是梅雨琛的责编。

白思君当然很想让自己的名字印在梅雨琛的书上，只是时间太紧，他也没抱多大希望。

不过这时梅雨琛又道："不用着急，我写书很快。"

"我没着急。"白思君道，"我比较头疼的是周六和齐筠见面，该怎么套他的话。"

"你不用做这些。"梅雨琛道，"我真的不在意他。"

白思君还是气不过："他找我吃饭也是想套我的话，我不过是跟他礼尚往来罢了。"

梅雨琛轻声笑了笑，说道："你以为他约你吃饭，只是想套你的话？"

白思君不解："不然呢？"

梅雨琛坐直身子，不慌不忙地问道："你说在看到他的短篇小说之后，马上就约他吃饭，但他推脱了。然而现在他知道你为了我辞任他的责编，就立马想找你聊聊，你说这是为什么？"

白思君心里来了点感觉，他不确定地推测道："他想拉拢我？"

"有一部分吧。"梅雨琛顿了顿，"你是他的责编，知道他的新书内容，所以……"

白思君回想到齐筠曾发给他的新书大纲和三万字内容，恍然大悟："他怕我把他的新书泄露给你？！"

"嗯。"

梅雨琛点了点头："应该是。"

这么一想，白思君也反应过来，如果齐筠只是想套他的话，那在他约齐筠吃饭的时候，齐筠也没必要拒绝。现在他和宏图划清界限，表明了自己的态度，而齐筠事先没算到这一层，所以立马就慌了。

白思君问："你想知道他的新书吗？"

梅雨琛挑眉："我拿来做什么？"

白思君笑道："我试探下你。"

梅雨琛微眯起双眼，道："你也太看不起我了。"

白思君笑了笑，说道，"我发现你的书写得好是有道理的。"

"嗯？"梅雨琛有些诧异地挑了挑眉。

"关于齐筠，我就没你看得透。"白思君缓缓说道，"你就像一个观察者，你可以把一个人看得很彻底，所以在你的书里，那些对人物的刻画才那么深刻。"

梅雨琛勾了勾嘴角，戏谑地说道："谢谢白编辑这么欣赏我。"

那感觉，说得白思君的欣赏多值钱似的。

白思君脸一红："咳咳，也没有很欣赏，正常分析而已。"

梅雨琛笑道："欣赏我到甚至可以为了我不要工作。"

白思君正色道："我那是打抱不平、疾恶如仇。"

梅雨琛立马反驳："你那是为了我奋不顾身。"

"你……"白思君轻哼了一声，"你是作家，说不过你。"

梅雨琛直笑，笑够了才停下来道："我答应你，我会好好写书。"

白思君道："好。"

在知道齐筠的真实目的之后，白思君的心里也跟着有了底。

他发现人真的很奇怪，明明在吃亏的时候会非常生气，但是只要发现对方没几斤几两，甚至还有弱点掌握在自己手里时，又会对之前吃过的亏完全不在意。

他想到曾经看过的社交书籍，要多和自信的人交往，这样自己也会受到正面影响。或许他和梅雨琛也是这样，因为梅雨琛不仅在精神上让他自信，也在物质上给了他底气。

白思君坐上驾驶座，看着车窗外的梅雨琛，好笑地说道："我感觉我就像是专门去装相的一样。"

梅雨琛没有接他这句话，而是皱眉道："你一定要注意安全，看着后方来车，不要随意变道，还有……"

白思君打断梅雨琛道："放心，我开得很慢。"

梅雨琛不爽地撇了撇嘴："都说我陪你去了，还不让。"

"没必要啊，对付他我一个人就够了。"白思君笑了笑，"你好好在家码字。"

"嗯，路上小心。"梅雨琛说完，又补充了一句，"快去快回。"

"好。"白思君道，"在家等我。"

白思君不想和齐筠吃饭，所以和他约在大学附近的一家咖啡馆见面，齐筠也算识趣，欣然同意。

白思君出门早，开车手感也找回来了一些，所以提前二十分钟来到了约定地点。

他把车停在咖啡馆门口的停车位，然后走进咖啡馆里找了个角落等待齐筠的到来。

在齐筠还没来时，白思君无聊地刷着微博，没一会儿，屏幕上方就弹出了一条消息提示。

五月雨：加油，不要输了气势。

白思君无奈，说是让梅雨琛好好码字，结果这人老是分心，这样下去一个月能交上稿才是奇了怪了。

不过白思君早已做好了被辞退的心理准备，所以到时候就算梅雨琛真交不上稿，他也不会怪梅雨琛。

齐筠端着咖啡过来，举止如常，表现得就好像两人之间并没有发生过任何不愉快。白思君自认没有齐筠那样的修为，所以表情多多少少还是有些不好看。

两人寒暄了几句，齐筠开始把话题引向梅雨琛的新书，但是桌子上手机的振动总是打断齐筠的话。

白思君知道是梅雨琛在给他发消息，他觉得好笑，不过表面上还是憋着，一副完全不在意的样子。

齐筠说着说着，最后似乎实在说不下去，问白思君道："白编辑，你不看看？说不定是急事。"

白思君这才优哉游哉地拿起手机，此时梅雨琛给他发的消息太多，已经折叠到了一起。

他匆匆扫了一眼，把手机设为静音，放下手机道："没事，你继续。"

齐筠继续道："白编辑，你为了梅雨琛丢掉工作，还是有些不值吧？"

白思君反问："齐老师怎么就知道我一定会丢掉工作？"

虽然白思君自己也觉得多半工作不保，但好歹气势上不能输。

齐筠面不改色地问："所以说梅雨琛的稿子改得还算顺利？"

白思君在心里冷笑了一声，他知道齐筠是在套他的话，于是故意拐弯抹角地说道："谁说他在改稿？说不定他是在写短篇小说呢。"

白思君这话是说梅雨琛照样也可以把齐筠的新书写成短篇小说率先发表。

果然，齐筠听到这话脸色一变，扯出一个笑容说道："他不加紧改稿，岂不是害白编辑丢了饭碗？"

"那有什么关系。"白思君笑了笑，一脸无所谓，"我对梅雨琛吧，就是人们常说的那种'脑残粉'，为了自己喜欢的作家，丢个饭碗算什么。"

齐筠脸上的笑容难看了几分，他似乎有些着急，直白地说道："白编辑，我之前把新书大纲发给你，是有邮件记录的，我想白编辑应该不会……"

白思君嗤笑了一声，学着梅雨琛那没皮没脸的样子说道："我看齐老师怕是不懂'脑残'是什么意思。"

齐筠顿时被噎得说不出话来，而白思君看着他吃瘪的样子，只觉得简直是不要太爽。

白思君老神在在地喝了一口咖啡，齐筠很快整理好情绪，用长辈的姿态说道："白编辑现在还年轻，冲动很正常，我呢，只希望白编辑做事之前想想清楚，不要拿自己的未来开玩笑。"

"齐老师，"白思君语重心长地说，"你有时间教我做人，不如赶紧回去改改稿子，免得哪天在某个地方看到跟自己新书差不多的短篇小说，被搞得手忙脚乱，你说是不是？"

"你！"

这还是白思君第一次见到齐筠露出气急败坏的表情，顿时觉得心里畅快无比，他道："今天就到这儿吧齐老师，我还有事，也不耽误你的时间了。"

齐筠知道自己失态，他调整了下呼吸，面无表情地说道："好，以后可能也没什么机会见面了，我祝白编辑前程似锦。"

白思君的眼角抽了抽，他都快失业了，齐筠却祝他前程似锦，明显是在说反话讽刺他。他心想，老妖怪不愧是老妖怪，道行深，想要把他怼到灰头土脸确实不太容易。

不过他又转念一想，今天成果也算不错，齐筠接下来肯定会忧心好一阵子，他也没必要再跟他计较。

齐筠步伐有些急，他走在前面，白思君跟在后面，两人一前一后出了咖啡馆。

出去之后，齐筠也没跟白思君打招呼，径直向前走去，白思君也懒得再理他，自顾自地掏出了车钥匙。

白思君发誓他没有故意，但偏偏就在他按响遥控车锁时，齐筠正好走到了梅雨琛的车旁。

于是下一秒，白思君清楚地看见齐筠被车的响声吓得一顿，打量了一眼那停在路边的黑色宝马SUV（运动型多用途汽车），然后又四下看了看。

两人的眼神很快对上，白思君手拿车钥匙，对齐老师礼貌地笑道："齐老师再见。"

齐筠黑着一张脸，加快脚步往学校的方向走去，而白思君则是仰天舒了一口气，只觉得这段时间以来的郁闷全都一扫而空。

说要套话要录音，最后什么也没做，不过这时候白思君已经觉得这些都不重要了。

他浑身轻松地坐上驾驶座，然后拿出手机给梅雨琛回消息。

白：战果不错。

那个作家·自信

· 第九章 ·

曾经的梅雨琛真的回来了，他的文字又重新找回了蛊惑人心的力量。

一 压力和动力

梅雨琛瘦掉的肉明显长了回来，眼下的黑眼圈也已经消失不见。他越来越有三年前的样子，整个人的状态和白思君刚来时完全不同，不仅早上起来没了起床气，平日里甚至还恢复了健身。

下午四点，梅雨琛准时出门健身，他问白思君道："你为什么不和我一起去？"

白思君不去是有理由的，一来，他觉得自己身材匀称，既不需要减肥，也没必要追求肌肉，去健身房完全就是浪费。二来，以他的存款数额来看，他也没有闲钱去搞这种浪费。

不过看着梅雨琛的身材越来越好，他难免有些羡慕，问梅雨琛道："那我今天和你一起去吗？"

梅雨琛说："当然。"

别墅区外有一个高端健身会所，光从它门面的装修来看，就可以知道他的目标客户是住在别墅区里的富豪们。

白思君已经做好了割肉的准备，然而还在会籍顾问带他参观健身器材时，另一边的梅雨琛就已经替他办好了一张五年期限的年卡。

白思君拿着卡愣在原地，他问梅雨琛道："这个多少钱？"

梅雨琛淡淡道："不贵。"

白思君心想我又不是傻瓜，他有些急："你干吗办五年的？现在还可以退吗？"

"为什么要退？"梅雨琛皱了皱眉，"你是打算做完一本书，就不和我来往了吗？"

白思君一怔："呃，没有。"

"没有就好。"梅雨琛勾了勾嘴角。

"那、那也应该我自己出钱。"白思君有些窘迫地说道。

"不用。"梅雨琛道，"就算你以后不用了，我还可以接着用。"

好吧，也有些道理。在来健身房之前，白思君一直以为这里会有许多穿着紧身背心和短裤，做个动作就大声叫的娘娘腔，但是进来之后发现还好，即使有人聚在一起聊天，聊的内容也是和健身相关，白思君为自己先入为主的偏见反省一秒。

在跑步机上热身时，白思君随意地问梅雨琛："你之前不是也在这里健身吗？怎么好像都没人认识你。"

"认识我。"梅雨琛跑着步，气息平稳地回道，"只是他们知道我一般不理人。"

白思君差点忘了梅雨琛在外人面前总是一副高冷范儿，只有在自己面前才是幼稚的大作家。热身之后，梅雨琛带着白思君去器械区锻炼，直到这时白思君才真实感受到了他和梅雨琛力量上的差距。梅雨琛做卧推可以轻松推动五十千克，而白思君拎起二十五千克的哑铃都觉得费力。

白思君第一次使用器械，梅雨琛也没让他练得太猛。两人运动得差不多后，来到了空无一人的操厅拉伸。

"白，"梅雨琛一边压腿，一边说道，"要不你辞了宏图的工作，我另外帮你找家出版社吧？"

"不用。"白思君说道，"就算我真的丢了工作，我也会自己找。"

"可是我不想你因为我而丢工作。"梅雨琛说道。

"那你就好好写书。"白思君说道。

其实这时候，即便白思君这么说，也不会给梅雨琛造成压力，因为他能看出现在梅雨琛状态不错，也很有动力。

二 曾经的梅雨琛真的回来了

梅雨琛的码字速度明显提高了，完全就是一台没有感情的码字机器。"咔嚓咔嚓"的声音就像一曲不断迈进的行军进行曲，让白思君越来越安心。

"啪！"梅雨琛猛地敲下回车，抬起眼来看白思君："我发了七万字给你，你先看看。"

白思君心里一惊，两周不到就写了七万字？这是在写网文还是在写出版图书？

他表面不动声色，内心波涛汹涌地点开邮箱，结果只看了一眼梅雨琛发过来的文档，就差点气吐血："你给我好好打标点啊！"

文章里逗号、句号乱打，双引号、单引号不分，就连小学生的水平都不如。

白思君当下觉得，这半成品一定不能泄露给外人，不是怕人抄袭，而是怕人说这就是星木奖获奖作家的水平。

"你不是我的责编吗？"梅雨琛无辜地眨眨眼，"校对是你的工作。"

白思君顿时被噎得说不出话来，而梅雨琛还轻飘飘地补充了一句："我在赶时间。"

白思君一股气憋在胸口，他明明知道梅雨琛就是懒得打标点，但他偏偏还得拿出责任编辑应有的工作态度，给梅雨琛好好校对。这等于是给梅大作家的码字事业添砖加瓦，贡献自己的一份力量。

白思君无奈地叹了口气，开始给梅雨琛修改文章。

梅雨琛在动笔之前，曾和白思君交流过这本新书的想法。这次梅雨琛把故事背景放到了一所高中，主人公是一个孤僻的高一男生。

白思君大概知道故事情节是这个男生认识了一个男同学，然后在这个男同学的帮助下逐渐走出阴影，并学会了如何和父母、老师、同学相处，但是具体的细节他并不太清楚。

当然，梅雨琛不是青春伤痛文学作家，故事开头是以一个高三学长的自杀展开，所有线索都指向一场校园欺凌，而男主人公无意之间听到了某些学长和学姐的对话，也卷入了这场事件之中。

在开头的前十几页，白思君还耐心地给梅雨琛修改标点，但是看着看着，他就迫不及待地想知道后续情节，以至于连他最不能忍受的乱七八糟的标点符号也无法影响到他往下翻页的心情。

七万字不长也不短，后面白思君几乎是一口气读完，最后 Word 文档的光标停留在男主人公不知被谁推下楼梯，他如梦初醒地抬起头来，看着梅雨琛道："然后呢？"

梅雨琛抬了下眼，懒洋洋地回道："我正在写啊。"

白思君紧跟着问："谁把他推下去的？那个英语老师？"

梅雨琛轻轻勾了勾嘴角："剧透就没意思了。"

"梅，"白思君放软语气道，"就告诉我谁推的好不好？"

"写了再给你看。"梅雨琛笑了笑，转移话题道，"标点改完了吗？"

白思君语噎："呃，忘了……"

梅雨琛挑了挑眉："还不赶紧改？"

"好。"白思君点了下头，重新拿出工作的态度，并不忘叮嘱梅雨琛道，"那你赶紧写。"

白思君重新返回前面去改标点，这次他抛开了读者的身份，以编辑的目光仔仔细细地去审读。

"梅，你这里有个成语用得不太对。"白思君皱眉道。

"嗯？"梅雨琛抬起眼来。

梅雨琛沉默了一下，突然道："你还记得开头写到男主有个秘密吗？"

白思君认真道："记得。"

"这是在做铺垫。"

白思君愣了一瞬，他重新看向电脑屏幕，不太确定地说道："完全看不出来……不对，有点苗头，但是读者不会往那方面想。"

"结尾的时候他会做场梦。"梅雨琛解释道，"不过我打算点到即止，不会写明。"

也就是说，前面这些细节都是在为结局做铺垫。

白思君连忙操作着触控板往上滑，重新从开头看起。

当鼠标再次停留在第一页上时，白思君突然回想到了以前看梅雨琛作品时的感受。

不看到书的最后，你永远不知道他到底想表达什么，等看过结尾之后，你又会立马想重新看看开头，然后再被那股恍然大悟之感震慑到心底发麻。

白思君只看了七万字，知道了一点点结尾，现在他重新看开头，就已经有了这种感觉。

曾经的梅雨琛真的回来了，他不再是那个只写得出无脑恋爱小说的失意作家，他的文字又重新拥有了蛊惑人心的力量。

白思君不禁有些感慨，尽管他的名字还没有印在任何一本书的版权页上，但他第一次觉得，责编的工作竟然是这么有意义。

一旁的梅雨琛突然笑道："你干吗，一副快哭出来的表情。"

白思君吸了吸鼻子，压下内心翻滚的情绪，对梅雨琛道："没事，就是觉得……太好看了。"

梅雨琛靠在沙发一侧码字，白思君靠在沙发另一侧校对，客厅里只剩下此起彼伏的敲击键盘的声音，不知不觉中，落地窗外的景色已被夜晚笼罩。

夏日天黑得晚，白思君看了看时间，竟然已经八点多了。他伸了个懒腰，问梅雨琛："你饿了吗？"

"有点儿。"梅雨琛合上电脑，"你做饭还是点外卖？"

白思君活动了一下十指，问："蛋炒饭吃吗？"

梅雨琛弯着眼角笑道："吃。"

白思君比梅雨琛闲许多，这段时间以来厨艺大有长进，不过今天时间已经有些晚，他怕梅雨琛饿着，所以只是简单做了份蛋炒饭。

吃过晚饭，两人回到客厅的沙发上，梅雨琛慵懒地躺在沙发上消食，而白思君则是尽职尽责地给他按摩手指。

"白编辑，你真好。"梅雨琛一脸舒服地哼唧道，"你是我见过最好的编辑。"

白思君无奈道："明明是最好欺负。"

梅雨琛随口道："没有你我怎么办啊。"

白思君按摩手指的动作一顿，他还真没想过这个问题。

他稍微设想了一下他和梅雨琛的关系倒退回以前的场景，梅雨琛是高高在上的人气作家，他是名不见经传的小编辑，而梅雨琛所处的位置根本看不见他……光是想想他就觉得心里发苦。

三 今年的星木奖

白思君离开宏图快大半个月了，除了去收拾自己的东西以外，再没有和宏图有任何联系。主编明显没有挽留他的意思，就等着他一个月到期之后走人，而其他同事不了解具体情况，只知道他专门去守着梅雨琛写稿，也没有对他表示过分关心。

毕竟还没有正式离职，白思君没有把大大小小的工作群退掉，但是一打开微信便看到那一屏幕的置顶工作群，难免感到心烦，于是他把这些工作群的置顶挨个取消，然后把某个草莓甜筒头像的人设为了置顶。

这时，一个脑袋突然探了过来，梅雨琛好奇地问道："在和谁聊天，笑得这么开心？"

"没有。"白思君赶紧收起手机，然而不凑巧的是刚好手机振动了两下，他下意识地翻过手机看了一眼，只见屏幕上显示着一条微信消息。

梁茹：白哥！我需要你！

白思君解锁手机，慢悠悠地给梁茹回消息。

白思君：怎么了？

梁茹：压力好大，求安慰！

在之前带梁茹的时候，白思君许多杂事都没有让梁茹做，现在他走后，可以想象梁茹的工作内容一定会陡然增多。

梁茹：白哥最近忙吗？

梁茹：下午有没有时间？

梁茹：我请你喝奶茶呀！

梁茹：嘿嘿嘿.jpg

不用上班的日子总是容易搞不清日期，白思君完全没意识到今天是周末，因为这段时间过得太过放松，以至于每天对他来说都像是周末。

他正想问梁茹约在哪里见面，却听梅雨琛突然道："让她过来。"

"又来？"白思君道，"你又想欺负人家小姑娘。"

梅雨琛挑眉道："我为什么要欺负她？"

白思君重新拿起手机给梁茹回复消息。

白思君：你下午直接来找我吧。

白思君：地址还记得吗？

梁茹：什么地址？我好像没去过你家欸白哥。

白思君发了一个定位过去。

白思君：梅雨琛这里，你之前来过。

梁茹：什么！！！

梁茹：你怎么在梅老师家里？

白思君：守着他写书咯，还能怎么样。

梁茹：微笑.jpg

白思君皱了皱眉，看不懂梁茹这条消息是什么意思。

"她为什么发个微信自带的微笑表情？"梅雨琛道，"这不是挑衅吗？"

白思君摸了摸下巴，不解道："对啊，奇怪。"

不过白思君知道梁茹肯定没有那层意思，他只好猜测道："她可能不知道这个微笑表情看起来让人不爽。"

梁茹在下午一点多到了梅雨琛的别墅，这次她没有迷路，并且还懂事地捎了点水果过来。白思君去门口接梁茹，他原以为梁茹工作压力大，精神状态应该不好才对，哪想到这姑娘红光满面、精神抖擞，一点也没有被工作压垮的样子，反而言语中还透露着一丝小兴奋。

"白哥，我怎么觉得梅老师的院子有点不一样了？"

"我没事了点种花花草草。"

"贤惠！"梁茹比出一个大拇指，"大写的贤惠！"

"这是夸奖吗……"

梅雨琛还是一如既往地没有来玄关迎接，白思君去冰箱给梁茹拿了瓶橙汁，然后把她迎到了客厅。

"梅老 ba……师好！"梁茹及时改口，然后偷偷对白思君吐了吐舌头。

梅雨琛淡淡地扫了她一眼，然后继续埋头码字。

"梅老师新书写得怎么样了？"梁茹自来熟地说道，"有白哥陪着肯定文思泉涌吧！"

梅雨琛微微皱了下眉，又抬起眼睑没什么表情地看了她一眼。梅雨琛对待外人总有一种疏离感，白思君刚跟他接触时也被他这种态度搞得压抑又不安，他知道梁茹害怕梅雨琛，所以想缓和下气氛，然而却听梁茹"嘿嘿"笑了两声，没心没肺地说道："白哥，梅老师都懒得理我唉。"

白思君觉得奇怪，梁茹虽然开朗，但也并不是拿热脸贴冷屁股的那种类型。他怎么莫名觉得梁茹的脸皮变厚了？也不是贬义的那种脸皮厚，就是心理素质变强大了，他只能认为这是工作对梁茹带来的改变。

"没事，不用管他。"白思君道，"最近工作怎么样了？"

梁茹立马哭丧着一张脸，瘪着嘴道："好想辞职。"

白思君有些诧异："不至于吧。"

"我这忙着毕业，主编还要求我一周去五天，有事才准请假，简直不想干了。"

"也有我的原因。"白思君道，"我要是还在，你也会轻松一些。"

"就算白哥还在，等我正式入职之后也会有这么多工作，好想直接找个富二代嫁了。"梁茹一脸生无可恋地说道，"话说白哥你怎么突然就只负责梅老师了呢？文豪系列和齐老师你都彻底不管了吗？"

"嗯。"白思君点了点头，"还是他比较重要。"

梁茹偷笑了一声，结果惹来梅雨琛打量的眼神，她没有收敛，反倒迎上梅雨琛的目光，说道："梅老师，你可不能辜负了咱们白哥啊。"

这次梅雨琛总算舍得张开他那金贵的口，问道："你到底想说什么？"

"没什么没什么。"梁茹连忙摆了摆手，"我就是祝你新书大卖。"

梅雨琛莫名其妙地看了白思君一眼，显然和白思君一样，也不知道这小姑娘到底怎么了，他顺着梁茹的话回道："我会好好写。"

白思君接下话茬，问梁茹道："最近工作上没遇到什么问题吗？趁现在可以问问我。"

梁茹想了想回道："也没什么问题……就是最近宏图办了个主题征稿，我每天被咨询电话搞得都快烦死了。"

宏图有一部对外公开的座机，总有人打电话来询问自己的稿件有没有通过审核。原本这个座机是在白思君的工位上搁着，他已经接了四年多的咨询电话，现在他一走，想也不用想，这个工作肯定落在了梁茹身上。

白思君道："你可以固定一套说辞，比如让他们关注网站消息。"

"是啊，我都这样说，但是说多了也烦。"梁茹撇了撇嘴，突然想到什么似的，说道，"对了，××小说网站那个短篇小说大赛，齐老师主动退赛了唉。"

这个倒有些出乎白思君的意料，看样子他那天装模作样地吓唬齐筠，还是起到了一些作用。

"退了就退了吧。"白思君勾了勾嘴角，"反正那比赛也没什么含金量。"

"也是。"梁茹点了点头，"不过这次齐老师应该会参加今年星木奖的评选。"

星木奖于每年八月底截止提交作品，十月初公布入围短名单，最后于十月底公布最终获奖名单，评奖类别除了悬疑类以外，还有推理类和科幻类等，总之是国内文学界极有分量的一个大奖。

白思君下意识地看了梅雨琛一眼，虽然他仍旧垂着眼眸看着电脑屏幕，但不停打字的手停了下来，看样子注意力已经被梁茹的话吸引了去。

白思君问梁茹道："齐筠自己说的吗？"

"不是。"梁茹否定道，接着又故作神秘地问："白哥不是不负责齐老师了吗？你猜现在齐老师谁负责？"

白思君皱了下眉，公司里老资历的编辑要数赵琳了，他猜测道："赵姐？"

"NO（不是）。"梁茹伸出食指晃了晃，"是主编。"

这还真是"活久见"。

因为主编的工作通常是确定选题、终审等决策性的工作，一般不会亲自带作家。

梁茹又道："所以大家都猜测齐老师今年会冲击星木奖。"

"他之前好像提名过一次？"白思君不太确定地说道，"他写了这么些年，肯定很想得奖。"

"那当然啦，毕竟是宏图培养的作家，主编肯定也很希望他得奖。"梁茹道。

梁茹又和白思君聊了些公司里的八卦，吐槽了些工作上的小事，看着时间有点晚了，和两人告辞。

白思君原本打算把梁茹送到地铁站，但梁茹非说不用，他也不好再坚持。

梁茹离开时，梅雨琛竟然破天荒地来到了玄关，梁茹明显有些受宠若惊："梅老师不用送我。"

梅雨琛没什么表情地把手机递到梁茹面前："加个微信，白编辑和你聊过什么，你好好给我说说。"

梁茹说："吾必当知无不言，言无不尽！"

白思君现在不担心梅雨琛欺负梁茹了，他几乎可以看到曾经的"好兄弟"一脸坦然地把他卖给梅雨琛的模样。

白思君认命地收回思绪，和梅雨琛一起回到客厅。梅雨琛重新拿起笔记本电脑码字，而白思君犹豫了一下，问道："你要参加吗？今年的星木奖。"

星木奖没有设置参选门槛，所以一些名不见经传的作家也会拿着书来参选。这样的好处是偶尔可以发掘到黑马选手，但实际上对已经有名气的作家而言不是很友好。因为要是入了围，最后却败给某个新人作家，面子上实在是不太好看。因此，已经得过星木奖的作家，除非是对自己的作品有绝对的自信，一般不会再来参加。

白思君原本也没往这方面想，但是一听到齐筠要参加，他便不由自主地想到了主编曾对他说过的话。现在外面已经有传言说梅雨琛江郎才尽，要是梅雨琛能再次获得星木奖……

白思君不想梅雨琛再背负更多的压力，但他内心还是禁不住有些小小的期待。

梅雨琛就像是看透了他的心思一般，淡淡地笑了笑，道："参加。"

四 绊脚石

获得星木奖一定能冲上畅销榜第一，冲上畅销榜第一却不一定能获得星木奖。

白思君之前觉得梅雨琛的新作就算不出彩，凭借他之前的名气再加上好好营销，冲畅销榜第一应该也不是问题，但是现在目标陡然提高不少，白思君心里顿时也没了底。

梅雨琛倒是和之前一样没什么变化，仍像一台码字机器一样专心致志地码着字。白思君忧心忡忡，但又不想打扰他，所以只好一个劲儿地在一旁叹气。

又一声叹息音落，敲击键盘的声音跟着停下，梅雨琛抬起头来看着他道："你干吗老是叹气？"

"抱歉。"白思君挠了挠后脑勺，"我就是担心，你说主编会不会给我们使绊子？毕竟书稿最后要经过他的手，万一他卡住上市时间，最后错过作品提交……"

"放心。"梅雨琛淡淡地打断道，"只要他不知道我会参加评选，就没道理卡我。"

白思君这才想到，除了他以外，没人知道梅雨琛也要参选这次星木奖。

梅雨琛毕竟已经获得过星木奖，正常来说不会再冒着打脸的风险去争这个奖，因此其他参选作家肯定不会把他当作竞争对手。

只要跟星木奖没扯上关系，那梅雨琛的新书对宏图来说就只剩下纯粹的利益关系。

主编说已经放弃梅雨琛的新书，但不得不承认的是，梅雨琛的新书仍然很有卖点，因为这是他获得星木奖之后推出的第一本书，也是他的书迷都在等候的一本书。为了挽回这两年梅雨琛拖稿所带来的损失，宏图肯定会尽快把这本书做出来，没道理会压着他的稿子。

想到这儿，白思君暂且松了口气，但他又忍不住开始担心其他问题。

"齐筠的新书大纲我看过，故事也挺不错，而且他上一本书《垃圾桶的秘密》也是在今年出版，所以他肯定会带着两本书参选……"

"白，到底是我参选还是你参选？"梅雨琛笑道，"你怎么比我还紧张。"

白思君脸一红："我不是担心你吗。"

梅雨琛道："别担心，我会尽全力。"

看着梅雨琛那从容不迫的样子，白思君肩上压着的大山好似消失了一般，心里也跟着平静了下来。他发现梅雨琛就像是他的镇静剂，每次在他慌乱的时候都能让他感到安心。

"我这写到十五万字了，只差结尾。"梅雨琛顿了顿，"你帮我看看？"

"这么快？"白思君愣道。

自从白思君看过那开头的七万字后，梅雨琛就总是以"还不是时候"为由，让白思君干等着，他等着等着也就习惯了，完全没意识到一个月的时间已经快要到头。

"前面的剧情也有修改，所以你最好从头开始看。"梅雨琛道。

白思君深吸了一口气："好。"

在上一个版本当中，高一男生小俊和他的同学小乐是在食堂吃午饭的时候熟悉起来的，而在现在这个版本当中，两人的相熟改为了在一次有趣的班级活动。

班主任让所有同学抽签配对，配好对的两人成为学习伙伴，等相处一周之后，两人要互相为对方写一封夸奖信，夸赞对方的优点。

小俊和小乐抽到了一组，接下来理所当然地成了形影不离的好朋友。

在这之后的剧情也有大大小小的改动，不过让白思君惊讶的是，这改过之后的版本，剧情读起来也非常流畅，丝毫看不到之前版本的影子。

这次梅雨琛没有乱打标点符号，白思君读起来顺畅了许多，但是他也刻意放缓了阅读速度，看得非常仔细。

从沙发看到餐桌，从餐桌看到卧室，直到指针指向夜里一点时，白思君这才意犹未尽地放下了手中的电脑。

此时梅雨琛还在书房里没有睡觉，白思君来到书房，梅雨琛看着他，问道："怎么样？"

白思君皱着眉沉默了一下，接着缓缓开口道："冲奖有希望。"

"那就好。"梅雨琛一脸倦意地笑了笑，又继续敲起了键盘。

"不过还是有点问题。"白思君倚在门边问道，"为什么后面节奏这么快？"

"嗯？"梅雨琛应道。

"情节的确环环相扣、引人入胜，就是为什么看到后面我感觉在看大纲文？"白思君皱眉道，"每个过渡的场景两三句话就写完了，你在敷衍谁？"

梅雨琛垂着眼眸没有接话，白思君放软语气道："这本书真的很精彩，你好好写，不要功亏一篑好吗？"

梅雨琛抿了抿嘴唇，开口道："……还不都怪你。"

白思君一怔："我？"

梅雨琛道："我写这么快都是因为谁？"

白思君顿时傻在原地，他没想到自己竟然成了梅雨琛写作路上的绊脚石。因为如果梅雨琛不尽快写出新书，影响的不是后面书的畅销与否、能否得奖，而是白思君是否会被辞退。

这本书看到这里，冲奖不是"有希望"，而是"非常有希望"。白思君知道梅雨琛的写作套路，所以在看的时候没有放过任何一个细节，因为这些细节很有可能都是结尾的伏笔。

故事因一个高三学长的自杀而起，但是看到后面，更大的谜团浮现出来，那就是男同学小乐到底是谁，以及他和主人公小俊的故事会如何发展。

节奏过快还比较好改，不算什么大问题。白思君稳了稳心神，问梅雨琛道："还有几万字结尾？"

"不知道。"梅雨琛耸了耸肩，"结局还没定。"

"还没定？"白思君愣道，"现在不是只差结尾了吗？"

"是啊。"梅雨琛懒洋洋地回道，"我还没有想好要不要写成开放式结尾。"

这也是白思君最最好奇的问题，随着故事走向结尾，主人的关系已经越来越明朗，他相信其他读者读到这里时，也会非常好奇两人的故事到底会有怎样的结局。

白思君还在思考剧情，梅雨琛突然问道："你想让他们两个有好的结局吗？"

白思君想也不想便回道："当然想。"应该没有人会不想。

梅雨琛轻声笑了笑，道："你来决定。"

白思君又愣住了："我决定？"

"嗯。"梅雨琛道，"你没发现他们两个就是我们两个吗？"

白思君愣愣地没有接话。

他可以看出这本书里有关故事线的内容是在影射他和梅雨琛，梅雨琛就是那个孤僻的男主人公，而他就是那个同学，他来到梅雨琛的身边，不离不弃地陪梅雨琛一起渡过难关。

虽然早就知道这一点，但白思君还从没有想过，梅雨琛竟然会让他来定结局。

他抿了抿嘴唇，道："还是你自己决定吧，

不能再这样下去，白思君心想。

梅雨琛写书不应该受其他人影响，就算这次他在白思君的帮助下，成功写出新书，那下次呢？下次是不是又会灵感枯竭？

作家写书显然不能依靠编辑，他应该靠自己来完成这本书。

白思君逐渐意识到，他必须逼梅雨琛一把，让他找回曾经写书的感觉。

…………

第二天早上白思君醒来时，他来房门外拨通了赵琳的电话。

"赵姐，我想请你帮我一个忙……"

半个小时后，白思君留下一张便笺，背着背包离开了梅雨琛的别墅。

那个作家·光芒万丈

· 第十章 ·

梅雨琛站在领奖台上，台下人山人海，全是粉丝，
他沐浴着所有人的目光，发光发亮……

一 特约编辑：白思君

大半个月之后。

六月底的南方小城潮湿闷热，就像蒸笼一样，使人完全提不起干劲。

白思君回复完最后一封邮件，合上电脑，一脸疲惫地揉了揉眉心。

卧室门冷不丁地被人打开，他的姐姐白佳佳探了半个身子进来道："快来给你外甥女讲讲作业，我头都大了。"

白思君应声起身，机械地往外走去，然而这时白佳佳突然抓住他的胳膊，皱眉道："你能不能换个表情？"

白思君没什么反应，白佳佳又道："回来大半个月，天天都是一副半死不活的样子，你到底怎么回事？"

"没事。"白思君勉强扯出一个笑容，"走吧，我过去看看。"

姐姐和姐夫一家住在隔壁，白思君带上家门，往隔壁走去，白佳佳一直在他耳旁唠叨，但他什么也没听进去。

外甥女读小学三年级，作业极其简单，但最让人崩溃的是，无论你怎么讲解，她就是不懂，再遇到同样题型的题，她照样还是会做错。

白佳佳被磨得没了耐心，但白思君不同，他一遍一遍地讲着同一道题目，丝毫没有任何不耐烦，就像一台事先设定好的学习机一般。

他那样子白佳佳实在看不下去，她让女儿去看电视，然后拉着白思君道："走走走，跟姐出去撸串。"

白思君不太想出门，他皱起了眉头："算了吧，大热天的。"

白佳佳二话不说拉着他往外走："晚上凉快，不热。"

白思君没什么食欲地用筷子戳着盘子里的蒜蓉茄子，白佳佳喝了一口啤酒，随意地问道："被女朋友甩了？"

白思君手上的动作一顿，没什么表情地回道："没有。"

"你就是被甩了。"白佳佳放下筷子，笃定地说道，"妈给你介绍了两个姑娘，你都不去见见，你以前哪会这样？肯定是感情出了问题。"

白思君撇了撇嘴角，他姐还真是了解他。他深吸了一口气，接着泄气似的说道："反正不是被甩了。"

"那是追人家被拒绝了？"白佳佳又问。

"不是。"白思君摇了摇头。

"你又被绿了？"白佳佳知道之前小艾的事。

"不是。"白思君还是摇了摇头。

"那到底怎么回事？"

白思君被问烦了，他抿了抿嘴唇，索性说道："工作上的事。"

白佳佳狐疑道："你不是都辞职了吗？怎么还有工作上的事？"

白思君没有回答。

白佳佳又问："还是有什么工作你放不下？"

白思君叹了口气，神情变得落寞起来："姐，我又丢下他了。"

那天之后，白思君决定要让梅雨琛独自写出结局。

如果梅雨琛的新书只是拿来练手，那随便他怎么写都无所谓，但是梅雨琛的新书是要出版的，是拿来冲击星木奖，拿来告知所有人梅雨琛并没有江郎才尽。并且写完这一本后，他还要写下一本，下下本，他必须找回写书的感觉才行，白思君不能一直陪在他的身边。

理智告诉白思君，小俊和小乐最好还是以悲剧结尾。

梅雨琛写的是悬疑故事，悲剧往往比喜剧更引人回味，所以无论怎么看，两个主人公的故事都注定是个悲剧。

当然，白思君知道梅雨琛心里或许已经有了自己的主意，他应该也会觉得悲剧结尾更好。但白思君还是太害怕了，他不想影响到梅雨琛，也不想梅雨琛再因为他把书写坏，因为无论如何，他也无法忍受自己成为梅雨琛获奖路上的绊脚石。

离开那天，白思君有很多话想对梅雨琛说，但是他不会写矫情的文字，所以最后还是趁梅雨琛熟睡，只留下了一张便笺。

后半部分需要放慢节奏，如果想要得奖，两个主角的结局要好好考虑。我不想影响你写书，先离开一段时间，宏图的赵琳会担任你的责编，等你的新书出版了，我再回来。PS（备注）：不用联系我，手机暂时不用了。

"所以你为了这个作家连工作也不要了？"白佳佳"啪"的一下放下酒杯，一脸不爽，"这人到底是谁啊，这么牛？"

"没必要怪他，是我自愿的。"白思君忍不住辩解道。

"你为他牺牲这么多，万一他最后就写个垃圾出来得不了奖呢？"

白思君执拗地回道："他这次肯定能得奖。"

"哎哟，我这暴脾气，真想……"白佳佳说到这里，突然话锋一转，"那你以后打算怎么办？"

白思君含糊地说道："不知道。"

"你这样……"白佳佳顿了顿，"你为工作牺牲太多了。"

白思君沉默着没有接话，他愿意牺牲，因为他太热爱这份工作了。

和白佳佳在楼道分别后，白思君回到家里，他妈兰月问他怎么去那么久，他回答说和白佳佳去楼下吃了个夜宵，兰月也没再多问。

七月中旬的天气已经将南方彻底变成火炉，光是来到室外就能感受到空气中那令人焦躁的黏灼感。白思君老家所在的这座小城只有一家大型书店，离白思君家不远，走路过去大约需要十五分钟。

尽管天气如此不友好，但白思君每天还是雷打不动地前往书店。

连他妈兰月都说他，既然那么喜欢那家书店，那还不如去店里找个兼职，总比他每天心不在焉地在家里的粮油店看店好。

再说家里的粮油店本来就雇着伙计，白思君杵在那里也多余。

这天在店里吃过午饭，白思君照例前往书店，临出门前，兰月叫住他："下午早点回来，晚上你罗阿姨家请吃饭。"

白思君觉得奇怪："怎么突然请吃饭？"

兰月道："她儿子考上名校，请街坊邻居简单吃个饭。"

白思君没想太多，点了点头道："好。"

白思君已经很久没有用过手机了，他之前用电脑登录京东，看到一周前网上书城挂出了梅雨琛的新书，但是书名、封面以及价格全都是空白，暂时还无法购买。

介绍页面上写着线上和线下将同时发售，但并未写具体时间，白思君去瞄了眼豆瓣，评论区的读者每天都在催，甚至已经把还未面世的书刷上了9分。

这些天白思君每天跑去书店，无非也是想第一时间买到梅雨琛的新书罢了。不过哪怕是书店的员工，也不知道梅雨琛的新书到底什么时候发售。

和大城市的书店不同，小城市的书店不会搞什么营销，遇到新书上市，顶多也就是在门口贴个海报，最近这家书店的门口一直贴着齐筠新书的海报。

齐筠的上一本书——《垃圾桶的秘密》已经从畅销榜第一下来了，但是他的新书上市还不到半个月，在宏图铺天盖地的宣传下，又冲上了畅销榜第一。

白思君不甚在意地瞥了一眼贴海报的地方，然后抬手推开书店大门，不过就在这时，他猛地定在原地，眼神又"唰"地瞟回玻璃窗上贴着的海报。

齐筠新书的海报是黑暗色系，在透明的玻璃窗上非常显眼，但是今天那见惯了的黑色不见了，变成了一幅浅绿色的海报。

一本书在上市之前可能会有好几个版本的书名，定稿之后还在改名都是常有的事。白思君一直不知道梅雨琛的新书叫什么，然而现在他看着眼前的海报，只觉得心脏都快要燃烧起来。

梅雨琛的新书，竟然叫作《告白》。

白思君深吸了一口气，迈着慌乱的步伐冲进书店里，然后在新书推荐展位上拿起了那本他期待已久的书。

他强压下指尖的颤抖，翻开封面，下一个瞬间，书的版权页骤然映入眼帘。

著者：梅雨琛

特约编辑：白思君

豆大的泪珠毫无预兆地涌出，滴在散发着油墨香的淡黄色纸张上，溅出一朵朵小花，环住那两个紧挨着的名字。

二 那个人长得好像梅雨琛啊

白思君难为情地擦干眼泪，拿着书去柜台结账。收银员提醒他已拆封的书是拿给客人阅览的样书，可以换一本新的给他，他不好意思说书已经被他弄脏，只说没关系，就要这本。

拿着书走出书店，白思君等不及回家，他在书店隔壁的咖啡馆找了个安静的角落，捧着这本《告白》阅读起来。

小俊和小乐最终还是分开了。

梅雨琛的描写很巧妙，他会看似无意实则有意地引导读者的想法，在读者阅读到后半部分时，会发现男同学小乐的身份是个更大的谜题，甚至比高三学长为何而死更加让人好奇。

看到最后，谜底揭开，小乐不是什么男同学，他就是自杀的高三学长，一直是以幽灵的形态陪在小俊身边。

重新返回开头再看一遍，会发现小乐经常无故消失，并且所有小乐出现的场景里，他只跟小俊有对话。

小俊最终变得坚强勇敢，在结尾处做的一场梦里，他隐隐意识到小乐即将离开，于是他鼓起勇气向小乐袒露心声，但是自此之后，小乐就永远消失在了他的生活中。

略微带着遗憾，却非常合理的一个结局，也是白思君已经看过无数遍的结局。在离开那天，白思君拜托赵琳担任梅雨琛的责编，因为他知道他离开以后，宏图不会有任何编辑愿意接手梅雨琛。

赵琳一开始也有些犹豫，说自己手里事多，没有精力去催稿，而白思君保证梅雨琛近期内就会交稿之后，她才勉强答应。

然后白思君又提出了一个请求，让赵琳收到梅雨琛的稿件后，发给他，他负责审稿。当然，前提是不能告诉梅雨琛。

赵琳的工作本来就忙，白思君以前做过她的助理编辑，她知道白思君靠得住，所以欣然同意了他的请求。

离开大约两周之后，白思君收到了赵琳发来的邮件。

在看完书稿的那一瞬间，他就知道梅雨琛没有辜负他的期望，这本新书的精彩程度又回到了梅雨琛的巅峰水平。

他没日没夜地审稿，为梅雨琛修改粗心的错字，在批注里提出自己的想法，之后返回给赵琳，然后赵琳再把梅雨琛改过的稿子发给他。

梅雨琛按照他提的意见修改了不下三个版本，才最终定稿。

白思君原本没期望书里能有他的名字，但看样子赵琳好心，没想抢走他的功劳，加上赵琳在宏图是个老牌编辑，有一定的话语权，所以可能也是她说服了主编，在书里署上了白思君这三个字。

重温完最后的结局，白思君深深地呼了口气。拿在手里的实感和屏幕上看到的文字不同，这意味着梅雨琛的新书不会再有任何波折。

这段时间以来的焦虑和不安彻底被拭去，紧绷的神经终于得以放松。

白思君随意地继续往后翻页，接着便看到了致谢二字。

通常来说，作者会在致谢里回顾自己写书的过程，感谢出版社和责任编辑以及其他对这本书有帮助的人。

有的作者光是致谢就能写上一两千字，但是作为梅雨琛时隔三年推出的新书，书里的这篇致谢简直短得不像话。

致谢

谢谢你没有放弃我。

白思君忍不住扬起嘴角，他当然知道这里的"你"指的是谁。

梅雨琛还是一如既往地任性，连个致谢也不好好写。他几乎可以想象赵琳建议梅雨琛多写点，但梅雨琛回复"不写"两个字的情景。

对了，"不写"这两个字的后面一定还会跟着一个不容商量的句号，就像他习惯的那样。

想到这儿，白思君脸上的笑容逐渐淡去，有关梅雨琛的点点滴滴浮现在脑海，压抑的情绪顷刻间如潮水般涌来。

摊开的书"啪"地被合上，也是时候给手机充电了。

白思君迈着焦急的步伐往家的方向赶去，然而眼看着小区大门就在眼前时，半路杀出的兰月突然拦下了他的去路。

家里的粮油店就在小区大门旁边，白思君一时忘了回家还得过了他老妈这关。

兰月拉着白思君的胳膊往反方向走，埋怨道："都和你说了晚上要去吃饭，你怎么才回来？"

"妈，你等会儿，我回去有点事。"白思君不好太用力，只能皱着眉杵在原地。

"有什么事不能吃了饭再说？"兰月道，"人家罗阿姨约的六点，现在都五点五十了，你想让所有人都等你一个人？"

白思君觉得奇怪，罗阿姨儿子考上名校请街坊邻居吃饭，跟他白思君又没多大关系。他不是主角，不可能等他到了，所有人才开饭。

不过他转念一想，回去一趟给手机充电，再赶去吃饭的地方，再怎么也得迟到半个小时，这样一来确实不太好，他便问道："我能不能不去？"

"不行。"兰月一口回绝道，"人家都是一家人去，你姐和姐夫都有事，你难道让我一个人去？"

白思君抿了抿嘴唇，实在找不到反驳的理由，只能任由兰月拖着他来到了两条街开外的一家湘菜馆。

这时白思君又觉得奇怪了，这家湘菜馆味道确实不错，在整个小城口碑也很好，但问题是这里并不承包宴席，请街坊吃饭怎么会挑这里？

直到走进店里，白思君才知道是为什么。

他看着坐在卡座上的罗阿姨和一个年轻漂亮的女生，当下就想转身离去。

兰月暗地里扯住他的手腕，压低声音道："给我懂礼貌。"

适时和蔼可亲的罗阿姨也招呼他道："小白，快来快来。"

白思君抽了抽眼角，不好发作，只能压抑着火气，小声问兰月道："那是她儿子？"

那漂亮姑娘当然不是罗阿姨的儿子，兰月用手肘轻轻捅了捅他："别乱说话。"

两人在罗阿姨和女生的对面坐下，罗阿姨满脸笑容地介绍道："小白，这是我表外甥女，叫陈婷，今年二十五岁，在社保局上班。"

说完，她又对着陈婷道："婷婷，这是粮油店老板的儿子，叫白思君。"

陈婷瞟了眼白思君手里的书，对他点了点头，礼貌地说道："你好。"

白思君也点了点头，回道："你好。"

陈婷看起来很文静，当然，在家长面前大多数女孩子都会很文静。也不知道她是自愿来的，还是和白思君一样被迫来的。

白思君在相亲方面已经很有经验，他像个旁观者一样听着自家老妈和罗阿姨把他和陈婷一顿夸，也不怎么接话，就光顾着喝茶，一副完全不想参与的样子。

等所有菜都上齐后，果然，兰月和罗阿姨都说自己有事要走，让白思君和陈婷单独好好聊聊。

热火朝天的气氛骤然冷却下来，空气里掺杂着一丝尴尬。白思君知道要是直接走人的话，回去肯定会被他妈说一顿，所以他咳嗽了一声，对陈婷道："我们吃吧。"

陈婷开始动筷子，家长走后她明显松了一口气，连挺直的后背也跟着放松了下来。她问道："你好像不是自愿来的吧？"

白思君没有回答，反问道："你是吗？"

"我也是。"陈婷笑了笑。

那就好，白思君暗自松了口气。

"反正不管成不成，认识个朋友也好。"陈婷说道，"对了，我表姨还没有给我你的联系方式，我们加个微信吧。"

"我不用手机。"话一说出口，白思君就深刻意识到他还真是被梅雨琛给带坏了，他以前可是很照顾女孩子的。

"那个，"白思君补救道，"我是真的不用。"

说完，他又从裤子口袋里掏出钱包和钥匙，说道："你看，我身上都没有手机。"

陈婷"扑哧"一下笑出声，开朗地说道："行了，我是看出来了，你是真的很抗拒相亲。"

白思君没有接话，一脸尴尬地把钱包和钥匙收回口袋。

话说开后，气氛倒是轻松了不少。

"我刚才听你妈妈说你喜欢看书，那本书是你刚买的吧？"陈婷的视线突然落到白思君手边的《告白》上。

"是的，今天才发售。"白思君回道。

"我知道。"陈婷笑道，"我也是梅雨琛的书迷。"

心里的名字突然被别人说出口，白思君不禁心头一跳，他问道："那你买来看了吗？"

"买了呀，早上刷微博，看到梅雨琛的新书上了热搜，就赶紧去书店买了。"陈婷道。

白思君很久没用微博，自然不知道这事。他有些紧张地问道："你觉得写得怎么样？"

"超好看的，开玩笑，这可是梅雨琛写了三年的书呢。"陈婷一脸理所当然地说，"下午那会儿我妈非催我出门化妆做头发，我为了看结局，最后随便收拾收拾就过来了。"

白思君突然觉得这姑娘还挺直爽，他也直来直去地说道："看结局比相亲重要多了。"

　　"我也觉得。"陈婷放下筷子，"你看完了吗？我给你说后面的内容不会给你剧透吧？"

　　"没事，我也看完了，你尽管说。"白思君道。

　　"小乐竟然是幽灵，他消失的时候真是哭死我了。"陈婷一脸感慨地说道，"你知道吗，看完之后我刷了刷豆瓣，上面很多人都说书名'告白'和内容没有太大关系，都不知道为什么梅雨琛会取这个名字。"

　　白思君抿了抿嘴唇，没有接话。

　　"还有啊，最后那个致谢，就八个字，网上都在猜测那个'你'到底是谁。"陈婷喝了一口茶水，继续道，"哎，不过梅雨琛的作品本来就是这样，他想表达的东西太复杂，很多人觉得自己读懂了他，其实都是自作多情。"

　　白思君忍不住笑了笑，他发现眼前这个陈婷是个真梅雨琛书迷，便问道："他所有的书你都看了吗？"

　　"当然，我初中就在看他的书了，读大学的时候还专门去过他的签售会。"陈婷挑了挑眉道，"你不知道吧，他长得特别帅……"

　　陈婷说到这里，语速突然慢了下来。她莫名其妙地来了一句："……那个人长得好像梅雨琛啊。"

　　说这句话的时候，陈婷的视线定在白思君的身后。

　　白思君觉得奇怪，他下意识地想顺着陈婷的视线回过头去，然而还未等他做出动作，头顶就传来了一个咬牙切齿的声音："白思君，你在做什么？"

三 梁助攻和白助攻值得拥有姓名

在下一瞬间，白思君的脑子里闪过了许多念头。

首先，他觉得这好像是梅雨琛的声音，但是梅雨琛很少会直呼他的全名，他又觉得拿不准。

接着，他意识到这个声音带着怒气。

虽然梅雨琛经常跟他闹脾气，但从来不会说出口，都是给他脸色看，所以他觉得这应该不是梅雨琛。

最后，他想到这里是他老家，梅雨琛不知道他老家在哪里，即使知道是哪座城市，也不可能精确到这条街道。

综上所述，他身后的人肯定不是梅雨琛。

以上想法全在零点一秒之间结束，白思君丈二和尚摸不着头脑地回过头去，接着便见到了那个他心心念念的大作家。

他愣愣地站起来，不敢相信地问道："你、你怎么在这里？"

梅雨琛阴着脸又重复了一遍："你在做什么？"

"我……"白思君咽了一下口水，求生欲让他的大脑飞速运转，"……我们在开书友会。"

梅雨琛面无表情地看了陈婷一眼，问："她是谁？"

白思君老实交代道："她是你的书迷。"

桌子对面突然传来了筷子掉落和抽气的声音，陈婷问道："这真的是梅雨琛？！"

梅雨琛还是一如既往地没有给陌生人好脸色看，哪怕这人是自己的粉丝，他皱着眉对白思君道："给我出来。"

梅雨琛说完就往外走去，白思君这时才发现梅雨琛手上还拖着一个小型行李箱，看样子是刚刚赶来。

"不好意思，我得先走了。"白思君拿上书，准备离开，但临走前他突然觉得把姑娘一个人扔在这里不太好，便解释了一句，"我是梅雨琛的责任编辑，我们有点工作要谈。"

身后响起了连绵不绝的抽气声，白思君三步并作两步前往柜台结了账，接着来到了外面的街道。

此时梅雨琛正站在路边等他，白思君后知后觉地发现梅雨琛竟然剪头发了。

慵懒的齐肩长发变成了一头利落清爽的碎发，少了一丝孤寂的作家气息，多了几分曾经的桀骜与不羁。

"那个……"白思君刚一开口，梅雨琛就打断了他。

"为什么不回来找我？"

以前梅雨琛心里有再多的气，也从来不会像现在这样质问他，白思君可以感受到梅雨琛的怒火比以往任何一次都要旺盛。他正想解释自己为何离他而去，却听梅雨琛又道："不仅不回来，还去相亲？"

白思君可以理解，梅雨琛辛辛苦苦写稿，他却在这里优哉游哉地相亲，作为共同工作的"战友"，多少有些不厚道。

"不是，我那是被我妈诓来的……"白思君说到这里，突然觉得不对劲，他话锋一转，"不对，你怎么知道我在相亲？"

梅雨琛抿紧了嘴唇没有回答，一个更大的问号骤然出现在白思君的脑海里。

"等等，你是怎么找到我的？"

梅雨琛还是阴着脸不回答，白思君舒缓语气，小心翼翼地道："梅老师？"

梅雨琛没有任何反应。

白思君只好说道："我其实没有丢下你。"

梅雨琛还是不吭声。

白思君又道："你的稿子都是我给你改的。"

梅雨琛轻哼了一声，说道："我知道。"

"你知道？"白思君一愣，"赵姐告诉你的吗？"

"你当我傻吗？"梅雨琛皱起了眉头，"赵琳根本不知道这本书怎么写出来的，她怎么可能提出那种直击要害的意见？"

白思君干巴巴地回了一句："哦……"

"还有你看看你添加批注的时间。"梅雨琛道，"除了你以外，还有谁会在半夜三点还在给我改稿？"

之前白思君为了不暴露自己，刻意没有登录 Word 文档账号，就是怕添加批注的时候显示用户名，但他还是忽略了时间的问题，因为他压根儿没想到梅雨琛竟然还会关注这种细节。

就如梅雨琛所说，除了他以外，不会再有人这么细心又这么拼命地给梅雨琛改稿了。

白思君不自然地咳嗽了两声，道："那你别生我的气了好不好？我都是为了你好。"

"走了。"梅雨琛目视前方，虽然还微微皱着眉头，语气却恢复了平日里的淡然。

白思君不由自主地扬起了嘴角，带着梅雨琛往自己家走去。

小城市的街道上充满了烟火气息，两人走着走着，梅雨琛突然说道："其实你刚走的时候，我非常生气。"

白思君连忙解释道："你听我说，我只是希望你专心写稿……"

"我知道。"梅雨琛打断他，"我生气不仅是因为你擅自离开，还有一点，你对我太没有信心了。"

白思君一瞬间有些失神："什么？"

梅雨琛道："你傻不傻，我发给你的已经是第二稿了，怎么可能还没有想好结局？"

白思君一怔："但是你说……"

"我那是故意的。"梅雨琛面不改色地说道，"谁让你说我写的是大纲文，还不都是因为你。"

"你……"白思君猛地反应过来，敢情梅雨琛说没有想好结局是在逗他？！

白思君一下也来了气，这人明明早就想好了结局，结果就因为跟他赌气，故意说没有想好，害他那么担心。他简直越想越气，不服气地说道："你明明写的就是大纲文！"

"我那是想尽早把剧情写完给你看。"梅雨琛挑眉道，"反正你看过之后我还会重新改稿。"

"你你你！"白思君一口气憋在胸口，他不吐不快地说道："你真是任性！"

梅雨琛一副"我就这样"的表情。

呼了口气，白思君也知道梅雨琛就是这德行，便道："你到底是怎么找到我的？"

梅雨琛没头没尾地回道："你姐劈头盖脸把我骂了一顿。"

"什么？"白思君愣愣地紧张起来，"她怎么找到你的？"

"还记得宏图那部对外公布的座机号码吗？"梅雨琛问。

"记得。"白思君道，"梁茹在接电话。"

"你姐打电话去问你负责哪个作家，梁茹问了下她是谁，然后两人就……"梅雨琛顿了顿，懒得说得太细，"梁茹有我微信，后来就直接来找我了。"

原来如此。

之前梁茹和梅雨琛加了微信，白思君也没想到竟然在这种时候派上了用场。

至于白佳佳，她的脾气白思君是知道的，她觉得白思君受了委屈，想去替他"找回公道"倒也正常。

白思君有些尴尬地说道："我姐性子比较火爆，她怎么说你的？"

"说我害你茶饭不思，夜不能寐。"梅雨琛笑道。

"也没那么夸张……"白思君嘟囔道，"我只是很担心你的书而已。"

"我确实一直很生气，但是看到赵琳返给我的稿件后，我也没办法生气了。"梅雨琛舒缓语气道，"你凌晨三点还在给我改稿，我怎么生气？"

白思君笑道："算你还有点良心。"

"不过，"梅雨琛话锋一转，"你姐早给我打电话了，让我去见你，我说再等等。"

"为什么？"白思君问。

梅雨琛轻哼了一声："你让我那么生气，我为什么要主动来找你？"

白思君挑了挑眉，心想他家这位大作家还真是一如既往地记仇。

"定稿之后，我催着宏图尽快出版，想让你看到书后自己回来。结果……"梅雨琛沉下声音道，"你竟然还在这里相亲，你到底有没有把工作放在心上？"

白思君忍不住笑出声，心想他姐还真是个人才，无非就是想故意逗梅雨琛罢了。他什么心思他姐会不知道吗？就算他真的去相亲，也不可能会有什么结果。

再怎么说白佳佳也是他姐，肯定也不希望他这样无止境地消极下去。白思君感到庆幸，他的姐姐这么为他着想，凡事都先为他考虑。

白思君带着梅雨琛上楼，当他打开家门时，兰月正坐在沙发上看电视。她见白思君回来，立马问道："我听你罗阿姨说没成，你跑哪儿去了，这么晚才回来。"

白思君直接无视了兰月的问题，把梅雨琛让进门："妈，给你介绍一个人，梅雨琛，我负责的作家。"

兰月愣了愣，立马从沙发上坐起来："快请进，快请进。"

说完之后，她又小声抱怨白思君："家里要来客人，你怎么也不提前说一下。"

"没关系，阿姨。"梅雨琛主动说道，"不用把我当外人。"

白思君不禁对梅雨琛刮目相看，原来这人还知道懂礼貌。

"我听过你的名字。"兰月说道，"你是大作家。"

"在遇到白思君之前，我已经很久没写出作品了。"梅雨琛说道，"如果没有他这么好的责编，我的下一部作品还不知道要写到什么时候。"

白思君原以为梅雨琛不会社交，没想到他和兰月聊得还不错。

平时白思君几乎不会和兰月聊他工作上的事情，没想到兰月现在找着了机会，从梅雨琛嘴里了解。

"听说编辑工作压力很大，干的事情很杂，是这样吗？"

"可以这么说。"梅雨琛说道，"但要看负责的作家好不好相处，如果好相处的话，那工作就会容易很多。"

白思君简直没脾气，没想到梅雨琛还能说出这种冠冕堂皇的话，他也不看看，还有哪个作家比他还难相处？

"那我们家白思君肯定遇到了难相处的作家，不然也不会辞职。"

"确实。"梅雨琛大言不惭地道，"据我所知，白编辑手底下有些作家确实很难搞。"

白思君小声说："你还知道……"

"唉，那你现在来找他，是让他回去上班？"

"是的，我还是希望白编辑来负责我的新书。"

兰月立马对白思君说道："那你还不赶快回去？整天赖在家里好吃懒做。"

白思君："……我哪有。"

白思君家是三室一厅，白佳佳结婚后，她的那间卧室就空了出来，梅雨琛便住在了那间房间。

闹腾了一天终于安静下来，白思君躺在床上回想这一天发生的事，心想昨晚这时候他绝对想不到一天之后，梅雨琛竟然会到他家里来。

有些时候，事情的进展就是这么让人措手不及。

白思君给手机充上电开机，接着很快发现除了梅雨琛以外，给他发消息最多的就只有各类广告推销机构。

梅雨琛发了几十条消息来骂他，他做好了心理准备后才点开微信，结果发现梅雨琛压根就不会说脏话，骂得最狠的词就是"傻瓜""笨蛋"。

白思君看了看时间，梅雨琛最后给他发消息的日期，正是他第一次把稿件返回去的日子。看样子梅雨琛知道审稿的人是他后，确实没有像之前那样生气了，还发了颜文字过来。

白：睡了吗？

五月雨：没有。

白：还习惯吗？

五月雨：还好。

五月雨：明天做什么？

白：带你四处转转。

四　逛书店

　　白思君老家的小城市有一家新华书店，小时候，白思君总是喜欢去那家书店看闲书，有时一待就是整个下午，或许白思君梦想成为责任编辑，就是小时候看太多闲书的缘故。

　　早上八九点钟，白思君带梅雨琛去家附近吃了早点，接着两人慢悠悠地步行前往新华书店。今天不是周末，大马路上是源源不断的车流，但远离马路的小道上，有老爷爷在遛狗，有老太太在买菜，浓浓的市井气息。

　　前往新华书店需要经过一条老街，老街的早市熙熙攘攘，道路两旁满是摊贩。

　　白思君怕梅雨琛走丢，让他跟紧自己，却见这位梅大作家新奇地看着周围，偶尔还会停下脚步。

　　"你想买东西吗？"白思君问道。

　　"一件衣服卖二十块是真的吗？"梅雨琛看着挂在路边的衣服问。

　　"小地方东西便宜。"白思君说完就要继续往前走，梅雨琛却径直朝那小贩走了过去。

　　他拿过一件花衬衫在自己身上比了比，又在白思君身上比了一下，问道："怎么样？"

　　花衬衫和梅雨琛挑选的那条围裙如出一辙，白思君不禁有些无奈，问道："你要买衣服？"

"我在其他地方没见过这种衣服。"梅雨琛说着又拿了一件花衬衫，要老板装起来。

白思君算是看明白了，这位梅大作家是在买旅游纪念品，在别的地方买不到，所以在这里就不能错过。白思君有些哭笑不得，这位大作家还真是不食人间烟火，竟然对这种东西感兴趣。

不过想想也能理解，作家就是需要多了解生活。白思君自觉接过梅雨琛递给他的购物袋，充当起了免费劳动力。

又往前走了一截，道路前方出现了一个挑扁担的人。梅雨琛的脚步一下停住了，白思君知道他又看到了让他感兴趣的东西。

"他在卖什么？"梅雨琛问道。

"麻糖。"白思君道，"你要试试吗？"

某位好奇心旺盛的作家自然不会放过这个机会。

挑扁担的人放下扁担，在一大坨白色麻糖上敲敲打打，称重之后递给了梅雨琛。

白思君自觉扫码付钱，看着一旁紧皱着眉头咀嚼的梅雨琛问道："好吃吗？"

"好硬。"梅雨琛道。

"麻糖是这样。"白思君也拿起一块扔进了嘴里。麻糖就是麦芽糖，一下咬下去，再张嘴时感觉牙都能扯掉，但只要熬过最初硌牙的阶段，就能感受里面的甜味。

说起来，还有点像梅雨琛，最先接触时，梅雨琛也很棘手，但只要坚持下来，就能见到他不同的一面。

"好吃。"嚼着嚼着，梅雨琛应是感觉到了甜味，而他本性嗜甜，对麦芽糖的甜度自然满意，"你会做吗？"

"我？"白思君咽下嘴里的麻糖，"怎么可能。"

"那走了就吃不到了。"梅雨琛的语气里满是遗憾。

"以后我回家都给你带。"白思君说道。

梅雨琛笑了笑："好。"

两人继续朝书店走去。走过一个长长的上坡后，新华书店终于出现在了眼前。开了二十多年的书店已经变得有些老旧，但通过落地窗看去，仍能看到不少小朋友坐在书架边，像白思君小时候一样，专心致志地捧着手里的书。

"看到那张海报了吗？"白思君指着书店门口的海报说道。

"《告白》。"梅雨琛道，"还挺显眼。"

"毕竟是你的新书啊，当然显眼。"白思君难免有些得意，"进去看看。"

走进书店，映入眼帘的是畅销书展示台，一本《告白》单独放在最上方的位置，要多显眼有多显眼。

后面的展示台上同样摆着《告白》，除此以外，还有所有梅雨琛的作品，弄出了一个梅雨琛作品展。

白思君拿起一本书，对梅雨琛说道："这是我的'入坑作'。"

"你喜欢这本？"梅雨琛有些意外，"这本我觉得不算我的最佳作品。"

"你心中的最佳作品是你得星木奖的那本吗？"白思君问道，"那本也不错，很成熟了，但我喜欢这本，笔法还有点青涩，能看出你之后的进步。"

"不愧是编辑。"梅雨琛道，"你是什么时候开始喜欢看我的书的？"

"大学吧。"白思君说道。

"你刚来我家的时候，说是我的忠实粉丝。"梅雨琛说道，"然后呢？"

"什么然后？"白思君问。

"为什么喜欢。"梅雨琛说到这里，白思君明白过来，大作家是想听"彩虹屁"了。

白思君刚去梅雨琛家的时候，倒是准备了许多"彩虹屁"，诸如文笔细腻、人物刻画深刻云云，但是梅雨琛自己不想听，现在要他说，他反而懒得说了。

"没有为什么。"白思君说着继续往书店里走去，"为了方便工作，说的场面话罢了。"

梅雨琛的脸色肉眼可见地变得不好看起来，白思君就知道会这样，他转过头来，挑眉道："假话你也信？"

梅雨琛跟上白思君的步伐："你真是越来越皮痒了。"

白思君笑了笑，把他和梅雨琛初见时准备的"彩虹屁"全都说了出来："通过你的作品可以看出你很有才华，特别是对人性的刻画，总是能给人合理却又意外的感觉……"

白思君早已摸透了梅雨琛的性子，一通好话下来，梅雨琛果然扬起了嘴角："不错，你这个编辑很有眼光。"

两人继续往书店里走，这时突然有个店员在两人身旁停下脚步，难以置信地看着梅雨琛道："你不是梅雨琛吗？"

他没有注意说话的音量，书店里不少人都看了过来。

梅雨琛没有立马否认，这等于他承认了自己的身份。

店员赶紧说道："你等等，我去买本《告白》，麻烦你给我签个名！"

他这一下，好像提醒了书店里的其他人，大家立马从展示台上拿没有开封的新书，纷纷跑到收银台边结账。

"真的是梅雨琛吗？"

"他怎么会来这里？"

"绝对是他，我见过他的照片，就是他本人！"

要是换作其他时候，梅雨琛多半会不耐烦，立即离开这家书店，但也不知是不是白思君夸得他心情不错的缘故，他竟然耐心地给每一个读者签了名。

书店经理出来维护秩序，把梅雨琛请到了一张长桌后，让他坐在那里签名，倒有点签售会的意思。白思君等候在一旁时看了看网上的消息，在跟梅雨琛有关的词条下，果然有人上传了这里的照片，还有其他书迷说要赶过来。

展示台上的书瞬间销售一空，书店经理还想要去其他书店调库存，但被白思君拦了下来。

"今天就这样吧？"白思君问梅雨琛。

"嗯。"梅雨琛盖上马克笔的笔帽，对书店经理说道，"我们还有其他安排。"两人还要去这座城市的其他地方转转。

书店经理自然不好说什么，感谢过梅雨琛后，亲自把两人送到了书店门口。

有些热心的书迷还跟了出来，白思君只好带着梅雨琛叫了一辆出租车。上车以后，白思君的脸上始终浮现淡淡的笑意。

梅雨琛问道："你笑什么？"

"我在想，"白思君说道，"坚持都是有意义的。"

"怎么说？"梅雨琛问。

"坚持对你死缠烂打，逼你写书。"白思君云淡风轻地笑了笑，"当时好几次都想放弃，但现在看来，幸好我没有放弃。"

"是，谢谢你，白大编辑。"梅雨琛调侃道，"我们什么时候回去？"

"明天？"白思君问，"我也好久没有回去了。"

"好。"梅雨琛道。

在外面逛了一天，回到家时，兰月不在家里，只能由白思君来做饭。他已经很久没进厨房了，也不知该做些什么，便问梅雨琛道："我下碗面给你吃？"

梅雨琛正躺在沙发上看电视，懒洋洋地道："好。"

兰月还在的时候，梅雨琛倒是规规矩矩，什么礼数都很到位，但家长一离开，他就本性暴露，又变成了那副大爷模样。

白思君打开冰箱，拿出了挂面和家里吃剩的几样小菜，问道："就这些拌着吃可以吗？"

"可以。"梅雨琛按着遥控器，说道，"不要太辣。"

"酸甜口味怎么样？"白思君从橱柜里拿出两个空碗，两人在外面逛了一天，他现在也有些饿。水烧开后，他抽出一大把挂面放到开水里煮，接着先后在锅里加了两次凉水，等面条煮得晶莹剔透后，再捞出来平均分到两个碗里。

梅雨琛不太能吃辣的，而家里炒菜习惯放小米辣，为了不让梅大作家辣着，白思君在梅雨琛的那碗里多加了一些面汤，另外放了一勺醋。

做完这些，白思君端着两碗香喷喷的面条放到餐桌上。这时，房门突然从外面打开，兰月走进屋里，诧异地看着白思君道："你还会做饭？"

"妈，你回来了。"白思君尴尬地说道。

白思君在家几乎没下过厨房，因此厨房重地一直是兰月的地盘，虽说他现在闯进兰月的地盘做顿晚饭也没什么大不了，但一想到把自己拙劣的厨艺展现在老妈面前，他难免有些难为情。他看了看梅雨琛，只见刚刚还瘫在沙发上的梅大爷立马坐正，打招呼道："阿姨你回来了。"

"你们没在外面吃？"兰月换上拖鞋，果然嫌弃白思君道，"家里来客人，你就让人吃面？"

"还有些剩菜就将就吃了。"白思君回道。

"你知道煮面的时候还得放凉水吗？"兰月又问。

"当然。"白思君说道，"我好歹独自在外面生活了那么多年，这点生活技巧还是知道的。"

兰月说着挽起袖子："我再给你们炒两个菜？"

梅雨琛立马说道："不用了阿姨，已经够了。"

"那行，冰箱里有榨菜，你们可以拿出来吃。"兰月说完之后转身离开，回到了自己房间。

白思君从冰箱里拿出一包榨菜丝，接着招呼梅雨琛，道："过来吃饭。"

"好。"梅雨琛从沙发上起来，来到了餐桌边，"我看你家楼下还有烧烤店，晚上去吃夜宵？"

"你还真当来我这儿旅游了？"白思君挑眉。

"好不容易写完一本书，出来放松放松怎么了？"梅雨琛夹起一筷子的面，说道。

"也是。"白思君吸了一口面，"我也该好好放松一下了。"

说完，他问梅雨琛道："味道怎么样？"

"好吃。"梅雨琛难得嘴甜，"全能编辑。"

这么长时间以来，白思君难得睡得这么踏实。第二天早上，他的生物钟没有响，当他迷迷糊糊地睁开眼时，阳光已经洒在了床头，窗外的风景恬静美好，他看着看着，不由自主地翘起了嘴角。

"怎么还不起来？早饭都快凉了。"兰月的声音突兀地在门边响起，白思君这才反应过来是妈妈开门的动作吵醒了自己。

"马上就起。"白思君起身。

这时兰月又道："他没醒正好，你出来，我问你点事。"

白思君愣了一下，随即应道："好。"

两人在餐桌旁坐下，白思君自觉地拿起一根油条，这时兰月问道："我昨天就想问，他怎么会突然来我们这里？"

白思君咬着油条，说道："来请我回去工作。"

"真的吗？"兰月说道，"看你前阵子的状态，我还以为你要失业一辈子了。"

白思君埋头喝了一口豆浆："怎么会。"

"那你之前辞职，是跟他闹了矛盾？"兰月又说道，"以后你可得小心，别得罪了人家，再有第二次，人家可不一定还会亲自来请你回去。"

白思君简直哭笑不得，他放下碗，说道："妈，我不小了，工作的事我会自己看着办。"

兰月张了张嘴，似乎想说什么，然而还未等她说出口，白思君就继续说道："我承认，刚开始我也遭遇过很多困难，也有想放弃的时候，但你看，现在作家亲自上门找我，这说明我的工作还是做得不错的，不是吗？你就别担心了。"

　　兰月叹了口气，说道："我知道，妈就是担心你。"

　　"别担心。"白思君安慰道，"我已经长大了，自己的事业会自己看着办。"

　　"那就好。"兰月说到这里，直白地问，"那你回去之后是不是会涨工资？"

　　老实说，现在白思君还处于失业的状态，很多事他也说不好，只能安慰道："这些事你就别操心了，反正我回去肯定能养活自己。"

　　"你一点存款都没有，还好意思说养活自己。"兰月说道。

　　工作的事白思君也没有做好打算，他一边啃着油条一边琢磨该怎么应付过去。

　　这时，身后突然传来了梅雨琛的声音："阿姨，你不用担心，工作的事我不会让他受委屈。"

　　兰月紧皱的眉头慢慢松开，她对梅雨琛道："那就麻烦你了。"

　　时间很快来到下午两点，兰月和白佳佳要把白思君和梅雨琛送到小区门口，兰月和梅雨琛走在前面，而白佳佳和白思君走在后。白思君听妈妈和梅雨琛聊着工作的事，他有些无奈，他这么大个人了，怎么工作还要别人操心？

　　白佳佳拍了拍白思君的肩，说道："回去好好照顾自己。"

　　白思君："放心吧。"

五 原来书名是这个意思

由于出租屋已经退掉，白思君又回到了梅雨琛的别墅。两个人中，一人刚完成一项"大工程"不想工作，另一人没有工作，一起无所事事地待在家中。

梅雨琛扔下手里的书躺到沙发上，对白思君说道："白编辑，你回来后都没给我做过饭了。"

正在刷外卖软件的白思君顿时感到不平衡："你不是会做饭吗？"

梅雨琛眨眨眼，笑道："算了，还是点外卖吧。"

白思君点好外卖后，习惯性地刷了刷豆瓣和微博。梅雨琛的新书《告白》在网上收获了不少好评，只是由于广告宣传没有齐筠的新书到位，暂时还没有上畅销榜第一。

白思君对这本书很有信心，但是宏图把所有的宣传攻势都集中到了齐筠的新书上，因此读者们了解到《告白》的机会非常有限。

如果白思君目前还在宏图任职，那他可以找到宣传部的同事，拜托他们多推一推梅雨琛的新书，然而现在身为无业游民的他自顾不暇，也只能待在家里干看着。

和白思君相比，梅雨琛对《告白》的销量倒不怎么在意。白思君知道梅雨琛心里有底，这本书后期肯定会冲上第一，但是现在看着齐筠的书压在《告白》上头，他心里还是很不是滋味。

"你真应该多抛头露面。"白思君捏了捏梅雨琛的脸，"齐筠大张旗鼓地办签售会，给自己造势，你看看你，门都不出，浪费了一张好脸。"

"卖书又不是靠脸。"梅雨琛漫不经心地回答道，显然又没有把白思君的话当回事。

"营销这种事，作品质量是根本，但包装也是关键。"白思君苦口婆心地说道，"我做了这么多年编辑，看过很多书因为宣传不到位被埋没，现在只有网上一群'自来水'帮你宣传，和齐筠相比实在是太不利了。"

"是，编辑大人。"梅雨琛轻飘飘地回道，连眼皮也懒得抬一下。

"你……知道我是你的编辑，还不听我说。"白思君看出梅雨琛在敷衍他，皱起眉头说道，"有时候即使两本书的内容质量差不多，读者还是会认为人气高的那本更加精彩，我怕到时候星木奖的评委们也……"

梅雨琛深呼了一口气，慢慢坐起来道："好了，拗不过你，要我做什么？"

白思君可算舒心了些，他想了想说："要不你先开通个微博吧？"

话音刚落，梅雨琛立马倒回了沙发上，无精打采地说道："好麻烦。"

白思君努力压抑住额头上冒起来的青筋，耐着性子说道："我帮你开？"

梅雨琛懒洋洋地应道："嗯，好。"

真是皇帝不急太监急。

白思君无奈地叹了口气，而这时梅雨琛突然抬起眼睑看着他道："你当我的编辑会不会觉得很累？"

他还好意思问？

"累，我都要累死了。"白思君顺着梅雨琛的话控诉道，"心里累，身体也累！"说完之后，他又小声嘟囔了一句，"明明三十多岁的人了……这么不懂事……"

梅雨琛抿紧了嘴唇不说话，白思君立马意识到他的话又让梅大爷不高兴了，因为梅雨琛就是典型的"我心里有数，但你不能说出来，说出来就是不给我面子"。

白思君不自然地咳嗽了一声，赶紧补救道："也还好，大作家都得有点脾气。"

梅雨琛沉默了一阵，没什么表情地应道："知道了。"

知道什么了？

每次梅雨琛说这三个字，白思君都猜不透是什么意思，好几次都以为没事了，结果这人转头就翻脸不认人。

白思君觉得不能让对话就这样不明不白地结束，求生欲让他继续问道："你知道什么了？"

"前天有个读书博主联系我，说想采访一下《告白》的创作过程，我拒绝了。"梅雨琛说到这里顿了顿，又继续道，"我待会儿联系他。"

"哪个博主？"白思君下意识地问道。

梅雨琛报了个名号，白思君立马倒抽了一口凉气："那可是微博上拥有几百万粉丝的大V（拥有众多粉丝的微博用户），你怎么给拒绝了？宏图找他打广告最少都是五位数起步，你倒好，人家主动找上门，你却给拒之门外。"

梅雨琛轻哼了一声，似乎是不满白思君的啰唆："我都说了会联系他了。"

白思君稍微放下心来，看样子梅雨琛刚才那句"知道了"是属于积极正面的响应。

不过……

"你把联系方式给我，我来给你联系。"白思君道。

梅雨琛拒绝过别人一次，这次主动去找对方，肯定得放低姿态。他怕梅雨琛不好好说话，直接把人得罪了，那就得不偿失了。

"不用，我自己来。"梅雨琛固执地说道，"免得你累。"

白思君听出来了，梅大爷虽然被他说服，但还是在跟他生气。他转念一想，梅雨琛写文也花了很多心思，所以还真不好说两人到底是谁更累。

白思君恨自己心软，服软道："不累，为了自己带的作家做什么我都愿意。"

梅雨琛黑着的脸松动开来，他翘了翘嘴角，抬起眼眸看向白思君道："谢谢你。"

白思君一时没反应过来，没想到梅雨琛会这么直白地感谢他。

"谢谢你。"梅雨琛重复了一遍，"有这么好的编辑我很幸运。"

听到这话，白思君不禁觉得，一切都值了。

从梅雨琛手里拿到联系方式后，白思君看了看时间，趁对方还没有午休，赶紧打了个电话过去。这种业务上的联系白思君之前做过很多次，所以即使对方是微博大 V，他也一点不怵。

约定见面地点时，白思君知道梅雨琛懒得出门，便说作品是在梅雨琛的住宅创作出来的，在这里采访更有氛围，而对方欣然同意。

最后沟通下来很顺利，对方将在下午两点带着团队来到梅雨琛的别墅，而白思君刚好三点有个出版社面试，于是吃过午饭后，他便收拾好资料，换上一身正装准备出门。

这次面试是白思君发出简历之后收到的第一个面试邀请，不是民营出版公司，而是国营出版社的面试邀请，他非常重视，还特意穿上了平时压根就不会穿的西装。

当他来到 A 出版社时，时间还早，他便在出版社楼下的书店看了会儿书。不过面试难免让人紧张，他看了半天基本上什么也没看进去。

见时间差不多了，白思君打起精神去 A 出版社的前台报到。他原以为这会是场多人面试，但奇怪的是这场面试就像专门为他一个人开设的一般，除了他以外没有任何其他求职者，并且来给他面试的人事部主管问的问题也非常随意。

白思君以为这是企业的做事风格，没太在意。他认真回答好每个问题，然后又谈了谈自己对 A 出版社的向往，最后一身轻松地离开了 A 出版社。

　　老实说，也不知是不是有过好几年工作经验的缘故，他总觉得这次面试比大学刚毕业时经历的面试要轻松许多。

　　搞定面试之后，白思君慢悠悠地开着车往回走，而就在即将抵达别墅区时，他的手机突然疯狂地振动起来。

　　他在一个红灯前把车停下，然后随意地看了眼手机，梁茹给他连发了好几条消息，在屏幕上都折叠到了一起。

　　他奇怪地点开微信对话框，下一秒便惊得瞪大了双眼。

　　梁茹：梅老板公开《告白》致谢的对象了！！！

　　白思君屏住呼吸点开梁茹转发过来的微博小程序，看到来采访的微博大 V 发了一条预告消息，称梅雨琛的新书《告白》是为了某个特别的人而写，具体采访内容将于晚上播放出。

　　下面还配上了几张《告白》的宣传图和梅雨琛的近照。

　　这条微博发出来才不到一个小时，转发就已经过万，并且成功登上了微博热搜。

　　白思君屏住呼吸看了看评论，只见下面的评论有一半在聊梅雨琛的长相，另一半在好奇那个人到底是谁。

　　网友 A：有一说一，他的新书确实不错。

　　网友 B：这照片 A 爆了，啊啊啊啊啊啊，从来不知道梅雨琛长这样！

　　网友 C：为什么可以靠脸吃饭的人竟然还有才华啊？

　　在一堆网友中间，有一名网友的 ID（网络号）引起了白思君的注意。

　　陈 TTTT：原来如此！我见过当事人，原来是他！！！

　　陈 TTTT：我才反应过来，原来书名里的白是那个白！

　　网友 D：所以那个特别的人姓白吗？

白思君一看 ID 名称，就知道那个"陈 TTTT"是陈婷。

他头疼地放下手机，换挡踩油门，飞速朝家里赶去。

看样子他的担心都是多余的，原来梅雨琛比他还会营销，在书里看似随意地留下一个谜题，结果可以引起那么大的反响。

六 阴阳怪气

白思君火急火燎地打开房门，还在玄关处换鞋时就往客厅里张望。客厅里没有人，白思君正觉着奇怪，突然听到厨房那边传来了菜刀与案板摩擦的声音。

白思君心里一惊，梅雨琛又拿菜刀做什么？

来不及脱下令人拘谨的西装外套，白思君一边扯开领口处的领带，一边往厨房走去，结果没一会儿，他便被眼前的画面惊得愣在原地，梅雨琛竟然在做饭！

回想起来，梅雨琛曾给他做过一次饭，那咸得无比的青椒炒肉丝让他至今都印象深刻。

但直接享用成品和围观创作过程的感觉还是不一样，那只懒洋洋的梅大猫此刻正站在大理石台面前，一脸纠结地与一块五花肉较劲，看得白思君……简直没脾气。

梅雨琛回头看了白思君一眼，不走心地说了一句"你回来了"，接着又埋头苦干，似乎全世界都不如眼前的五花肉重要。

白思君原本还想揪着梅雨琛的领子质问他采访时都说了些什么，但现在也没了想法，他走到梅雨琛身后，问道："你在做什么？"

梅雨琛没有停下手上的动作："红烧肉。"

白思君觉得好笑："青椒炒肉丝都做不好，还做红烧肉？"

啪嗒——

菜刀放到案板上发出沉闷的响声，梅雨琛转过身来，不满地道："给你做饭还嫌弃？"

"不嫌弃。"白思君笑了笑，"怎么突然想起做饭？"

梅雨琛淡淡说道："你不是说累吗？"

说完之后，梅雨琛就转过身去，不看白思君，继续拿起菜刀切肉。白思君难得看到梅雨琛这副模样，不禁觉得好笑，便道："大作家加油。"

最后红烧肉做出来果然不尽如人意，炒糖色的时间没有把握好，焦黑一片，或许应该叫"糊烧肉"才对。

梅大作家皱着眉一脸不高兴，想必是没想到自己会做成这样。

白思君一边吃着甜得发苦的红烧肉，一边违心地安慰道："挺好吃的。"

梅雨琛显然不买账："这么难吃哪里好吃了？"

白思君笑道："你难得做一次，当然好吃。"

梅雨琛紧绷的嘴角立马松开来，白思君在心里发笑，心想这位大作家果然好哄。

尽管不打算揪梅雨琛的衣领了，但该问的事还是得问清楚。白思君尽量做出随意的样子，问道："你告诉别人这本书是为我写的吗？"

"没有。"梅雨琛停下筷子道，"我说的是某个特别的人。"

那除了他还能有谁？

白思君不想这么高调，毕竟编辑圈就这么大，要是让别家编辑知道，还不知道会怎么评论他们。他微不可察地叹了口气，问道："怎么不和我商量一下？"

对于梅雨琛来说也是，营销有好有坏，稍不注意，可能就会反噬到自己身上。如果有网友认为梅雨琛是故意吊人胃口，那可能会适得其反。

"他们不知道你是谁。"梅雨琛道，"你不用担心。"

梅雨琛的语气一如既往的随意，就好像在说一件无足轻重的小事。

白思君却突然来了气，他皱眉道："你觉得我是在担心自己？"

梅雨琛抬起眼睑，看着他没有接话。

"你有没有想过，万一有人骂你怎么办？"白思君继续说道。

梅雨琛歪起脑袋，问道："他们骂我了吗？"

"呃……"白思君的气焰一下小了许多，"没有。"

"那不就完了。"梅雨琛笑道。

"你还笑。"白思君"唰"地把筷子插到饭碗里，"这种事不能乱来。"

"没关系。"梅雨琛咬着筷子颇为真挚地看着白思君道，"我有分寸。"

白思君无奈地说道："以后做这种事和我商量一下。"

梅雨琛道："不是你让我这么做的吗？"

白思君一愣："我哪有？"

梅雨琛很无辜："你让我宣传新书。"

"我……"白思君深吸了一口气，又来了，这熟悉的颠倒黑白。他咬牙切齿地说道："那你宣传得可真好！"

梅雨琛轻笑了一声："那当然。"

事实证明，梅雨琛这波宣传确实很好。

晚上九点，微博大V播放出了所有的采访内容，梅雨琛承认自己三年之后才推出这本新书，不是所谓的三年磨一剑，而是遇到了创作瓶颈，才思枯竭，无法写出令自己满意的作品。当然，这段瓶颈期已经过去，引用梅雨琛自己的话说，"他是我最低谷时照进我生活中的一束光，是他给我带来源源不断的灵感，一直陪伴着我"。

白思君看到这段话时，肉麻得起了一身的鸡皮疙瘩。他觉得梅雨琛的读者一定会觉得他矫情，然而事实是，这篇博文发出来后没多久，"梅雨琛的光"这一话题就登上了微博热搜，下面一堆人一起感谢"那个人"，让梅雨琛又重新找回自己。

然而事情还没有告一段落。

晚上两人一起看电视时，白思君一时好奇打开了某购书商城，于是便看到梅雨琛的新书《告白》登上了畅销榜第一。

这个结果既意外，却又不那么意外。

当初为了梅雨琛怒怼主编时，白思君就放下狠话说梅雨琛的新书一定会上畅销榜第一，但是当这一天真的到来时，他却没有预想中那么激动，反而内心平静，只是略微有些感慨。

梅雨琛从白思君手里抽走手机，不满地说道："还看不看电视？"

白思君无语地抽了抽嘴角，他问道："你不好奇《告白》的销量？"

"第一。"梅雨琛言简意赅地回答。

白思君不禁失笑："你就那么自信？"

梅雨琛不甚在意地反问："不然呢？"

"确实是第一。"白思君道，"恭喜你。"

"现在还不是时候。"梅雨琛淡淡道，"你忘了我们的目标？"

确实，他们的目标不是畅销榜第一，而是今年的星木奖。

登上畅销榜的很大因素在于宣传，但是星木奖不一样，它不看人气和销量，只看作品的硬实力。除此以外，每个评委的喜好不同，也会影响最终的评奖结果，因此没有人敢断言自己一定能得奖，就连梅雨琛也不例外。

一想到这儿，白思君刚放下去的心又悬了起来。他问道："是十月初发布入围名单？"

"嗯。"

"那只能继续等了。"

第二天早上，白思君和之前一样在求职网站上刷着招聘信息，而这时，他接到了一个意想不到的来电。

他皱起眉头按下通话键："主编？"

"小白，最近工作如何呀？"主编语气和善地问道，"梅雨琛的新书卖得不错，给我们公司带来了不错的效益，这可多亏了你啊。"

白思君在心里冷笑了一声，耐着性子说道："主编客气了。"

主编又道："《告白》定稿之后，梅雨琛非要把责任编辑的名字改成你，不然就不让出版，我可是做了不小的让步呢。"

白思君一愣，他一直以为关于署名的问题是赵琳说服了主编，没想到竟然是梅雨琛在替他争取。

他顺着说道："谢谢主编。"

"说起来，要不是我当初逼了你一把，这书稿还不知道得拖到何年何月。"主编"呵呵"笑了两声，"其实我那也只是为了刺激你一下，不是真的要你走，哪知你竟然自己辞了职，真是何必呐。"

白思君不是傻瓜，他听出主编是要他回去工作。

A出版社的面试结果还没有出来，继续等下去也不一定能等来好的结果。选择回到宏图，可以直接入职，工作很快就可以回到正轨，只是……他不想跟那种人一起工作。

"这些年谢谢主编的栽培。"白思君说着场面话，"我现在做着自己的事，也挺好的。"

其实自己的事无非就是找工作罢了，尽管这事八字还没一撇，但就算没有任何一家出版公司要他，他也不想再回到主编的手下做事。

主编又拐弯抹角地让白思君回去，最后甚至还提出给他升职加薪，但白思君还是拒绝了。

挂掉电话后，白思君觉得奇怪，他问坐在沙发另一头的梅雨琛道："他怎么那么希望我回去？"

梅雨琛此时正在看书，他头也不抬地回道："宏图想签我下一本书。"

原来如此。

白思君突然想到什么，他又问："你是不是对他说只要我做你的责编？"

梅雨琛轻笑了一声，抬起头道："白编辑真聪明。"

"你真是太任性了。"白思君皱了皱眉，"你可以直接拒绝，没必要提条件为难他。这样很容易得罪人，万一给你以后的发展埋下隐患怎么办……"

"我怕得罪他？"梅雨琛挑了挑眉，轻哼道，"他欺负你的账我还没跟他算。"

白思君无奈，梅雨琛这记仇的性子还真是改不了了。他想了想道："如果我面上了Ａ出版社，我就专门为你写份策划，说服他们签你的下一本书。"

梅雨琛眼含笑意地点了点头："好。"

白思君正想继续问问梅雨琛下一本书有没有什么打算，这时他的电话又响了起来。

他看了眼来电显示，无语地说道："看来你冲到畅销榜第一，有人急了。"

梅雨琛问道："齐筠？"

"没错。"

白思君慢悠悠地接起电话："齐老师？"

齐筠开门见山地说道："恭喜啊，白编辑，你们那书卖得不错。"

齐筠的语气听起来很正常，但白思君总觉得有些阴阳怪气。

"齐老师的书也卖得不错啊。"白思君随口应和道。

"哪能跟你们比？"齐筠笑了笑，"铺天盖地的宣传到底还是抵不过一次炒作。"

炒作？好了，现在可以确定了，齐筠就是在阴阳怪气。

白思君不爽地微眯起双眼，回想起和齐筠最后一次见面的场景。齐筠是个精于算计的人，但他的缺点也很明显——沉不住气。

那次白思君只是吓唬了他一下，他就立马翻脸，最后还主动退赛，可以说这人有做大事的头脑，却没有做大事的气概。

现在梅雨琛的新书压过了他的新书，这人铁定又是沉不住气，想来逗几句口舌之快。

白思君当然不会让他得逞。

不就是文明吵架吗？谁不会。

白思君还未回话，齐筠又道："我当初就觉得奇怪，白编辑看起来也不像是个冲动的人，怎么会为了梅雨琛可以做到那种地步？原来还真是'脑残粉'啊，现在我算是明白了，呵呵。"

"脑残粉"是白思君当初自己说的，但从齐筠嘴里说出来简直要多讨厌有多讨厌，而且这一句"呵呵"听起来也无比刺耳。白思君知道齐筠是在讽刺他们，他深吸了一口气，不急不慢地说道："齐老师，我是个编辑，当然想做出一本好书。现在看来，梅雨琛这本书确实有这样的价值，不然怎么会口碑、销量双丰收呢？"

"是是是，这也给我上了一课。"齐筠笑道，"原来靠炒作卖书也是有前途的。"

白思君咬了咬后槽牙，压着心里蹿起来的火道："怎么卖不是卖？至少有的人有这个实力。"

齐筠又"呵"了一声，回道："听白编辑的意思，好像还挺自豪的。作为过来人，我得提醒你一句，炒作可不是长久之计。"

白思君的眼角抽了抽，不耐烦地问道："齐老师还有别的事吗？没什么事我就先挂了，最近比较忙，没工夫闲聊。"

"你还真是个好帮手。"齐筠揶揄道，"那我祝梅雨琛的下一本书也大卖。"

"那我祝你获得今年的星木奖！"白思君"啪"地挂掉电话，把手机扔到一边，胸口不停地上下起伏。

"他说什么了？"梅雨琛放下书问。

"没什么。"白思君压着脾气道，"不能为这种人生气。"

七 尊重我的工作能力

没几天后，白思君接到了 A 出版社面试通过的电话。他反复确认了好几遍，是通过了一面，后面还要参加二面、三面，还是已经直接通过了面试，温柔的人事部妹妹告诉他不需要再面试，体检之后即可入职。

这也太奇怪了，这么大个出版社招人这么随便？

"因为你优秀啊。"梅雨琛靠在沙发上，懒洋洋地说道，"我摸着良心说，我认识那么多编辑，你是最负责任的一个。"

白思君仍旧觉得奇怪："才面试一次，他们就知道吗？"

周末过后，白思君去 A 出版社报到。

和宏图相比，A 社的规模大了许多，宏图只在商用写字楼占有一间五百平方米的办公室，而 A 社则是拥有一整栋写字楼。

在踏入 A 社写字楼之前，白思君心想，早知道出版社这么容易进，他通过中级考试时就该跳槽。然而当他被叫到总编办公室后，才知道事情并没有那么简单。

"所以说……A 社已经签下了梅雨琛的下一本书？"白思君愣愣地问。

"是的。"总编倚在办公椅上，神情自然，不像宏图主编一样总是戴着笑脸面具。

"什么时候策划的呢？所有细节都谈妥了？"白思君还是觉得奇

怪，梅雨琛的新书才上市不到一个月，这下一本书也签得太快了吧？而且他整天和梅雨琛待在一起，也没见他和人谈工作的事啊。

白思君突然想起他还对梅雨琛说，如果他通过了 A 社的面试，就会努力牵线搭桥，让 A 社签梅雨琛的书，哪知人家早都已经签下了。这么一想，自己就跟傻瓜似的。

"我们和梅雨琛之前就有过合作，双方都很信任，所以谈起来很快。"总编道，"最主要的是，他对稿酬要求不高，省去了不少协商的麻烦。"

心里隐隐约约的念头越发明显，白思君僵硬地问道："稿酬要求不高是因为……"

"看样子你是完全不知道啊。"总编笑了笑，"作为交换条件，让你来这里上班。"

白思君咬了咬牙，这人又背着他擅作主张！

"他的新书有你的功劳，"总编继续道，"我多少还是听说了一些。"

白思君多少还是有点不安，他可不想通过攀关系获得新工作。

总编似乎是看出了白思君的脸色不太好看，放缓语速道："你放心，我们肯定不会乱招人。我也是确定你确实有这个能力，才决定把你招进来。"

白思君稍微放下心来，点了点头道："谢谢。"

"我这找你过来本来是想和你聊聊梅雨琛的书，结果你都不知道你是因为他才来到这里。"总编一脸好笑地说，"这梅雨琛还真有一套，是想给你个惊喜？"

白思君现在的样子绝对可以用狼狈不堪来形容，虽说总编说承认他的实力，但前提也是通过梅雨琛，总编才能认识到有他这个人。他现在巴不得立马回家，狠狠收拾梅雨琛一顿。

"这不是惊喜，是惊吓。"白思君挠了挠后脑勺，窘迫地说，"我还以为我是凭实力面试上的，结果……"

"你的资历确实浅了一些，不过有能力就行。我们的人事部主任找宏图的人事部经理打听了一下，听说你的工作能力还是不错的。"总编道，"你也不用有太大负担，你现在这职位是没有编制的，还有很大的努力空间。"

"谢谢总编。"

从办公室出来后，白思君腿软地跑到楼道平复难堪的心情。

幸好总编好相处，不然他还真不知道该怎么继续做这份工作。

想到这里，白思君面无表情地拿出手机，拨通了梅雨琛的电话。

"白？"电话那头梅雨琛的声音明显有些诧异，"工作还顺利吗？"

"嗯，很顺利。"白思君淡淡地说道，"但主编告诉了我一件事。"

白思君不排斥梅雨琛帮他进入出版社工作，毕竟这也是他曾经的目标，但他不喜欢梅雨琛招呼都不和他打一声，就这样在背后替他做了决定。两人的关系越来越好，但同时也应该有遵守的界限。

白思君还算是个有自知之明的人，他几乎可以预见，他和梅雨琛讲道理，梅雨琛多半会不高兴，最后又是他做出妥协。

既然结果已经可以预见，那不妨换个方式让梅雨琛知道他的不满。

"你知道了。"梅雨琛说道。

"是。"白思君说道，"没什么别的事我先挂了。"

白思君还从来没有不搭理过梅雨琛，这下梅雨琛应该是知道他真的生气了，在白思君下班回家后，梅雨琛就一直在看他的表情。

"你不喜欢新工作吗？"吃晚饭时，梅雨琛问道。

他语气中带着微不可察的小心翼翼，看样子应该是认识到了自己的做法不妥。

白思君放下手中的筷子，严肃地说道："下次真的不要再这样了，有什么事和我商量一下。"

"和你商量你又不会答应。"梅雨琛垂着眼眸说道，"给你生活费你也不要，你要是知道我帮你找工作，还会答应吗？"

白思君想了想说："我不是白住在这儿吗？还在用你的车，生活费那些应该我出。"

这话一说出口，梅雨琛的脸立马沉了下来。

白思君暗想，至少这一点很好，他可以清楚地知道梅大作家又不高兴了。

只听梅雨琛皱着眉道："所以你觉得住在我这儿应该交房租？你就和我算得这么清楚？"

"不是。"白思君说道，"我是怕你吃亏。"

梅雨琛抿着嘴不说话了，看上去有些不高兴。

白思君知道不能无条件地让梅雨琛，又说道："既然你说我是个优秀的编辑，那希望你也尊重下我的工作能力。"

梅雨琛轻哼了一声，这才重新开始动筷子："知道了。"

不过关于工作的事情，白思君还是说道："谢谢你帮我介绍。"

梅雨琛："算你还有点良心。"

…………

两个月后的某一天，气温已经逐渐凉了下来。

星木奖评审委员会公布了星木奖提名短名单，在这份名单上，悬疑类小说入围的五人中赫然出现了梅雨琛的名字。

除了梅雨琛以外，获得提名的另外四人分别是：曾因推理类小说得过星木奖的前辈作家，连续两次陪跑的人气作家，出道不久的黑马网络作家，以及被看好的得奖热门人选齐筠。

这份名单一公布，网上立即掀起了热烈讨论，几乎所有人都没有想到梅雨琛会参与今年星木奖的角逐，并且不少人认为，这下得奖热门应该从齐筠变成梅雨琛了。

这期间还有一个小插曲，齐筠点赞了一个不看好梅雨琛得奖的微博，尽管立马取消，但还是被万能的网友截图。

不久之后，一个微博小号发出了一篇博文，题为《齐姓作家退出

××网站短篇小说大赛的真实原因》，曝光了齐筠创作的短篇小说灵感来源于梅雨琛未发表的书。

作家圈子里立马掀起了轩然大波，尽管齐筠立马站出来澄清，并作势要追究博主的法律责任，但帖子内容条理清晰，此时舆论的风向已经完全不站在他那边。

国庆假日的午后，白思君和梅雨琛懒洋洋地窝在沙发上看电影，正看到精彩的地方，白思君的手机又响了起来，他瞅了眼来电显示，毫不犹豫地挂断电话。

"这人好烦，老给我打电话。"白思君把手机调成静音，靠回沙发椅背上。

"傻瓜都知道那是你干的，他不找你找谁？"梅雨琛笑道。

梅雨琛轻声笑了笑，用手拍了拍白思君的肩膀道："干得好。"

"对了，"梅雨琛突然又道，"星木奖的颁奖晚宴要穿正装出席，你还有西装可以穿吗？"

白思君想了想道："有面试的西装。"

"那不行。"梅雨琛道，"我赶紧找人定制两套西装。"

八 告诉白，谢谢你

装潢奢华的酒店卫生间内，白思君仔细周到地洗干净手，整理好歪掉的领结，这才走出了卫生间。

卫生间外是一条长长的走廊，通往金碧辉煌的宴会大厅。白思君看了看时间，离星木奖颁奖活动开始只剩不到十分钟，他下意识地加快了脚步，然而这时却迎面碰上了正要前往卫生间的梁茹。

"白哥？"梁茹放下拎起的裙摆，妆容精致的脸上浮现出惊喜的神情，"我刚四处找你呢，我就说怎么梅老板一个人坐在那儿。"

"小梁，好久不见。"白思君只是有些紧张，来卫生间调整情绪而已，但他当然不会告诉梁茹，便转移话题道，"最近工作还顺利吗？"

"还行，我刚参加了职称考试，也不知道能不能行。"梁茹道，"我听说 A 社新成立了一个海外事业部，要引进原版书，果然大社就是不一样啊。"

"是有这事，不过跟我也没多大关系。"白思君笑了笑，"我主要还是做原创小说。"

"对了，"梁茹突然压低了声音，"我后来才知道你和齐老师之间的事，刚才看到他和你们坐一桌，待会儿吃饭得多尴尬啊？"

"那有什么办法？"白思君无奈地耸了耸肩，"按照惯例，同一分类的提名作家就是得坐到一起。"

一年一度的星木奖颁奖晚宴是出版行业的一大盛事，每年都会在这家五星级酒店举办。除了会邀请知名作家、业内人士和媒体人以外，一些相关从业人员也可以自行付餐费参加，梁茹就是其中之一。

白思君作为提名作品的特约编辑，自然也受到了邀请，只不过他的座位本来不应该离舞台那么近，他之所以坐到了提名作家席上，完全是因为梅雨琛强烈要求。

白思君回到座位时，主持人正在台上说着开场词。

梅雨琛悄悄凑过来，小声问道："怎么那么久？"

"有点紧张。"白思君呼出一口气，"毕竟今天的结果很重要。"

梅雨琛不由得好笑："我才是作家好吗？"

白思君红着脸没有回话，虽然他只是特约编辑，但他也很看重这部作品。

"你们关系还真是好啊。"坐在白思君身旁的一位作家笑道，"还说悄悄话。"

"咳咳，我给大家倒酒。"白思君拿起开好的红酒，一杯一杯地替在座的作家和作家家属倒上。

齐筠也在席上，白思君不好直接跳过齐筠，所以还是客气地让齐筠把杯子递过来，哪知齐筠却婉拒道："谢谢白编辑，我不喝酒。"

白思君知道齐筠会喝，所以不禁在心里翻了个白眼，心里说：我本来就懒得给你倒。

跳过齐筠后，白思君给黑马网络作家倒酒，这时那人突然不合时宜地开口道："网上说齐筠老师和梅雨琛老师不和，也不知道是真的还是假的？"

座位上的其他人都下意识地停下了手里的动作，不约而同地看向两人，一时间十人位的圆桌上竟然只剩下了倒酒的声音。

齐筠的脸色有些僵硬，梅雨琛倒是面不改色，仍旧无精打采地垂着眼，盯着白思君手上的动作。

"哪有不和。"

白思君率先打破了尴尬的气氛："网上的消息大多都是假的。"

"是吗？"网络作家不太买账地继续说道，"网上说齐筠老师退赛的那篇短篇小说……"

"那个我已经澄清了。"齐筠插嘴道，"都是子虚乌有。"

齐筠说到这里，白思君突然轻笑了一声。他笑得有些刻意，也有些突兀，显然是针对齐筠的那句"子虚乌有"。

其他人听出了笑声中的讽刺，也明白了是什么意思，而齐筠皱起了眉头，看样子还想说些什么，但偏偏白思君没有说任何话，他找不到反驳的由头，只好令人尴尬地接了一句："那种造谣的人肯定不会有好下场。"

"那当然了。"白思君一脸赞同地说道，那真挚的样子就差没鼓掌了。

而见他这样，齐筠的脸色变得更加难看。

"不管怎么样，我还是得谢谢齐筠老师。"网络作家说道，"要不是你退赛，我还拿不到那小说大赛的第一呢。"

"别这么说，我觉得你写得比我好多了。"齐筠又重新换上了平日里那副温文尔雅的面容，"这次星木奖也是，我肯定没希望，就是来给各位陪跑。"

白思君挑了挑眉，心想这老妖怪果然会说话，先给自己找好台阶，等结果公布之后，就算没有得奖，也可以表现得淡然处之。

"我才是陪跑。"另一位作家笑着说道，"我都陪跑两次了，也不差这一次。"

"事不过三，这次说不定就是你咯。"网络作家说，"像我这种野生选手才是来陪跑的。"

"我说你们啊，得不得奖都应该看开点，也没什么大不了的嘛。"前辈作家难得开口。这位前辈得过推理类的大奖，现在又来参加悬疑类评选，也确实是心态好，一直在前进的路上。

"前辈说得对，这次不行，下次努力就是了。"齐筠附和道。

饭桌上的气氛缓和下来，大家开始聊出版业界的事情，另一边舞台上的节目也进行得如火如荼。

白思君一边看节目，一边听其他人聊天，直到表演节目结束，颁奖典礼正式开始时，他又骤然紧张起来。

他用胳膊肘碰了碰梅雨琛，压低声音说道："待会儿如果没得奖，你别表现得太失望了，免得让齐筠看笑话。"

梅雨琛好笑地问："你对我就这么没信心？"

"我这是打好预防针。"白思君不动声色地看了看四周，"我看到好多长枪大炮对着我们这几桌，等结果一公布，肯定是一顿猛拍。"

"放心吧，白，我比你有经验。"梅雨琛淡然道。

"嗯好，我也得管理好表情。"白思君深呼吸了一口，暗自给自己打气。

"话说，"梅雨琛开口道，"如果我没有得奖，你是不是得好好安慰我？"

"没关系。"白思君皱起眉道，"我们下一本好好努力。"

梅雨琛笑了笑，又说："那如果我得奖了呢？你是不是得好好表扬我。"

"那必须……"白思君一顿，立马反应过来梅雨琛的意图，"你是不是想偷懒不工作？下一本书也必须好好写。"

白思君说到这，正琢磨着怎么制止梅雨琛偷懒，这时音响里突然响起的"梅雨琛"三个字，吓得他直接呆在原地。

会场中响起了连绵不绝的掌声，白思君身旁的作家一边鼓掌，一边对白思君道："恭喜啊，恭喜。"

白思君回过神来，他屏住呼吸看了眼舞台，只见硕大的液晶屏上赫然显示着"梅雨琛《告白》"几个大字。

梅雨琛竟然真的得奖了？！

白思君猛地从座位上站起来，他刚才和梅雨琛聊得太投入，以至于连主持人念的引导词也没有听见。

这得奖来得太突然，他下意识地看了看梅雨琛，只见梅雨琛的脸上也带着惊异的神色。

不对……

白思君很快发现梅雨琛的惊讶并不是因为自己得奖，而是因为他站了起来。

闪光灯噼里啪啦地闪个不停，白思君双腿发抖地环顾了一眼四周，只见整个晚宴会场里，除了服务员以外，只有他一个人站着……

他赶紧坐下来，梅雨琛笑道："白编辑，你要跟我一起上台吗？"

"不了不了。"白思君汗颜地摆了摆手，"你赶紧上去吧。"

梅雨琛站起来理了理西装，从容不迫地往舞台走去。

这时，坐在对面的齐筠突然对白思君道："看来梅雨琛得奖，白编辑你比他更激动啊。"

白思君听出了话里的酸味儿，也听出了话里的揶揄，他淡淡地回道："那可不。"

这时候无论齐筠再说什么，白思君都觉得不重要了，他之前就知道梅雨琛不把齐筠放在眼里，只有他总是忍不住去在意。但是现在不一样了，他突然有一种感觉，他好像真的和梅雨琛合为一体，梅雨琛的骄傲也是他的骄傲，那种骄傲就像给了他一枚盾牌，可以抵御掉所有弱者的中伤。对于压根不是对手的人，还有什么好在意的呢？

面对齐筠不善的目光，白思君无所谓地笑了笑，专心地看向舞台。

主持人是一位面容姣好、气质优雅的女性，在这样闪光的职业者面前，梅雨琛也丝毫不显逊色，淡定自若地接受着主持人的赞赏。

"我之前也做过功课，听说《告白》这本书是为了特别的人所写。"主持人说到这儿，突然看向白思君这边，"如果我没猜错的话，应该就是刚才激动得站起来的那位吧？"

白思君赶紧把手搭在额头上，捂住大半张脸。

为什么在梅雨琛这么风光的时刻，他却觉得这么丢脸?!

"嗯，是的。"梅雨琛笑了笑，"他为了逼我写这本书，简直无所不用其极。"

四周传来了哄笑声，白思君只好把头埋得更低。

主持人跟着笑了笑，又问："那么最后的致谢也是写给他的吧?"

"没错，因为没有他就没有这本书。"梅雨琛道。

"怪不得这本书刚上市的时候，大家都不知道为什么会叫作《告白》。"主持人感叹道，"原来是在传达信息，这谁能想到呢!"

"这不仅仅是传达信息。"梅雨琛颇为认真地说道，"这是一封感谢信。"

这次白思君把头抬了起来。

"此话怎讲?"主持人问。

"告白，表面上的含义大家都懂，就是表明爱意。"梅雨琛解释道，"不过在这里不是这个意思，它代表另一层含义— 告诉白。"

主持人没有反应过来，梅雨琛笑了笑补充道："我的责编姓白。"

主持人慢慢瞪大了双眼："所以说……"

"在这本书定稿的时候，他不在我的身边。"梅雨琛说到这里时，突然偏过头直直地看向白思君，"所以当他看到书名的时候，他就会知道— "

"这本书的含义是：告诉白，谢谢你。"

宴会大厅里响起了此起彼伏的掌声，但这些声音全被隔绝在了白思君的耳朵之外。

他目不转睛地看着台上的梅雨琛，脑海里不禁回想到了他曾经做过的那个梦。

梅雨琛站在台上，沐浴着所有人的目光，而他身处黑暗的角落，无论如何呼喊梅雨琛也无法看到他。

然而现实并不是这样，梅雨琛确实沐浴着所有人的目光，但他的目光却定在自己身上。

那目光是那么真挚，让自己那颗心脏也跟着变得炙热起来。

曾几何时，白思君还是个菜鸟编辑，完全招架不住大作家的刁难。但现在他已经可以自信地说出，他是一名优秀的责任编辑。

白思君微微扬起嘴角，用口型对梅雨琛说道：我也感谢你。

（正文完）

番外篇

这是过去的故事，是现在的故事，也是未来的故事……

一　梅雨琛的内心活动

那个二愣子在我家门口站了半个小时了。

外面那么冷，风刮得跟刀子似的，他是没有知觉吗？

还是下去看看吧。

"你好，我是梅雨琛的新任责编，我叫白思君。"

怪不得，原来是债主，还真是敬业。

"请问梅雨琛在家吗？"

"不在。"

这个二愣子还真是傻，一直等在门口。

看他冻得可怜，还是放进来吧。

走近一看，还真是有点傻，连话都说不利索，还说要和我深入交流？

还是直接让他滚回去吧。

太扫兴了。

还以为能来个人让我不那么无聊，结果一点惊喜也没有。

好烦，不想码字了。

二愣子又来了。

看样子是做了功课才来的，但是有什么用呢？

随便问了两个问题，又答不上来。

太没劲了。

为什么好不容易来个人，却这么无趣？

好烦，又不想码字了。

这条围巾……

还真是暖和。

我决定霸占了。

二愣子又又又来了，他是属小强的吗？

他和其他人一样，缺少一种叫自知之明的东西。

舌头都捋不直，还和我谈合同？

"所以你是现在主动辞职还是被我折磨三个月再辞职？"

二愣子脸都吓白了。

这回应该不会再来烦我了。

二愣子给我发了一条短信。

我真的很想把你的书做出来。

我绝对不是心软，是这人太能坚持了。

他送给我的书倒也不错。

还是给他个机会吧。

"我饿了，给我带盒点心过来。"

二愣子这人还有点意思，从没见过脾气这么好的编辑。

不知道我写点东西来逗他，他会不会还是这副好脾气？

久违的文思泉涌的感觉。

二愣子说理论和实践是有区别的，说得还挺有道理的，但他真的能保持镇定吗？

让他看看我今晚的成果吧。

万一他坚持住了呢？

行吧，我果然把二愣子吓跑了。

没劲，不想码字了。

这几天一如既往地没有睡好，为什么想睡个觉就这么难呢？

如果有人能治好我的失眠……

算了，还是不奢望了。

我怎么笑了？不就是二愣子来加我的微信吗。看来这人还真是小强，怎么打都打不退。

我是白思君，你的责编。

呵，我的责编，也不知道这次这个能坚持多久。

看样子他已经做好了思想准备，反正今天晚上肯定又睡不着，干脆让他过来陪我打发时间好了。

好无聊的故事，谁关心你家里怎样？不过怎么这么想睡觉呢⋯⋯

好困⋯⋯

我竟然睡着了？！

二愣子⋯⋯哦不，是白编辑，白编辑出去买早餐，给我带了个草莓冰激凌回来。

这是在奖励我开始码字了吗？这人还真有意思，不过我又不想码字了。

好像我总是能有各种理由不想码字。

白编辑说周末过来找我，但是快十二点了，他怎么还不过来？还是打个电话问问吧。

电话里有其他人的声音，那人对他说吃烤羊排不错。

他，竟然，在与后辈聚餐。

明明说了来找我的。

他怎么能这样？编辑都是话说得好听。

他最后还是来找我了，看着他提着大包小包来给我做饭的样子，真是够傻。

这么老实的编辑不多见了，像熊猫一样，或许我应该对他好点。

白编辑还是得带后辈去吃饭，我决定让他把后辈带到家里来。

我平时不太出门，但我觉得今天有必要去超市一趟。

难得家里来个人，还是得好好准备一下。

后辈给人的感觉还不错，跟着这么负责人的前辈，肯定也会成为不错的编辑吧。

我又失眠了，家里还没药。

我拿着处方去了一趟市区的人民医院，结果看到白编辑扶着别人从医院出来。

我突然感觉他离我好远，我完全不了解他的生活，始终把他当工具一样。或许不应该这样。

胸口突然有点闷。

看到白编辑站在我家门口，我还以为是在做梦。

他就是个傻瓜，竟然以为我要自杀。我说我失眠，他说他来陪我。

怎么会有人这么敬业？真的让我有些改观了。

好气，竟然有人说我写的是无脑恋爱小说，他以为写作是一件很容易的事吗?!

我知道自己写得不好，但是我控制不住，白编辑不安慰我，还那么说我，我感觉好受伤。

我可能真的不适合再当作家，我什么也写不出来。

他说我把书写成那个样子，我真的好难受，我已经把他当作我的朋友，但是在他眼里我就只是台码字机器。

我再也不想码字了。

他竟然还问我要稿子，我根本写不出来，要什么稿子？

我太没骨气了，他那么对我，我第一个反应竟然是不想让他失望。

可是我压根写不出来，怎么才能不让他失望？

对了，他让我那么生气，那我也让他生气，把他气走就是了。

只要把他气走，他就不会知道我这么无能了。

但是……

他的脸色好难看，我有点后悔了。如果他真的被气走，我以后还怎么去挽回他？

太好了，他没有离开，没有放弃我，不愧是我认可的编辑。

我一定要把书写出来。

二 没有灵感

"好无聊，没有灵感。"

"写书怎么这么难？"

"不想码字，不想当作家了，我想退休。"

听到这里，白思君额头上的青筋实在压不住了，他忍不住吼道："给我闭嘴！"

梅雨琛懒洋洋地躺在飘窗上，颇为委屈地说道："我写不出来。"

时间回到二十分钟之前……白思君最近担任了一本历史小说的责编，书里需要核查的历史资料特别多，所以尽管这天是周末，他还是闷在书房里一边查资料一边审稿。

书房房门忽然被人打开，梅雨琛倚在门边上，看着白思君道："白，这个情节我卡得好严重。"

白思君就着低头的姿势抬眼看了梅雨琛一眼，很快收回视线，接着用中指推了推鼻梁上有些下滑的银框眼镜，回道："先放一放，去捋捋大纲。"

白思君的视力一向很好，但最近总编交给他的书越来越有难度，而他又是个极其负责的编辑，每本书至少校对五遍以上。久而久之，他的视力也难免下降，因此不得不去配了一副眼镜，专在工作的时候用。

"捋大纲也没用。"梅雨琛将双手没劲地抄在胸前，"我不是情节进展不下去，是叙述上觉得头痛。"

"那你先找部电影放松一下。"白思君头也不抬地说道，"我忙完之后给你看看。"

梅雨琛没有回话，白思君也没听到关门声和离开的脚步声，他奇怪地抬起头来一看，接着便看到梅雨琛黑着一张脸，正不爽地盯着自己。

糟了，梅大作家又不高兴了。"我下周五之前得搞定一校，不然会耽误后面的进度。"白思君解释道。

"那是谁的书？"梅雨琛扬了扬下巴，眼神定在白思君面前厚厚的纸稿上。白思君报了一个名字。

"他对你来说比我重要？"梅雨琛又问。

"不是，"白思君哭笑不得地说，"你的书年底才交稿啊，而且你通常还会拖好久。"

"那你也不能把我排在后面。"梅雨琛不满地说，"你难道没有把我置顶？"

白思君无奈地叹了一口气，放软语气道："我看完这三页就给你看好吗？"

"不行。"梅雨琛向白思君走来，"我必须在你工作清单的第一位。"

白思君没有搭理梅雨琛，于是这位大作家就径自地躺在飘窗上，絮絮叨叨地自言自语起来。

白思君总算看完最后的三页，放下眼镜，对懒洋洋的梅大猫道："稿子呢，我看看到底哪里写得不顺。"

"不用了。"梅雨琛从飘窗上站起身，"我想到了，这个场景不适合用男主人公的视角去描写，我打算用一个配角的视角去写。"

白思君一愣，随即抽了抽眼角，说道："你早就想好了还来找我做什么？"

梅雨琛无辜地道："我也是刚才想到的。"

白思君简直无奈，这位大作家到底能不能安安分分工作？

三 编辑与作家

　　白思君呕心沥血编辑的那本历史小说获得了年度金牌编辑大奖，在年底最大规模的行业交流会上，白思君和梅雨琛双双受邀出席，并且白大编辑还被邀请发表演讲。

　　梅雨琛原来从来不会参加这种交流会，但白思君拿了金牌编辑，要去讲述行业心得，他自然要去给白思君充场面。

　　这两年来，因为工作的关系，白思君穿西装的频率越来越高。

　　行业交流大会在一个会展中心举办，会展中心总共有三层楼，一楼人来人往，熟人较多，白思君在和几个熟人随便聊了几句之后，趁没人注意他，决定去上个洗手间。然而不凑巧的是，一个中年秃顶男人突然出现在他面前。

　　"白编辑，好久不见啊。"宏图的主编笑呵呵地说道。

　　"主编好。"

　　白思君点了点头继续朝卫生间走去，一到关键时刻他就容易紧张，因此他一刻也不想在这里多待。

　　"唉，白编辑别急着走啊。"主编叫住他，"最近大家都在传梅雨琛要转型，他是不是不写悬疑小说了？"

　　"不是不写，只是在尝试其他题材。"白思君耐着性子道，"你放心吧主编，不会再挡你们家齐筠的道。"

　　要是放在以前，白思君这么说话，主编绝对会阴下脸来，但现在主编没什么反应，反而套近乎地说道："白编辑，你不知道，齐筠呀，他封笔了。"

"封笔？"白思君一惊，"什么时候的事？"

"也是今年年底才决定的。"主编撇了撇嘴，"他去年写的那部作品不是口碑不行嘛，之后就写不出来了。"

"这样。"白思君暗想，齐筠应该四十岁了，四十岁遇上写作瓶颈，确实有些灾难。

"所以说，梅雨琛以后有书，还是可以考虑考虑我们宏图。"主编笑呵呵地说，"我们绝对会把最好的资源都给他。"

这主编也是个见利忘义之人，齐筠好歹跟了他这么多年，一写不出书来，就立马被他抛弃。

白思君当然不会可怜齐筠，但也不会让主编在他这里讨到便宜。

"我会向他提一提。"白思君随口应道，"不过答不答应那是他的事。"

"行行行，那可真是谢谢白编辑了。"

打发走主编后，白思君继续去卫生间，调整了一下心情，又背了背演讲稿。

交流大会在整栋建筑的一楼，白思君特意挑了三楼的卫生间，也没有别人上来。等他调整好心情，从三楼下来时，主持人果然在四处寻找他，他赶紧上前，道了声抱歉，接着去台边做准备。

除了白思君以外，还有一些业界泰斗也会上台发言，业内圈子很小。

或许也有梅雨琛的影响在里面，这些人表面对白思君都很客气，不过能表面客气，白思君觉得已经足够了。

"白编辑，该您上台了。"策划方员工提醒道。

白思君上台时，梅雨琛并没有站得离舞台很近，反而远远地站在二楼，懒洋洋地靠在扶手上。虽然这个距离离白思君远了一些，但只要白思君一抬头，就能看到这位梅大作家。

"……其实刚开始做责编的时候，我觉得自己很失败。"白思君做了一些铺垫，接着说到这里停顿了一下，"我相信大家都知道我第一个负责的作家是谁。"

台下响起了一片笑声，不少人顺着白思君的视线回头望向站在二楼的梅雨琛。

白思君也看了看站在二楼的身影，接着收回视线继续道："我从来没有见过这么任性的作家，当然，他现在也很任性，我要是不先帮他看稿，他就会跟我生气。"

"不过也多亏了他，让我知道坚持不懈就一定会获得收获……讲到现在，我感谢了许多人，最后，我也要对那位大作家说一声，谢谢你，没有你也不会有今天的我。"

白思君在业界同僚的掌声中放下话筒，他抬起头来，看到梅雨琛用手做出喇叭的形状，嘴形夸张地对他说道：我也是。

梅雨琛需要白思君，白思君同样也需要梅雨琛。

两人隔着一段距离相视一笑，或许白思君和梅雨琛相遇，就是为了互相成就。

四 死性不改

"嗡"的一声，白思君的手机振动了一下，是猫舍发来的视频。视频里有数只小猫崽正全神贯注地盯着叮当响的逗猫棒，每只小猫的神态如出一辙。视频的背景音是猫舍主人的解说，哪只是公，哪只是母，哪只又是什么颜色。

白思君打算养一只猫，真真正正的猫。他和猫舍主人已经聊得差不多了，就差最后确定领哪只回家了。

这时手机突然又振动了好几下，白思君退出猫舍主人的对话框，发现是熟悉的编辑发来的消息。

梅大作家还没有交稿。

白编辑能不能帮忙催催？

我是真的没辙了。

这人是梅雨琛的新任责编，最近梅雨琛在写他的新作，一篇悬疑推理题材的作品。

为了把小说中的杀人手法写得滴水不漏，他不知做了多少实验。

有次白思君从他卧室门前经过，突然被他从身后捂住口鼻。还有次，白思君正在做饭，他在一旁阴森森地盯着白思君手中的菜刀，不用说，白思君肯定又成了他文中的"受害者"。

放下手机，白思君看向坐在沙发另一边看剧的梅雨琛，问道："你初稿写完了吗？"

"没。"梅雨琛懒洋洋地道。

"上个月月底不是截稿日吗？"白思君问，而现在已经是这个月的月底了。

"晚一阵子又没关系。"

想想当初，梅雨琛再次获得星木奖的那本《告白》，可是他拖了好几年才写出来的作品。

"但你这样编辑会很为难。"白思君站在同行的立场说道。

白思君知道梅雨琛不是没灵感，只是有拖延症而已，不催他个三五次，他就是懒得工作。

"我不是不交，只是晚交。"梅雨琛说，"既然当了我的责编，怎么会连这点觉悟都没有？"

白思君算是看出来了，梅雨琛拖稿拖习惯了，丝毫没有逾期的愧疚，反而还觉得理所应当。

"难道当你的责编就该伺候你吗？"白思君问。

"你最清楚。"某人大言不惭道。

行吧，白思君心想。

他重新点开猫舍主人发来的视频，递给梅雨琛看："你有看上的小猫吗？"

养猫虽然是白思君的意思，但梅雨琛并不排斥。作家总是喜欢去体验没有体验过的事，来积累写作素材，所以白思君想要养猫，梅雨琛也欣然支持。

"这一只吧。"梅雨琛指了指中间的那只小猫，"看起来像小狮子。"

没过多久，两人去猫舍把狮狮接回了家里。

狮狮是一只缅因公猫，尽管只有几个月大，却已经能从它的脸型中看出它的霸气。刚来到家里，狮狮还不怎么习惯，缩在电视柜下面不肯出来。

白思君倒是不强求，本来宠物跟主人亲近就需要一个过程，但梅雨琛似乎不甘心，老是拿逗猫棒逗人家，一下午过去，还真跟狮狮熟了起来。

白思君做好晚饭，看着在客厅玩得不亦乐乎的"大猫"和小猫，招呼道："过来吃饭。"

梅雨琛给狮狮放好猫粮，揉了揉它的侧脸，道："爸爸先去吃饭。"

这么快都收了一个"儿子"了？

狮狮已经在猫舍接受过社会化训练，知道怎么用猫砂，但当白思君和梅雨琛吃过晚饭，正坐在沙发上消食时，沙发的另一侧传来了难闻的异味。

白思君一惊，连忙掐着狮狮的后颈把它拎起来，只见布艺沙发上出现了一摊巴掌大的水渍。

"它怎么会在沙发上尿尿？"梅雨琛皱着眉头，颇为嫌弃地问道。

"可能刚到新环境，还不习惯。"白思君说着把狮狮扔进了猫砂盆里。

狮狮四处嗅了嗅，然后继续它刚才的"事业"。

"那沙发怎么办？"梅雨琛问。

"你来拆。"白思君道，"喷点除味剂，放洗衣机里洗。"

布艺沙发的好处就是可以随时拆下来清洗。

但梅雨琛却站着没动："为什么要我来拆？"

"我要加班。"白思君理所当然地扔下一句，去了楼上的书房。在拐进过道之前，他看着楼下如临大敌般看着狮狮的梅雨琛，浅浅地勾了下嘴角。

不多时，书房门被人打开，梅雨琛一脸不爽地站在门口，道："不洗了，明天去挑新沙发。"

"随你。"白思君噼里啪啦地敲着键盘，不甚在意地回道。

"你怎么不说我浪费？"梅雨琛问。

"那是你的钱，我不心疼。"

梅雨琛抿了抿嘴唇，仍旧不爽地说道："你陪我一起去挑。"

白思君无动于衷："我得工作。"

到了这时候，梅雨琛总算反应过来白思君的真实意图："敢情你养猫是想折腾我？"

"哪有。"

白思君停下敲键盘的手，扶了扶鼻梁上的眼镜："我是真的有工作，你没事干不是吗？"

其实白思君养猫并非是想给梅雨琛找事做，他也是决定养后才临时起意，想到可以让梅雨琛感受下伺候别人是什么感觉。

"我……"梅雨琛明显想要辩解，却又无话可说，幽怨地瞪着白思君道，"白编辑，你变坏了。"

"刚才谁还自称爸爸来着？"白思君继续敲打着键盘，"养猫就要负起责任。"

选沙发是个麻烦事，要量尺寸选款式，还要联系送货安装，没有白思君陪着，梅雨琛也懒得搞。

因此最后他还是打消了买新沙发的念头，老老实实地把沙发套拆下来扔进了洗衣机里。

几天时间过去，狮狮没有再在沙发上尿尿，但客厅里还是弥漫着一股怪味。

这个周末，白思君和梅雨琛在屋子里找了好一阵，终于找到了怪味的来源——

"好家伙，这只臭猫怎么专在地垫上尿尿？"梅雨琛掐着罪魁祸首的后颈。

狮狮正尿到一半，突然被人拎起来，淡黄色的液体不可避免地四处乱飞。

"白思君！"梅雨琛怒目瞪向悠悠站在一旁的人，"你不管管？"

梅雨琛不像白思君是个朝九晚五的上班族，他每天都待在家里，其实狮狮和他更亲近，也总是喜欢往他怀里钻，因此非要说的话，也应该他来管才对。

"我还有工作。"白思君说道，"选题策划周一就得交，我去加班了。"

白思君并非找借口，他的确工作忙，梅雨琛也知道这一点，不过他还是不爽地抱怨道："工作忙你还养什么猫？"

"不是有你吗？"白思君笑笑，回到了楼上书房。

楼下响起了梅雨琛教育小猫咪的声音，白思君笑得不行，就那么开着书房的门，一边听着梅雨琛的唠叨，一边工作。

而没过多久，一个小小的身影钻进了白思君的书房中。

狮狮从来没有进过这个房间，它好奇地东闻闻西嗅嗅，最后"嗖"地跳到了白思君的书桌上。

敲键盘的声音吸引着狮狮的注意，小猫咪似乎总是拒绝不了细碎声音的诱惑。

果然，不一会儿后，狮狮踩到白思君的键盘上，在 Word 文档里输入了一堆乱七八糟的东西。

"狮狮。"白思君头疼地抓着这个调皮蛋，把它带到了楼下。

是时梅雨琛已经扔了地垫，正在玄关的地方喷着除味剂，白思君把狮狮扔到他怀里，道："看好你儿子。"

说完，白思君又要转身上楼，但梅雨琛叫住了他："你给我站住，白思君。"

白思君停下脚步，挑了挑眉："梅大作家有什么事？"

"就你有工作是吗？"梅雨琛道。

白思君说着事实："你明明很闲。"

"我还有稿子要写。"梅雨琛把狮狮丢到白思君怀里："你陪它玩。"

白思君忍着笑意："现在你知道你还有稿子要写了？"

梅雨琛微眯起双眼："我算是看透你这个人了，为了逼我写稿，不惜利用小猫咪。"

"我可没有。"白思君耸了耸肩，"我又不是你的责编，你写不写跟我没关系。"

话虽如此，但当梅雨琛终于抱着笔记本电脑，窝在客厅沙发上开始写稿时，白思君还是拿着电脑下来，坐在一旁陪着他码字。

客厅里响着此起彼伏的敲击键盘的声音，狮狮在沙发上爬来爬去，最后玩累了，趴在两人中间睡着了。

没一会儿后，梅雨琛停下动个不停的手指，若有所思地看向一旁的白思君，道："你这几天不对劲。"

"嗯？"白思君头也不抬地应道。

"你在跟我赌气。"梅雨琛似乎才意识到这件事，"气我说编辑就该伺候作家。"

白思君好歹也是三十岁的人了，才没那么幼稚，跟梅雨琛赌气。不过他确实不喜欢梅大爷这副理所当然的态度，所以才想着把狮狮扔给他，让他这位大爷来伺候伺候小猫咪。

"那你觉得编辑就该伺候你吗？"白思君终于抬起头，看向梅雨琛问道。

"我哪有让你伺候？"梅雨琛抿了抿嘴角，"我明明也有做家务。"

"我说的编辑不是指我。"白思君道，"你的责编就不是编辑了吗？"

梅雨琛的确地位不低，出版社的总编都得给他几分面子，但没有人有义务伺候这位大爷。他这小性子要是不改，只会让别人都不想跟他合作。

"不就是催我交稿吗？"梅雨琛轻哼了一声，不满地抱怨道，"搞那么多花样。"

催稿是编辑的必备技能之一，不过想要催得动梅雨琛，也就只有白思君能办到。

白思君满意地继续工作，然而梅雨琛才安分地写了没一会儿，就把电脑放到一边，抱着睡着的狮狮逗弄了起来，那样子显然又是不想码字。

狮狮醒来之后，表情有些蒙，两只爪子胡乱扒拉了两下，突然就那么坐在梅雨琛腿上，画起了"地图"。

梅雨琛连忙把狮狮拎起来，瞪着它道："你又给我乱尿！"

白思君无奈地叹了口气，心想猫这种生物，果然是死性难改。

（全文完）

后记

人的一生中能找到值得自己倾注全部热情的事并不容易，
而创作之于我来说就是其中一件。

这篇小说创作于 2019 年底，现在回想起来，当初写这篇小说的动机仍然历历在目。

　　当时有几部讲作家与编辑的日剧——《官能小说家》《靛蓝色的心情》《文学处女》，无不勾起我对《世界第一初恋》的回忆。正好那会儿研究生在读，有空闲时间拿来写小说，我便想着创作一部关于作家与编辑的故事。

　　别看我在文里写了许多看似"内行"的东西，其实当时我对出版的事情并不了解，文里有些东西甚至是我在网上搜来的。但话说回来，我跟出版行业又确实有些渊源。

　　由于少年时期喜欢动漫文化，在工作之后，我抽空自学了日语，并考下了国内最高级别的翻译证书。

　　再之后，我考上研究生，辞去工作读研，借由学校的平台，我有了翻译日语书籍的机会。现在各位去书店里，说不定还能看到我翻译的日语书。

　　文里写到的野生译者侵权的那些事，也是根据我的真实经历改编的，所以就那么真真假假地混着写，没想到还写得像模像样的，就连网站的编辑来跟我谈作者签约的事时，还问我是不是从事出版行业相关的工作。

　　文中的主角之一，白思君，我在他身上投射了许多我当时的思考，比如对工作、对感情的态度等，特别是"每个人都是平凡的人"这一点，也是我工作之后的深切体会。

　　至于文中的另一个主角，梅雨琛，他的工作可以说是我的梦想。我很小的时候就喜欢看小说，也喜欢写小说，在初中时还被我爸发现了我写的小说，大概是校霸和校花的故事，当时真的是非常尴尬。

　　后来逐渐步入现实，我把这个梦想放到了一边，直到重回校园后，我才又把这个梦想捡了回来。

　　梅雨琛的生活无疑是我的理想，不用朝九晚五地坐班，可以尽情地体会生活，寻找灵感。

他和白思君互相成就的过程，就是我理想中工作应有的模样。或许这样的理想放在现实生活中来看，不那么现实，毕竟大多数人从事的不是自己想做的工作，也很难在工作中成就自己。

我之前的工作也是那样，让我找不到自己存在的价值，但值得庆幸的是，我没有放弃，一步步朝着自己的理想前进，因此我现在从事的工作，无论是主业还是副业，都是我小时候最喜欢的事情。这就像书里写的那样，无论遇到怎样的困难，白思君都坚持了下来。

现在这篇小说得以出版，我真的感慨颇多。

曾经我对出版的事情完全不了解，只能通过网络来获取信息，而现在我却有了出版自己小说的机会，这何尝不是一种梦想的实现？

我想我会一直坚持下去，因为人的一生中能找到值得自己倾注全部热情的事并不容易，而创作之于我来说就是其中一件。

最后希望各位也能坚持自己的理想，万一哪一天就实现了呢。

2023年3月16日